빛의 자녀로 키워라

빛의 자녀로 키워라

초판 1쇄 인쇄   2010년 12월 13일
초판 1쇄 발행   2010년 12월 20일

지은이 | 강신욱
펴낸이 | 손형국
펴낸곳 | (주)에세이퍼블리싱
출판등록 | 2004.12.1(제315-2008-022호)
주소 | 서울특별시 강서구 방화3동 316-3 한국계량계측회관 102호
홈페이지 | www.book.co.kr
전화번호 | (02)3159-9638~40
팩스 | (02)3159-9637

ISBN 978-89-6023-499-4 03810

자식, 주님이 주신 축복의 통로

빛의 자녀로 키워라

ESSAY

역사의 어느 시기를 보더라도 기독교인들이 교육에 대해서 신성하고 성실한 의무를 다해왔다는 것은 의심의 여지가 없다. 고전을 망라하여 정리 보존한 주체가 수도사들이었으며, 아이들에게 신앙을 가르치기 위해 교리문답 학교를 세운 것은 종교 개혁자들이었다. 또한 미국과 우리나라에 유수한 대학을 세운 것도 선교사들이다. 기독교인들은 어느 장소 어느 기간을 막론하고 가르치는 일을 중단해 본 적이 없다. 우리나라의 역사만 볼 때도 백 년을 조금 넘는 기독교가 교육에 끼친 영향은 그야말로 지대한 것이다. 우리의 굴곡 많은 근현대사 속에서도 오산학교, 대성학교 같은 교육기관은 훌륭한 이 사회의 지도자를 양성하는 데 소홀하지 않았으며, 정식 학교기관 뿐만 아니라 교회에서도 무지한 백성들을 가르치려는 교육은 쉼이 없었다.

그런데 어느 순간부터 우리 사회는 교육의 주체로서의 자리를 누군가에게 내주기 시작했다. 전문화, 분업화된 사회로 치달으면서 전문화된 실력을 갖춘 누군가에게 아이들을 맡기고, 기독교인은 종교적으로 전문적인 일을 찾아 그것에 열심이다. 이것은 다원화되고 바쁜 시대에 당연한 일이 되어버렸으며, 누구도 사회의 흘러가는 물결을 거스르거나 바로잡을 생각을 쉽게 하지 못한다. 때로는 기독교인이 그런 사명을 갖고 있다는 것 자체도 인지하지 못하는 사람도 많다.

그러나 현대를 사는 기독교인들이 교육에 관심이 전혀 없는 것만은 아니다. 아니 옛날보다 훨씬 교육에 관심이 많다. 교육에 둔감하고 무지한 현대인들이 어떻게 교육에 더 관심이 많을 수 있는가? 그것은 교육의 알맹이 문제이다. 요즘 사람들이 관심을 갖는 것은 교육의 방대한 영역 중에 '공부'에 많은 부분이 편중되어 있다. 그래서 우리 부모들은 자녀 교육에 관심이 있는 것이 아니라 아이들 공부에만 관심이 많다고 해야 맞는 말일 것이다.

교육이라는 것은 우리 인간이 지닌 모든 측면을 다루는 것이어야 한다. 왜냐하면 주님이 우리를 자신의 형상대로 만드실 때 능력을 가진 피조물로 모든 면에 존엄성을 갖고 있는 전인적인 인격체로 창조하셨기 때문이다. 교육의 한 부분만 강조한다는 것은 우리를 만든 분의 숭고한 의도를 무시하는, 마치 고급 컴퓨터를 사다놓고 문서작성 기능만 반복해서 사용하는 것과 같다. 이렇게 하나님의 귀한 뜻을 망각하고 우리의 능력을 제한하는 현대인들의 교육 방식은 이 시대를 사는 기독교인의 역할에 또 하나의 과제를 부가한다.

아이들 교육의 주체는 기독교여야 하고, 교육은 지식의 전달이라는 수준을 초월하는 더 다각적이고 넓은, 생활 전체를 포함하는 범주를 다루어야 한다. 그러나 이 시대 부모들의 공부에 대한 욕심이 우리 아이들의 교육을 지엽적이고 편협한 쪽으로만 몰아가고 있으며, 이런 요구를 이용해서 심리주의 방법이니, 뉴에이지 방법론이니 하는 반기독교적인 세력들이 등장하는 결과까지 낳았다. 이렇게 세속적인 수요와 공급의 법칙이 아이들 교육에서도 자리 잡으면서 기독교적 세계관을 가르치는 참 그리스도인을 키우기 위한 기회는 상대적으로 계속 줄어들고 있는 것이 현실이다.

세상이 변화하고 있다. 그야말로 단순한 변화가 아니라 혁명적인 수준의 변화가 우리 주위에서 매일 일어나고 있다. 그 변화에 대응하기 위해서 기업들은 목숨을 걸고 바쁘게 움직이고 있으며, 다각적인 사회 여러 분야가 변화에 대처하기 위해 숨 막힌 나날을 보내고 있다. 이러한 변화에 우리 기독교인은 어떻게 대처해야 하는가?

우선 중요한 것은 변화 중에는 인간이 만들고 있는 변화가 있고, 하나님이 의도하는 변화가 있다는 것을 알아야 한다. 종국에는 두 가지가 알파요 오메가인 주님의 섭리에 따라 만나게 되지만, 현실 속에서 보이는 인간들의 욕망이 만들고 있는 변화에 우리 기독교인들은 슬기롭게 대처해야 한다. 인간의 욕망이 결부된 그런 것들을 맹목적으로 추종하는 것이 가장 나쁜 것이고, 반대로 자기 혼자 독야청청하거나 타인을 무조건 비판하는 양태도 좋은 기독교인의 자세가 아니다. 현대 사회의 변화에 대처하기 위해서 우리 기독교인들이 할 수 있는 본분이 있다면 세상을 보는 진지한 고찰과 적극적이고 창의적인 지혜를 갖고, 본질에 입각한 철저한 연구와 행동이 필요할 뿐이다. 주님은 세속적인 변화의 물결에 우리의 몸을 떠맡기고 사는 것도 원치 않으시고, 어설픈 신념으로 사회를 전면적으로 거스르거나, 회피하면서 살아가는 것도 좋아하지 않으시기 때문이다.

기독교적 입장에서 볼 때, 두 가지 무신론자가 있다고 할 수 있겠다. 첫 번째 무신론자는 우리가 보통 생각하는 주님을 알지 못하고 예수님을 영접하지 못한 사람을 말하고, 두 번째 무신론자는 교회는 다니고 있지만 주님이 주시는 진리를 거부하고, 자기 자신의 잣대를 마련하고 그것을 기준으로 신앙생활을 영위하고 있는 사람을 말한다.

두 가지 다 문제가 있지만, 이 책에서 다루고자 하는 모든 주제와 쟁점은 두 번째 무신론자들을 위한 것이다. 기독교 인구 일천만이 넘는 이 시대에 우리는 아무런 제약도 공개적인 핍박도 없이 예수를 믿고 있다. 시기적으로 보나 공간적으로 보나 정말 은혜의 시대가 아닐 수 없다. 이러할 때 부흥만을 위해 달려왔던 우리 교회와 성도들이 지금쯤은 우리가 달려가는 방향이 맞는지, 예수님이 우리가 도착할 삶의 목적지에서 우리를 기다리고 서있는지 생각해 봐야할 시점이 되었다고 생각한다. 부정적으로 변해가는 현대를 살아가는 그리스도인들은 개인적으로 긍정적이고 선한 변화를 도모해야 한다. 각박하고 정신없는 시대에 변할 것은 변하고, 변화를 막아야 할 것은 막아야 한다. 무엇보다도 분별없이 세속적으로만 변해가는 사회에 크리스천들의 개별적이고 적극적인 변화의 노력이 필요한 시기이다.

주님의 지극히 선하심과 지혜로우심이 우리를 결국은 좋은 길로 이끄신다는 믿음은 변함이 없으나, 우리의 좁고 작은 지식과 지혜로는 그 뜻을 전부 헤아릴 수가 없다. 다만 우리가 태어나 사는 동안 주님의 선한 의도가 우리에게 주어진 일을 통해 어떻게 주의 영광을 드러낼 수 있는지에 관심을 갖고 하루를 살아갈 뿐이다.

항상 주님의 일에 충실하고 진지한 조언자가 되어준 조병선 선생님께 감사드리고, 자녀 교육에 관한 이 책을 집필하는 6개월 동안 내 방에 들락거리며 관심을 보인 사랑하는 큰딸 성은이와 천방지축 아빠의 일을 방해하던 늦둥이 성민이에게 이 책을 작은 유산으로 남기고자 한다.

차 례

자녀교육의
문제점

1. 무엇이 문제인가?

교육에 관한 확실한, 그러나 부적절한 신념들

현대를 살아가는 우리 기독교인들은 모두가 자유주의신학의 추종자라고 할 수는 없지만, 어느 정도는 조금씩 자유주의적 발상과 행동에 익숙해져 있다. 쉽게 말하면 우리 크리스천들은 자신의 판단과 행동이 항상 올바르고 빈틈없다고 생각하면서도 실제로 닥치는 문제에 있어서는 성경적인 근거가 전혀 없이 자기 자신의 주체적이고 주관적인 사고와 판단으로 매사를 처리하는 경우가 많다는 것이다.

아침에 일어나서 잠들 때까지 우리 기독교인들은 신앙적인 행위로 몸과 마음이 매우 바쁘다. 일어나자마자 교회에 가서 기도하고, 봉사하고, 전도하고, 구제하고 등등. 이러한 익숙한 행동 속에서 우리는 하루하루 자신을 바라보며 만족함으로 자족하며 살아가고 있다. 물론 이러한 행위들이 왜 나쁘거나 하나님의 뜻을 이 땅에서 펼쳐나가는 일에 해악이 될 수 있겠는가?

그러나 그 밖의 나머지 일상적인 생활 속에서 우리는 얼마나 하나님을 의식하면서, 구체적으로 어느 정도나 말씀에 근거하고, 말씀을 일상에 적용하며 살고 있는가? 라는 물음에 흔쾌히 "예"라고 대답할 수 있는 사람은 흔치 않다. 우리는 우리가 신앙적인 행위라고 생각하는 것들 외의 것들에 대해서는 일종의 해방감과 자유로움으로 자기 멋대로 행동을 하고 있는지도 모른다.

그 중에서도 우리들의 생활 속에서 가장 뿌리깊이 왜곡되고, 성경적인 근거를 무색하게 만드는 것 중에 하나가 우리 사회의 자녀 교육 문제일 것이다. 현대를 사는 우리들에게 교육 문제는 그 어느 때보다도 생활 속에서 차지하는 비중이 커졌고, 어디 가나 부모들 사이에 화두가 되며, 경제적인 측면에서도 가계 경제를 좌지우지할 정도로 크고 심각한 주제가 아닐 수 없다. 그러나 이러한 중차대한 문제에 대하여 우리는 얼마나 아이들의 교육을 자기 주관과 아집으로만 일관했는지에 대해 심각하게 상고해 볼 이유가 있다.

우리나라는 다른 어떤 나라보다도 친권에 대한 보호가 법적으로나 사회문화적으로 강한 나라이다. 자녀를 양육하는 데 있어서 가장이나 부모의 권한은 불가침의 영역이며, 외부 사람들에게는 힘이 못 미치는 성역을 방불케 한다. 이러한 이유로 우리 부모들은 아무런 방해나 규제 없이 자신이 모든 역량과 재량으로 자식을 자기만의 '작품'으로 만들어가는 데 열중하고 있다.

이 작품은 '사랑'이라는 허울 좋은 가식으로 포장되어 있으며, '기대'라는 미명 아래 아이들을 구속하려는 조건들만 난무하고, '관심'이라는 명목으로 하나부터 열까지 자녀들을 간섭하려 들며, '걱정'이라는 이름으로 아이들을 나약하게 만들고 있다.

더불어 우리 부모들은 '성공'이라는 세속적 가치를 귀한 진리인 것처럼 자녀의 머릿속에 주입시키고, 무한경쟁시대에 '공부'만이 가장 경쟁력 있는 무기라고 열심히 가르치고 있다. 이러한 가르침 속에서 성장한 아이들은 유약하고 자생력이 없는 개인으로 성장해갈 수밖에 없으며, 나중에 성장해서 성경을 깊이 이해하기 시작하게 되면 성경적 가르침과 부모에게서 배운 것 사이에 괴리감을 느끼며 고민하게 되고, 또 이러한 고민도 못 하는 불쌍한 아이들은 자신의 부모에게서 배운 교육방식을 그대로 대물림하는 악순환을 아무 생각 없이 이어갈 수도 있다.

우리 시대의 이러한 가치 부재의 환경과, 물질만능의 풍조가 우리 부모들의 가치를 혼란스럽게 만들고, 자녀들에 대한 바른 가르침을 더욱 어렵게 하고 있다.

문제점의 근원과 우리의 현실

이러한 여러 가지 문제점들의 근원은 역시 우리 시대의 자녀 교육에 있어서 성경적 근거와 말씀에 대한 고찰이 빠져 있다는 것이다. 우리가 살아가는 모습처럼 아이들을 양육하는 방법과 내용이 모두 성경에 정리되어 있는데, 우리는 애써서 그러한 사실을 외면하거나 무시하고, 이성적이고 경험적인 판단에만 의존해서 교육문제를 풀어나가려 하고 있다.

실용적이지 못하고 과학적이지 않은 것은 고리타분하고 전근대적이라는 이 시대의 기독교인들의 발상은 상당히 위험한 것이며, 그렇다고 공부를 열심히 하지 않는 자녀를 위해 수능 작정기도를 드리는 신비주의적 접근 또한 경계해야 할 것이다. 우리는 오직 성경에 있는 말씀을 고찰하고, 예수님을 나의 마음과 정신에 모시고, 성령이 주시는 인자한 가르침을 따라 판단하고 행동해야 한다.

내가 기독교 학원을 하면서 만나게 된 학부모(기독교인)들은 보통 세 가지 부류로 나눌 수 있다. 첫째는 별 생각 없이 기독교 학원이면 다른 일반 학원하고 차별성은 있을 것이고, 속이지는 않을 것 같아서 우리 학원을 보내는 사람들이 있고, 둘째는 다른 학원에 요구하는 것과 마찬가지로 공부와 아이들 성적에 많은 관심을 갖고 아이들을 보내는 부모들이 있으며, 셋째 부류는 영성 교육의 중요성을 역설하면서 아이들을 성적보다는 영적이고, 인성형성을 중점적으로 교육을 해달라고 부탁하는 부모들이다.

그러나 여기서 놀라운 현실을 만나게 되는데, 만약에 아이들 학교 시험 성적이 떨어지면 가장 예민하게 반응하고, 나중에 제일 군소리가 많이 들려오는 부류는 바로 세 번째 부모들이라는 사실이다. 처음에는 우연의 일치이거나, 지역적인 특성이라고 생각했으나, 여기저기 옮기며 여러 학부모들을 만나 본 결과 일반화하는 데 무리가 없다고 깨닫게 되었다.

이러한 기독교인들의 이중성은 나를 당혹케 했으며, 학원 교육 방침에 상당한 혼란을 초래하였다. 그래서 실제로 처음에 지역 선교를 목표로 시작했던 학원의 목표가 여러 과정을 거쳐서, 지금은 제대로 생각하고 올바로 행동하는 기독교인을 훈련시켜나가는 것을 목표로 아이들을 가르치고 있다. 무더기 기독교인을 양산하는 것보다 똑바로 된 한 명의 크리스천을 키워나가는 것이 더 시급하고, 그것이 기독교 인구 천만 시대에 우리가 감당해야 할 미션이라고 판단했으며 자라나는 아이들만큼은 기독교인답게 사고하고 행동하고 판단하도록 지도해야겠다고 느꼈기 때문이다.

본질이 빠진 신앙 - 아이들은 병들고 있다

앞에서 언급한 셋째 부류의 부모들처럼 우리는 영성과 지성이 따로 분리되었거나, 아니면 영성 훈련을 하면 다른 나머지 것들이 더불어서 다 좋아질 것이고 생각하는 우를 범하기 쉽다. 절대로 영성 훈련만 해서 아이들이 공부를 잘할 수 없으며, 만약에 그런 아이가 있다면 그것은 하나님이 개입하신 것이 아니다.

우리의 이러한 기복적인 믿음이 기독교의 본질을 헤치고 있고, 삶 속에서 믿지 않는 사람들에게 '빛'이 되지 못하고 있다. 예전에 교회 다니는 한 부모가 어린 딸아이가 복수가 차오르는 심각한 병에 걸렸는데도, 그것을 기도로 고쳐 보겠다고 병원도 보내지 않고 있다가 목사님의 설득으로 간신히 병원으로 아이를 후송해서 수술시키는 것을 보고, 우리들 중 아무도 그 부모들의 신앙이 좋다고 생각한 사람은 아무도 없을 것이다.

그런데 지금 많은 수의 크리스천 부모들이 아이들 교육 문제에 있어서 이와 같은 실수를 범하고 있다. 열심히 주님께 매달리면 모든 자녀 문제가 해결되리라는 생각을 갖고 있는 것이다. 그래서 수능 기간만 도래하면 전국에 있는 거의 모든 교회가 특별 작정기도를 행하는 것을 우리는 목격한다.

그 반대인 경우는 더욱 문제가 된다. 우리의 세상적인 삶을 신앙과 완전히 분리시키려는 이분법적인 사고와 행동을 보여주는 것이 현대 기독교인들의 가장 큰 특징으로 심각하게 부각되고 있다. 신앙적인 활동을 특수하고 개별적인 것으로 여기고 그것을 사회 전반에 접목시키려고 노력하거나, 세계를 성경적 관점에서 포괄적으로 해석할 수 있는 실력을 가진 기독교인은 드물다. 사적인 영역에 가두어 둔 자기만의 신앙을 위한 노력만 있을 뿐이고, 현실세계에서는 성경적 원리를 무시하거나 적용할 능력을 갖추지 못하고 있다.

이렇게 현대를 사는 기독교인들의 양극적인 모습 모두 주님의 자녀로서 바람직한 태도가 아니다. 인간의 원초적 본성에 의존해서 초월적인 면만 강조하는 의타적인 신앙생활을 하는 것도, 신앙생활과 현실생활을 금을 그어 두 영역을 왔다 갔다 하는 생활도 지양해야 할 우리의 모습이다. 기독교는 옛날 장독대 위에 정화수 떠 놓고 빌던 그런 종교도 아니고, 창조주인 하나님이 만들어 놓은 이 세상에서 그분의 목적과 뜻과 가르침을 생활 현장에서 이루어 나가는 살아있는 종교이며, 주님의 선택받은 자녀로서 품격에 걸맞은 전인적인 삶을 살아가야 하는 은혜와 책임이 공존하는 종교이다. 그래서 기독교인은 지성과 영성이 균형을 맞추어 성장해야 하며, 한 쪽만 바라보거나 맹목적인 시각은 상당히 위험한 것이다.

이렇게 현대 기독교인의 삶은 균형을 잃고, 신앙의 내용에는 포함되어서는 안 될 실용주의, 성공주의, 신비주의, 낙관주의 같은 것들이 판을 치면서 기독교의 본질을 야금야금 잡아먹고 있다. 이러한 위태로운 현실 속에서 우리 아이들이 병들어 가고 있다. 성인들은 아이들의 환경이 어른의 그것과는 다르다고 자위하는 경우가 많은데 그렇지 않다. 아이들은 위기감을 못 느낄 뿐이지, 어른보다 이 세상을 빨리 배우며 배운 것을 잘 잊어버리지도 않는다. 날로 심각해지는 지구환경도 문제지만 병들어가는 기독교 환경에 아이들이 무방비하게 노출되어 있다는 것을 우리는 심각하게 인식해야 한다.

현대사회와 자녀 교육

바쁘고 혼란스러운 현대를 살아가는 신앙인들은 종교를 수단적인 방법으로밖에 생각할 겨를이 없고, 어떤 것이 신앙인으로서의 진정한 자세인지에 대한 고민도 노력도 별로 없다. 현대사회가 제공하는 즐거움들이 그것을 잊게 만들며, 막연한 두려움 속에서 살아가기는 하지만 더욱 더 진지한 생각을 거부하고 차단하기 위해 일과 바쁜 생활 속에 파묻히기를 원한다.

우리가 언제부터 이러한 곁길로 빠지기 시작했는지 추적해서 알아낼 필요가 전혀 없지는 않으나 지금 우리에게 필요한 것은 현실에 대한 인식과 미래에 대한 올바른 대책이 더욱 절실할 뿐이다. 기독교의 전반적이고 포괄적인 수정과 보수는 다른 목회자들이나 보다 전문적인 현학들에게 위임하고, 필자는 자녀 교육에 대한 대안만을 제시하려 한다. 더불어서 조심스럽게 크리스천에게 자식이 어떤 의미인지를 고찰해 보려고 한다.

기독교인들이 어떻게 자녀 교육을 해야 하는지 필자가 정답을 제시할 수는 없다. 하지만 혼탁한 현대사회에서 우리 아이들을 어떻게 가르치고 양육할 것이냐는 문제는 다른 세상적인 일을 앞세울 수 없는, 같이 꼭 고민해야 하는 주제이고, 다음 세대에, 아니면 그 다음 세대에까지 영향을 미칠 중요한, 그러나 무시되고 방치되고 있는 연구과제이기 때문이다.

자녀를 신앙 속에서 아름답게 잘 키우고 싶지 않은가? 세상이 병들어도 우리 아이들만은 깨끗하고 건강하게 키우고 싶지 않은가? 혼탁한 현실에 휩쓸리지 않으면서도 현실 속에서 의미를 키우며 사는 아이들로 키우고 싶지 않은가? 그러면 지금부터 이러한 과제를 함께 연구하고 고민해 보자.

2. 잘못된 자녀 교육으로 이끄는 여러 요인들

2-1 '대상행동'-비뚤어진 욕망의 표현

예전에 상영된 미국영화 중에 '미져리'라는 제목의 영화가 있었다. 소설가인 주인공 폴은 조용한 산 속에서 자신의 시리즈를 마치고 나오다가 차가 전복되어 그만 심한 부상을 입고 생사의 길을 헤매게 되는데, 애니라는 여성의 도움으로 살아나게 된다. 간호사 출신이고 소설가 폴의 광팬인 애니는 극진히 폴을 간호하고 돌보지만, 폴이 완성한 소설을 보고 미친 듯이 광분하며 자신의 의도대로 모든 소설의 내용을 바꾸라고 강요하고, 집안에 감금하여 폴에게 글을 쓰게 시키면서 자신의 집착과 욕망을 표현하다가 결국은 죽게 된다는 내용의 공포영화다.

이 영화로 애니 역을 맡은 여자 주인공은 아카데미 여우주연상까지 받았지만, 나는 그 여배우를 생각할 때마다 섬뜩하고 소름이 돋는다. 많은 사람들이 이 영화를 봤고, 대개는 나와 같이 한 인간의 잘못된 사랑과 욕망이 어떤 결과를 초래하는지에 대해 끔찍함을 느꼈을 것이다.

이 영화에서 극명하게 나타나는 인간의 심리적 욕구를 '대상행동'이라고 한다. 이것은 쉽게 우리가 '대리만족'이라고 이야기하는 개념의 심리학적 표현으로, 한 목표를 어떤 장애로 실행할 수 없게 되면 그와 유사한 다른 목표를 달성해 본래 얻고자 했던 목표에 대한 욕망을 채우고자 하는 행동을 말한다.

이러한 대상행동은 '승화'나 '대치' 같은 심리학 이론으로 거듭 설명을 하지 않더라도 우리 생활 속에서 누구나 쉽게 자가 판단을 할 수 있을 정도로 흔하고 알기 쉬운 정신 상태이다. 우리는 소고기를 먹을 수 없을 때 돼지고기로 식욕을 달래며, 드라마 속에 나오는 선남선녀를 보면서 우리 삶에 위로를 받는다.

이렇게 우리 생활 전반에 퍼져있는 대상행동의 많은 유형들이 자녀 교육에 예외일 수 없고, 오히려 자녀 양육 문제에 있어서 이 행동에 대한 집착이 더 강하고 집요하게 나타나는 것이 문제가 아닐 수 없다.

우리는 앞에 언급했던 '미져리'라는 영화를 보면서 '사람이 어떻게 저럴 수 있을까?' 하는 마음을 갖게 되지만, 우리 모두가 자녀들에게 하는 행동이 영화 속 여자 주인공이 보여주는 끔찍한 행동과 똑같이 보일 수 있다는 것을 아이들을 키우고 또 키우게 될 모든 성인들은 알아야 한다. 허구적으로 만들어낸 영화 주인공보다 실제 생활에서 우리가 얼마나 더 끔찍한 짓을 하고 있는지 생각해 봐야 한다.

지금부터 밖에 있는 대상이 아닌 자신의 내부로 우리들의 시선과 관심을 모아보자. 우리가 자녀를 키울 때 과연 우리의 욕망을 얼마나 여과시키고 절제하면서 아이들에게 우리의 요구를 선택적으로 했는가에 대해 거울을 바라보는 심정으로 모든 부모들은 회개하는 마음을 가져야 한다.

이러한 교육 문제에 있어서 대리 만족의 심리상태는 못 먹고 못 배웠던 우리 부모님 세대에서 두드러지게 나타나지만, 지성인을 자부하는 지금의 젊은 세대들에서도 흔하게 나타나는 유행을 모르는 사회적 병이다.

대리 만족을 통해 욕구를 충족시키는 것이 뭐 그리 나쁜 것이냐고 반문하는 사람도 없지 않아 있을 것이다. 그 질문에 대한 답은, 이런 행동이 아주 질이 나쁜 행동이고 성경적으로 판단하더라도 무책임한 행동임에 틀림없다는 것이다. 그 이유는 아주 단순한 논리로 설명할 수 있다.

우선 타인을 통해 대리로 만족을 얻는다는 것은 대리로 내세운 사람의 희생을 강요하고 있다. 그 희생이 자발적이라면 그것은 아름다운 미덕이지만 부모가 자녀에게 강요하는 희생은 거의 일방적이며, 아이들 본인의 의지로 하는 행동처럼 보이는 것들조차도 어렸을 때부터 부모로부터 세뇌되어 온 것들이 대부분이다. 그 희생의 대가로 우리 부모들은 자신의 기쁨을 얻어내는 것이다. 말로는 자기 자식을 사랑한다고 하면서, 우리는 가장 사랑하는 사람을 희생시켜 나의 욕망을 충족시키면서 어떤 죄의식도 가지고 있지 않다. 마치 그것이 부모 된 자의 특권인양 자기 의지대로 아이들을 부모가 만든 틀에 가두어 놓으려 한다.

부모들의 이러한 행동은 아무런 제어작용 없이 자연스럽게 나오는 것이고, 주위의 다른 부모들도 모두 같은 행동을 보이기 때문에 모두가 자각을 못하고 있지만, 기성세대의 심각한 병이라 할 수 있다. 사랑이라는 미명 아래 행해지고 있는 대리 만족적 행동들이 어떻게 우리 아이들에게 행해지고 있으며, 피해자인 우리 아이들이 어떻게 커가고 있는지 곰곰이 생각하고 지켜봐야 할 때가 되었다.

예수님 당시 유대인들은 자신들을 정치적인 속박에서 벗어날 수 있는, 자신들을 대신해서 억눌리고 고통스러운 현실에서 벗어나게 할 수 있는 메시아가 필요했다. 그러한 대리 만족의 열렬한 욕망이 결국은 예수님을 인정하지 않고, 십자가에 못 박혀 죽게까지 하는 무서운 결과를 초래한 것이다.

이렇게 대리만족의 욕망은 다른 사람에게 해악을 끼치고, 파멸로 이끄는 죄를 부를 수도 있는 무서운 인간의 본능이다.

예수님은 끊임없이 복음서에서 우리에게 "서로 사랑하라."고 가르치셨다. 교회를 안 다니는 사람도 잘 아는 예수님의 이 '사랑'은 크고 거창한 것이 아니다. 가장 가까운 곳에서부터 실천을 해야 한다. 자기 자식에게 희생을 강요하면서 크고 멋있는 하나님의 일을 한다는 것은 앞뒤가 안 맞는 왜곡된 신앙이 아닐 수 없다. 작고 사소한 것에서부터 주님의 사랑을 실천해 나가는 것을 주님께서 원하시고, 자신이 원하지 않는 일을 남에게 강요하는 것을 매우 싫어하신다는 것을 우리는 성경을 통해서 알 수 있다.

우리 자녀들은 미완의 그릇이기 때문에 우리의 훈계와 질책과 사랑의 매가 필요하지만, 그렇다고 부모 마음대로 자신이 못 이룬 것을, 아니면 자기 자신이 이루고 싶어 하는 것을 시켜서 대리로 만족을 얻어내는 대상이 아니다. 언제까지 우리는 우리들의 만족을 위하여 다른 사람, 그것도 우리가 가장 사랑한다고 외치는 자녀들을 희생시키면서 살아가야 하는가?

그리고 훗날 희생을 강요당하며 살아간 아이들의 인생은 누구에게 보상 받아야 하는가? 또 아이들을 희생한 대가로 얻어낸 것이 있다면, 그것이 얼마나 오랫동안 그들 부모의 마음을 행복하고 평안하게 해줄 수 있겠는가?

예수님을 우리의 구주로 모시고 사는 우리 기독교 부모들은 남의 희생을 대가로 자신의 욕구를 채우는 것이 진정 주님의 충성된 종으로 살겠다고 날마다 맹세하는 신실한 성도들이 할 수 있는 일인지, 다른 어떤 선하다고 생각하는 행위로 남을 속박하는 행위가 합리화 되고, 정당화 될 수 있는지 스스로에게 자문해 봐야 할 것이다.

2-2 '동일시' – 부모 자존심 세우기

인본주의 심리학은 그 발상에서부터 기독교의 본질에서 어긋나기 때문에 우리가 경계해야 할 대상이지만, 몇 가지 그 밖의 심리학 이론들(앞에서 언급한 대상행동을 포함하여)은 우리가 갖고 있는 신념과 행동이 잘못되었다는 것을 규명할 때 큰 도움을 준다. 이제 한 가지 더 알아 볼 개념이 '동일시'라는 이론이다.

이 이론은 원래 자녀가 동성의 부모를 동일시하며 닮아가려 애쓴다는 개념이다. 그러나 여기서 말하고자 하는 '동일시'는 그 대상이 바뀐 반대 개념이다. 자녀가 부모를 동일시하는 것이 아니라 반대로 부모가 자기 자식을 동일시하여 자신의 '분신'처럼 여기고 행동한다는 것이다.

언뜻 보기에는 대상행동과 비슷하고 겹치는 부분도 없지 않으나, 모든 것을 다 갖춘 것 같은 부모가 자녀에게 자신의 삶을 강요하는 행동을 설명할 때 이해가 쉽도록 일반화시켜 필자가 만들어낸 개념이다. 의사가 되고 싶었으나 되지 못한 사람도 자식에게 의사가 되기를 강요하지만, 본인이 의사인 경우에도 자녀가 꼭 의대에 가기를 희망하는 것이 좋은 예가 될 수 있다.

누구나 자기 자식에 대하여(특히 동성인 경우는 더 그렇다) 묘한 일체감을 느낀다. 자식이 병으로 아프면 부모의 마음은 더 아프고, 아이들이 어떤 일로 즐거워하면 덩달아서 마음이 들떠 기뻐한다. 이것은 생리학적으로 보면 당연한 결과일 수 있다. 가장 DNA구조가 닮은 것은 자식일 수밖에 없고, 그 자식에 대해서 동질성과 애착을 갖는 것은 너무나도 자연스러운 현상일 수 있다.

그래서 자신의 자녀를 동일시하는 것은 꼭 부정적인 결과만 갖고 오는 것이 아니라, 우리가 자녀를 사랑하는 원동력으로도 작용한다. 자녀의 행동에서 내 모습을 발견할 때, 아이들의 눈 속에서 내 영혼을 볼 수 있을 때, 부모들은 이상야릇한 사랑과 연민과 기쁨을 느끼게 되고 생에 활력을 찾게 된다.

하나님께서도 우리를 사랑하셔서 주님과 같은 모습으로 우리를 만드셨고, - "하나님이 자기 형상 곧 하나님의 형상대로 사람을 창조하시되 남자와 여자를 창조하시고"(창 1:27) - 만들어진 우리를 보시고 매우 기뻐하셨다. "하나님이 그 지으신 모든 것을 보시니 보시기에 심히 좋았더라. 저녁이 되고 아침이 되니 이는 여섯째 날이니라."(창 1:31)

주님께서 우리를 자기 형상대로 지으셨다는 것은 우리에게는 매우 영광스러운 일이지만, 주님은 그것 자체를 매우 기뻐하셨던 것이다. 우리 부모들도 자녀를 낳고 기르는 것이 고통의 연속이지만 자신들과 외양도 비슷하고 성격도 비슷한 아이들이 성장해 나가는 모습을 보면서 자신의 일보다 더 기쁘고 즐거워할 수 있는 것이다.

그러나, 부모가 자녀를 동일시하면서 파생되는 일들이 이렇게 순수하고 좋은 것만은 아니라는 것이 문제이다. 우리 부모들은 자식에게 동질감을 느끼며 한없는 사랑을 느끼지만, 자식 때문에 자기 자신이 똑같이 평가받을 수 있다는 일종의 강박관념 또한 아주 심하게 갖고 있는 것도 사실이다. 자녀가 공부를 잘하면 부모는 자기가 잘나서 공부를 잘한다고 생각하고, 아이들이 공부를 못하면 사람들이 자기를 탓하는 것처럼 한없는 수치심과 모멸감을 느끼게 된다. 이것은 우리나라 축구팀이 다른 나라 팀과의 경기에서 이겼을 때나 졌을 때 나타나는 감정과도 유사한 것처럼 우리가 동일시하고 있는 어떤 대상에서도 일어날 수 있는 극히 자연스러운 현상이다.

하지만 자식에 대한 동일시와 애착은 그 어떤 다른 종류의 것보다 강력하고 맹목적이어서, 비뚤어지고 부정적인 강요와 집착을 낳을 수 있다는 것이 문제다. 자녀가 학업에 충실하고 공부도 잘하면 별 문제가 없지만, 자식이 공부를 못하거나, 잘하고 있지만 그 부모의 욕심이 과할 때 더욱 많은 문제가 발생한다. 초등학생이나 중학생인 경우도 매번 분기별로 보는 아이들의 시험 결과가 부모 자신의 성적표인양 즐거워했다가 노하게도 만들며, 자신이 기대하는 수준에 다다르지 못하면 부모들은 얼굴을 화끈거리며 다른 여러 가지 대안을 찾아보고, 여기저기 모든 정보를 취합해서 점수를 만회하려고 애를 쓴다. 왜냐하면 자기 자신이 창피하기 때문이다. 부모 닮아서 공부 못한다는 얘기는 정말 듣기 싫은 것이다.

학원에서 부모를 상대로 상담을 해봐도 "우리 아이가 머리가 나빠요."라고 말하는 학부모는 참 보기 힘들다. 그만큼 부모들의 자존심은 중요한 것이기 때문이다. 그 자존심이 유치원 때부터 아이들을 학원으로 내몰고, 정체감이 형성되기도 전에 외국으로 보내서 아이들은 아이들대로 망가지고 우울증 걸린 기러기아빠만 양산하고, 전투에 임하는 군인을 키우듯 긴장감 속에, 남에게 보이기 위해 아이들을 '만들어 가고' 있다.

요즘 부모들은 자신의 집을 자랑하고, 차를 자랑하고, 남편이나 아내를 자랑하고, 가장 중요한 자신의 '분신'인 자식을 무척이나 자랑하고 싶어 한다. 그래서 아이들이 공부 잘하기를 누구나 기원한다. 잘하면 자랑이요, 못하면 망신이니, 극과 극을 오가는 이 평가에서 다른 사람들의 높은 평가점수를 얻어내기 위해서 부단히도 노력을 경주하는 것이다.

그리고 나중에 결과가 좋지 않으면, 죄 없는 아이들만 닦달하며 아이들에게 모멸감을 심어준다. 이러한 분위기에서 성장한 아이들에게서 어떻게 주님이 주시는 비전을 찾을 수 있겠으며, 이러한 환경 속에 어떻게 주님이 주시는 화평이 있을 수 있겠는가?

하나님의 모습에서 배우자

어떤 교회에서 여름 수련회를 가는데, 어떤 권사님의 고3 아들만 수련회 참석자 명단에서 빠진 것에 대해서 학생부 담당 집사님이 "고3이 공부도 중요하지만 수련회를 빠지면 되겠습니까?" 라는 물음에 그 권사님이 이렇게 말씀하셨다고 한다. "집사님도 내 나이가 되어서 고3을 한번 키워 보세요. 그게 쉬운 일인가?"

권사님의 이 말 한마디에는 이 땅에 살아가는 어떤 부모도 예외 없이 대리 만족의 유혹에서 벗어날 수 없고, 자존심의 노예가 될 수밖에 없다는 내용이 함축되어 있다. 이 이야기는 이 시대의 현실이고 인정하기 싫은 사실이지만 정말로 우리 기독교인들이 이런 굴레를 벗어날 수는 없는 것인가?

하나님께서는 우리를 자신의 형상대로 지으셨지만 한 번도 우리를 대리 만족의 도구로 사용하지 않으시고, 자존심을 지키기 위하여 우리를 희생시키지도 않으셨다. 오직 오래 참음과 자비하심으로 우리를 인격체로 대우하셔서 자유 의지를 갖고 행동하게 했으며, 죄밖에 지은 것이 없는 우리를 위해 하나뿐인 아들을 보내셨다. 오직 인내와 사랑으로 우리를 좁지만 바른 길로 가게 하려고 모든 희생을 마다하지 않고 우리를 자신의 자녀답게 훈육하고 기르려고 애쓰시는 분이시다.

이러한 하나님의 깊으신 사랑을 우리는 배워야 한다. 아니 하나님의 이러한 희생과 인내를 우리가 배워야 한다. 자녀들에게 "내가 너를 사랑한다.", "내가 너를 믿는다."라고 매일 말을 하면서도 얼마나 우리가 참고 기다리고 아이들을 진정한 방법으로 사랑했는지 가슴속 깊이 반성의 목소리로 자문해봐야 하고, 주님께서 원하시는 사랑의 의미가 무엇인지에 대해서(고전 13장) 깊이 묵상해야 한다. 그리고 우리가 주님을 사랑한다면 주님께서 우리에게 하시는 방법대로 우리 자녀들을 가르치고 훈육해야 할 것이다. 그것이 주님의 자녀로 살아가려는 우리 기독교인의 본분이다.

2-3 '소유'냐 '존재'냐

제목만 얼핏 보면 에리히 프롬의 철학 서적이 떠오르겠지만 그 책의 내용과는 상관이 없다. 이 제목은 우리 부모들이 자신의 자녀를 소유물로 인정하느냐 하나의 인격체로서 존재 가치를 인정하느냐를 설명하기 위해서 필자가 만든 제목이다.

이 시대를 사는 현대인들의 소유욕은 정말 엄청나다. 끊임없이 아파트 평수를 넓혀가고, 자동차 배기량을 늘려가고, 동산과 부동산을 사들여 모아간다. 눈에 보이는 것이 점점 많아지고, 다양화되고 있는 사회가 이런 현상을 부추기고 여기서 얻게 되는 쾌감 또한 무시하지 못한다.

그런데 날로 늘어만 가는 현대인의 소유욕과는 반대의 길을 가고 있는 것처럼 보이는 사회현상이 있는데 바로 '저 출산' 트렌드이다. 특히 우리나라는 심각한 사회문제로 제기될 정도로 현저하게 출산율이 저조하다. 사회 전체적인 분위기로 보면 자식도 많이 가져야 하는데 역현상이 일어나고 있는 것이다. 이것이 결국은 우리 부모들의 자식들에 대한 소유욕을 더욱 배가시키는 원인으로 작용하고 있다.

한 가정에 자녀가 평균 한 명꼴이다 보니 그 자식에 대한 간섭과 집착이 남다르다. 아침부터 저녁까지 아이들의 일거수일투족이 엄마의 프로그램에 따라 통제되고, 아이들은 로봇처럼 학교와 학원을 오간다. 부모의 이런 행동에는 물론 앞에서 언급한 대리 만족과 동일시하는 심리기제가 밑바탕에 깔려 있지만, 여기서 초점을 맞추는 것은 부모가 아이들을 전적으로 소유물로 인지해서 그들을 통제할 수 있는가 하는 문제를 생각해 보려는 것이다.

우리나라에 아주 유명한 피겨 스케이트 선수가 있다. 이 선수의 어머니가 얼마 전에 책을 출간해서 아이들을 훌륭하게 키워보려는 부모들의 많은 관심을 받았는데, 그 책의 내용에 그 어머니는 "어렸을 때 아이의 남다름을 발견하고 자신의 모든 인생을 아이가 훌륭한 선수가 될 수 있도록 헌신하며 희생하며 살았다."고 말했다고 한다. 아마도 이 책을 읽고 감동을 받은 여러 어머니들은 '나도 그 선수의 어머니처럼 철저하게 우리 아이를 프로그램화시키고 통제해서 훌륭하게 키워하지.' 하고 두 주먹을 불끈 쥐며 다짐했을지도 모르겠다.

그래서 '초등학교부터 고3까지 어떤 학원에서 어떤 내용으로 아이들을 가르쳐서 어느 대학에 보내야지.'하고 취학 전부터 마스터플랜을 짜 놓은 어머니도 많이 봤다. 아이 하나를 키우면서 거기에다 모든 에너지와 물질과 지식을 쏟아 붓는 것이다. 오히려 이런 현상은 젊은 부부일수록 더욱 두드러지게 일어나고 있고, 경제력과 학력이 높을수록 자연스러운 현상으로 받아들여지고 있다.

이러한 현상의 밑바탕에는 아이들은 내 소유니까 내가 마음대로 할 수 있다는 생각과 함께 자녀의 미래가 컴퓨터나 기계처럼 프로그램화할 수 있다는 일종의 이성적 자신감이 현대인들의 가슴속에 자리 잡고 있는 것 같다.

그러나 애석하게도 자녀의 미래는 우리가 프로그램화해서 생각대로 만들어 나갈 수 없으며, 그것은 우리의 권한 밖의 일이다. 하나님만이 유일하게 우리 아이들의 미래를 계획하시고, 주관해 나가시는 것이다. 우리 아이들은 우리가 낳은 아이이기 전에 하나님의 귀한 자녀들이다. 우리가 부모의 권한을 내세우면 내세울수록 하나님의 사랑과 자비의 은혜가 아이들에게 머무를 공간과 시간이 부족해지는 것이다.

조종하지 않으시는 하나님

자녀는 부모의 로봇도 아니고 인형도 아니다. 더욱이 성경에는 그렇게 아이들을 키우라는 말씀이 전혀 없다. 소유욕을 앞세워 아이의 모든 것을 조종하려 드는 것은 부모의 욕망이 부른 안타까운 현실일 뿐이다.

성경에 하나님께서 아담과 하와를 지으시고 동산에서 선악과를 따먹을 수 있게 했다는 것은 필자가 초등학교 때 정말 이해하기 힘든 사건이었고, 교회를 다니지 않았던 나로서는 하나님의 신성을 의심하게 만드는 이야기였다. '그냥 선악과를 만들지 말거나, 선악과를 따먹지 못하게 만들면 될 것을 왜 그렇게 했을까?' 하고 어린 생각을 했었다.

세월이 지나 주님과 꾸준히 교제하면서 선악과 사건에서 하나님의 깊으신 사랑과 은혜에 한없는 감동을 느낀다. 하나님의 섭리와 사랑은 단순하게 우리에게 '자유 의지'를 주었다는 말로는 전부 설명이 안 되는 깊고 오묘한 것이며, 우리의 논리와 사고를 뛰어넘는 이해할 수 없는 부분까지 포함한다. 중요한 것은 주님의 선한 의도대로 치밀하게 모든 일을 주관하시지만 우리를 함부로 하시지는 않는다는 것이다.

하나님은 우리를 조종하시는 분이 아니다. 우리가 자녀를 열심히 조종하면서 키워도 그 결과를 예측하기 힘들지만, 주님은 우리의 미래를 완벽하게 조종할 수 있음에도 불구하고 그렇게 우리를 강제적으로 몰아가지 않는 분이시다. 벌레만도 못한 우리를 인격체로 인정해 주시고 인내로 참아내며 지켜보는 하나님이시다. 우리 삶에 사사건건 간섭하지 않으시고, 한없는 애정과 관심으로 우리가 바른 길로 가도록 인도하시는 것이 하나님이 우리를 키우시는 방법이다.

이런 하나님의 깊은 사랑에 조금이라도 공감을 한다면 우리도 자녀를 우리 맘대로 키워서는 안 될 일이다. 자식을 키워 본 사람이라면 주님처럼 아이들을 키우는 것이 얼마나 힘든 일인 줄 잘 알고 있을 것이다. 그것은 부모의 뼈를 깎는 인내와 희생이 수반되는 인고의 작업이다. 그러나 주님께서 우리를 믿고 우리에게 존재감을 주셨듯이, 우리에게 '진정한 회심과 주님의 자녀 되는 시간'을 허락하셨듯이, 우리도 우리 자녀를 자신의 존재를 느끼면서 하나의 인격체로 성장하도록 참고 인내하며 지켜보는 것은 어떨까?

2-4 유교적 전통과 성공주의

중국에서 건너온 유교는 우리나라의 통치철학과 생활원리로 자리 잡으면서, 현대를 사는 우리들에게도 면면히 유전되어 이어져 왔다. 그 중에서 인과 효와 예를 강조하는 사상은 우리나라가 동방예의지국으로 불릴 만큼 긍정적인 결과를 낳았고, 성경에서 가르치는 도덕적 가르침과도 상통하는 것도 있지만, 부정적이고 직선적인 사고방식을 낳은 것도 있으니 바로 '입신양명 사상'이다.

조선 신분사회에서 양반들은 평생을 과거 준비에 전력해야 했으며 그

것이 출세의 유일한 수단이고 길이었다. '소과'라도 붙어야 양반 행세를 할 수 있었으며, '대과'에 급제를 해야 비로소 입신(入身:세상에서 떳떳한 자리를 차지하고 지위를 확고하게 세움)하는 것이라고 생각했다. 우리 기성세대들이 자주 듣던 "억울하면 출세해라."라는 말은 바로 여기서 나온 사회적 통념이라고 볼 수 있다.

이렇게 벼슬길에 오르고 나서 다음 단계가 양명(揚名:이름을 드날림)이다. "호랑이는 죽어서 가죽을 남기고 사람은 죽어서 이름을 남긴다."는 속담처럼 우리 민족은 이름을 드날리고, 후세에 자신의 이름을 멋있게 전하는 것을 인간의 귀한 덕목으로 여겨 왔다.

지금 우리 사회가 물론 조선과 같은 신분 사회는 아니지만, 충, 인, 예, 신과 같은 유교적 덕목들이 현대사회에 점차 퇴색해가는 것에 견준다면, 입신과 양명을 하고 싶은 마음은 오히려 예전보다도 더 강해지고 있는 것이 사실이다. 옛날에는 일부 사대부들만 입신양명하는 꿈을 가졌으나, 지금은 자유주의 체제 아래서 신분적 제약 없이 누구나 성공할 수 있는 기회가 있기 때문에 성공에 대한 욕망과 노력은 어떤 개인도 예외가 아닌 보편화된 가치가 되어버렸다.

그래서 성공과 출세를 위해서는 어떠한 수단과 방법도 가리지 않는 경쟁 사회로 가속화되어 가고 있으며, 사람들은 명예와 권력과 부를 얻기 위해 기꺼이 자신의 일생을 바친다. 사회 전반에 걸쳐 예외인 곳은 눈 씻고 찾아보기 힘들고, 마지막 보루인 신앙공동체 안에도 이러한 사상이 깊숙이 들어와 모든 사회가 전쟁터이며, 살기 위한 아니면 더 잘 살기 위한 몸부림만 있을 뿐이다.

성공 지향주의 아이들 – 그 마지막은?

이러한 환경 속에서 아이들에게 출세하고 성공하도록 가르치는 것에서 초월할 수 있는 부모가 과연 얼마나 있을까? 그러나 우리 기독교인들은 자녀들이 출세 지향적 성향이 되어 가는 데 부모의 역할이 어떤 사회적인 변인보다도 결정적이라는 것을 깊이 깨달아야 한다. 사회적 환경이 아무리 '성공'이라는 가치를 중요시 여기더라도 가정에서 부모가 그렇지 않다고 가르칠 수만 있다면 절대로 아이들은 쉽게 사회에 물들지 않는다.

반대로 사회적으로 출세하고 성공하지 못하면 인생에서 실패하는 것이라고 가르치는 부모 밑에서 주님이 사랑하는 자녀는 나올 수 없다. 어떤 부모들은 요즘 같은 무한경쟁시대에 아이들을 몰아세워서 강하게 키우지 않으면 너무 유약해지고 사회에 나가서 어떻게 적응을 할 수 있겠느냐고 물어보고 싶을 것이다. 그러나 이 글 뒤에 아이들의 비전 세우기에 대해서 좀 더 자세하게 얘기하겠지만, 그렇게 세상적인 것을 노파심에 강조하지 않아도 아이들을 충분히 동기부여 할 수 있고, 충분히 경쟁력 있는 아이들로 키워나갈 수 있다. 아이들은 공부 잘하라고 해서 잘하지 않으며, 꼭 성공하라고 해서 성공하지 않는다. 공부하고 성공하는 것은 아이들 본인이지 부모가 아니기 때문이다. 실용적이고 성공적인 가치로만 자녀들을 몰아붙이면 아이들의 내면은 더 나약해지고 피폐해져서 성공과 출세를 하기도 전에 인생의 실패자가 될 수 있다.

부모들이여, 자녀의 인생을 잠깐만이라도 생각을 해 보라. 그 아이들이 청년이 되고, 중년이 되고, 노년이 되었을 때 자기 인생을 되돌아보며, 내가 이 자리까지 오기 위해서 얼마나 성공에만 몰두하여 왔으며, 다른 사람의 희생을 담보로 하여 출세의 길을 걸어왔는지를 회고할 때, 어렸을 때 자신을 가르치던 부모님의 모습을 어떻게 떠올릴지 한번 상상해 보라. 또 아이들이 커서 '인생의 성공'이라는 의미를 어떻게 해석하고 재평가할지에 대해도 한번 깊게 생각해 보아야 한다. 그리고 더 나아가서 주님께서 우리 자녀를 어떻게 키우기를 원하시는지 고찰해야 한다.

부모들은 자녀들에 대한 자신의 권한을 극대화시키면서도 자신의 아이들에 대한 의무는 최소화시키거나 무시하는 경우가 많다. 아이들에게 우리가 행사할 수 있는 권한과 의무는 신성한 것이며 우리 마음대로 할 수 있는 성질의 것이 아니다. 자식이 성공하기를 바라는 부모의 마음을 지울 수가 없겠지만 그 전에 본질적이고 필수적인 부모로서의 권한과 의무가 무엇인지를 주님께 물어서 알고 그대로 행하려는 순수한 노력이 필요하다. 그래도 자녀가 성공을 하기를 바란다면 그 주권을 주님이 갖고 계시다는 것을 알고, 주님께 순종하는 법부터 배워야 한다.

우리 아이들 교회에서 누구를 닮고 싶어 하나

아이들을 학원에서 가르치다 보면 교회를 다니지 않는 아이들보다 하나님을 믿는 학생들이 오히려 성공지향적인 아이들이 더 많은 데 매우 놀란다. 이것은 크리스천 부모들의 잘못된 교육도 문제가 있겠지만, 일부 교회에서 은근히 '성공'을 기독교인이 지향해야 할 목표인양 몰아가는 것도 큰 요인으로 작용하고 있다.

이렇게 요즘 유행하고 있는 교회의 실용주의적, 성공 지향적 접근은 아이들이 자연스럽게 그것에 심취하게 만들고, 자신이 다니는 교회의 성공하고 돈 많은 장로님을 닮고 싶은 모델로 정하고, 거기서 미래의 꿈을 키워 나가게 만든다. 기성세대가 동조하거나 옹호하는 이 사회의 분위기를 아이들이 마다할 이유가 전혀 없다.

교회도 물론 때로는 성도들의 요구에 부합하는 주제의 설교가 있어야 하고 교육이 있어야 하겠지만, '성공하는 신앙인의 몇 가지 습관'과 같은 주제의 설교를 자주 한다는 것은 그 설교가 아무리 성경적이고 감동적이더라도, 교회 밖 세상에서 아이들을 성공 지향적으로 살아가도록 묵인해 주는 역할이 되고 말아서 그렇지 않아도 현실적인 요즘 아이들의 숨통을 트여주는 부정적인 결과를 초래한다.

교회 안에서 아이들이 닮고 싶어 하는 사람은 과연 어떤 사람이어야 할까? 일단 모든 사람들의 선망의 대상이 되는 세상에서 성공한 집사님이나 장로님은 아니어야 한다. 왜냐하면 아이들은 그들이 성공하기까지의 과정에 초점을 맞추는 것이 아니라, 현재의 결과를 바라보며 존경하고 닮고 싶어 하는 것이기 때문이다. 어떤 부모들은 동기부여도 되고 자극도 될 수 있는데 무슨 상관이냐고 반문을 할지도 모르지만, 아이들이 바라는 궁극적인 목표가 성공이라면 그 세속적인 성공이 우리 기독교인들에게 어떤 의미가 있는지 잘 생각해 볼 일이다.

교회에서 신망을 받고 아이들의 닮고 싶은 모델이 될 유일한 분은 예수님이다. 그리고 더 있다면 예수님을 닮아 살아가려고 티 나지 않게 조용히 노력하고 있는 신실한 성도들이다. 아이들의 마음속에 예수님이나 거룩하게 살아가는 신실한 성도들이 자리 잡고 정신적인 멘토의 역할을 해나갈 때 우리 교회의 미래, 아니 우리 사회의 미래는 밝다고 하겠다.

해결책은 결국 '부모'

우리 아이들은 이렇게 안과 밖으로 위험한 수준에 노출되어 있다. 한 아이가 기독교인으로 정상적으로 커가는 것이 이 사회가 다양화, 다원화되면서 더욱더 어려운 과제로 남게 되었다. 이 과제를 해결하기 위해서는 우리 사회, 학교, 교회 모두가 노력을 해야 하지만 결정적인 열쇠의 역할을 감당할 사람은 지금으로서는 부모들 밖에 없다.

아이들을 오랫동안 가르치며 얻은 결론 중의 하나가 어떤 아이가 문제가 있을 때 그 원인 제공자는 거의 그 아이들의 부모라는 사실이다. 부모가 의식적 무의식적으로 행하는 모든 말과 행동과 가르침이 아이들의 뇌 속 깊이 박혀 있어서 그것들은 긍정적, 부정적 형태로 나중에 아이들의 행동으로 나타나게 된다. 이러한 이유로 부모들이 아이들의 행동에 뚜렷한 책임을 져야 한다는 것이다.

이러한 책임감을 가지고 우리 기독교인들이 이런 환경 속에서 아이들에게 해줄 수 있는 유일한 것은 부모들이 바른 판단과 통찰을 가지고 아이들을 성경적으로 지혜롭게 키워나가는 것 외에는 다른 길이 없다. 진정으로 그것이 아이들을 살리고, 더 나아가서 이 사회를 건전하고 비전 있게 만들며, 부모에게도 바른 신앙생활의 틀을 다시 짤 수 있는 좋은 계기가 될 수 있을 것이다.

성경에는 부모가 자녀들에게 무엇을 강조해야 하는지, 아이들이 무엇을 하면 안 되는지, 하나님이 진정으로 원하는 부모의 모습은 어떤 것인지 자세하게 언급되어 있다. 그래서 만약 아이들에게 무엇을 어떻게 해야 할지를 모른다는 부모들이 있다면 그것은 평소에 성경에 관심이 없었다는 반증일 뿐이다. 주님 말씀을 배제하고 아이들을 가르친다는 것은 해답이 있는 성경을 외면한 채, 답은 확인도 안하고 문제 풀이

만 반복하는 어린 아이와 같다.

세속적 성공주의를 애써서 성경 말씀으로 포장하려고 하는 솔깃한 이야기에 마음을 두지 말고, 자기 자식을 가장 사랑하는 부모들이 직접 성경에서 어떤 답을 제시하고 있는지 열심히 찾으려고 노력해야 한다. 그것이 다른 어떤 것으로 아이들에게 잘해준 것보다 아이들이 나중에 더 감사할 일이며, 주님이 칭찬하실 일이다.

3. 꿈과 비전에 관한 오해들

꿈을 꾼 위인들 - 요셉과 야곱

우리가 흔히 '꿈'하면 생각나는 성경 속의 인물은 요셉과 야곱이다. 먼저 요셉은 꿈에 밭에서 내 단은 일어서고 형들의 단은 둘러서서 절을 하고, 또 꿈을 꾸어 해와 달과 열한 개의 별이 자신에게 절하는 것을 보고, 형들과 아버지 야곱에게 꿈 얘기를 했다가 온갖 꾸짖음을 받게 된다. 이 일로 요셉은 '꿈꾸는 자'라고 형들에게 놀림을 받으며 결국에는 애굽으로 팔려가게 되고, 보디발의 아내의 모함으로 옥중에 갇혀서도 두 관원장의 꿈을 잘 해석하게 되어 옥에서 풀려나게 되고, 다시 바로의 꿈을 잘 해석한 공로로 애굽의 총리까지 되는 영화를 얻게 된다.

이렇게 요셉의 삶은 꿈을 빼고는 설명이 불가능할 정도로 드라마틱한 꿈을 꾼 위인이어서, 우리들은 요셉을 그의 형들처럼 '꿈꾸는 자'라고 부르기를 서슴지 않는다. 또한 요셉은 성경 속의 몇 안 되는 흠 없는 인물이어서 누구나 닮고 싶어 하고, 요셉이 꾸었던 꿈들이 우리들의 꿈속에 나타나기를 바라기도 한다.

야곱의 경우는 그가 브엘세바를 떠나 하란으로 가다가 해가 져서 돌하나를 취하여 베개 삼고 잠이 들었다가, 꿈속에 사닥다리가 하늘에 닿고 하나님의 사자가 그 위에 오르락내리락하는 것을 보게 된다. 그런데 이 꿈 자체가 우리에게 의미를 주는 것이 아니라 곧이어 나오는 야곱에게 주어지는 엄청난 주님의 축복의 약속들이 우리를 매료시키고 꿈을 축복과 연관시키는 근거 없는 인식이 개입하게 된다. "나는 여호와니 너의 조부 아브라함의 하나님이요, 이삭의 하나님이라. 네가 누워있는 땅을 내가 너와 네 자손에게 주리니. 네 자손이 땅의 티끌같이 되어 네가 서쪽과 동쪽과 북쪽과 남쪽으로 퍼져 나갈지며 땅의 모든 족속이 너와 네 자손으로 말미암아 복을 받으리라. 내가 너와 함께 있어 네가 어디로 가든지 너를 지키며 너를 이끌어 이 땅으로 돌아오게 할지라. 내가 네게 허락한 것을 다 이루기까지 너를 떠나지 아니하리라 하신지라."(창28:13~15)

야곱은 우리들이 아는 것처럼 위에서 보는 것 같은 하나님의 축복의 약속을 받을 만한 자격이 있는 사람이 아니다. 탐욕과 비굴함이 가득한 인생을 산 어쩌면 우리들의 모습을 많이 닮은 성경 속 인물이 아닌가 싶다. 그래서 우리는 우리와 별반 다를 것 없는 야곱처럼 꿈을 꾸고 싶어 하고, 꿈에 주님이 나타나 우리에게 축복의 말씀을 또는 형통할 길을 일러 주길 바란다.

꿈에 대한 오해들

요셉과 야곱의 성경 속에 나타난 삶을 통해 우리들이 만들어낸 한 가지 공통된 점은 현대인의 눈으로 볼 때 두 인물 다 주님 안에서 '성공'한 삶같이 보인다는 것이다. 그리고 이들의 삶이 꿈과 연관되어 있다고 생각하기 때문에 '성공=꿈', '꿈=비전=축복'이라는 이상한 공식을 만들어서 도식적으로 생각하는 사람들이 많다는 것이 문제가 아닐 수 없다.

다시 말하면 비전을 향한 꿈을 열심히 꾸어야 우리가 인생에서 성공할 수 있다는 믿음을 갖게 되었다는 것이다. 이러한 성경 인물과 꿈을 연관시킨 피상적이고 어이없는 해석은 다시 앞에서 언급한 이 시대의 '성공주의'와 맞물려, 꿈만 꾸면 다 하나님이 알아서 이루어주는 것 같은 분위기로 기독교인들을 몰아가는 교회가 적지 않다.

이렇게 우리는 이러한 꿈의 예지적인 기능을 믿고, 잠자리에 들 때 좋은 꿈을 꾸게 해달라고 기도하고, 현실 생활 속에서는 갖가지 공상과 상상으로 자신의 꿈을 머릿속에 그렸다가 지웠다가 하는 행동을 반복하고 있다. 시시때때로 꿈과 비전이 바뀔 수 있어서, 다른 사람의 꿈이 자신의 꿈보다 멋있고 근사해 보이면 바로 변경하거나 수정하고, 무엇보다도 더욱 안타까운 현상은 바람직하지 못한 꿈을 오래 간직하고, 그것을 위해 기도하는 사람들이 많다는 사실이다.

예전에 아이들에게 확실한 비전을 심어 주었으면 좋겠다는 학부모의 제언에 공감하여 학원 이름을 '비전 스쿨'로 한 적이 있었다. 기회될 때마다 아이들에게 주님이 주시는 비전이 무엇인지 열심히 설명하고, 채플 시간에도 성경적으로 꿈과 비전을 이해시키려고 노력했다. 그래서 그 아이들이 졸업할 즈음에 자신의 비전에 대해서 다시 물어 보았다. 그리고 나는 곧 내가 원하는 대답이 나오질 않자 무언가 잘못되었다는 것을 직감했다.

아이들은 항상 꿈을 자신이 되고 싶은 이상적인 것들과 연관시켰으며, 이상적인 것들은 모두 세상에서 성공한 결과로 나타나는 것들이다.

예를 들어, 성공한 사업가가 되어 돈과 명예를 얻고 싶고, 연예인이 되어 인기를 누리고 싶고, 정치인이 되어 권력을 휘두르고 싶은 것이 아이들의 꿈이자 목표이다.

성경적인 가르침을 받은 아이들이 그렇지 않은 아이들과 크게 다르지 않다는 것에 놀랐고, 이 아이들이 벌써 기성세대를 닮아가고 있다는 것에 다시 한 번 놀랐다. 아이들도 어른들처럼 철저하게 계산적이며, 자신의 욕망의 코드대로 살아가고 있는 것이다. 영악해지고 세상적인 것에 민감한 아이들을 보면서 나는 어디서부터 잘못 되었는지, 누구의 잘못인지 깊이 생각하는 계기가 되었다.

꿈과 비전의 올바른 해석

성경에서 얘기하는 '꿈'은 하나님이 우리를 찾아오시는 통로이다. 꿈이라는 것은 본질적으로 수동적이고 피동적인 것이지 능동적인 것이 아니다. 즉, 우리는 우리 의지대로 꿈을 꾸는 것이 아니라, 누군가에 의해서 꿈을 꾸게 되는 것이다.

요셉에게 사람들로부터 우러름을 받는 위치에 오르게 될 거라고, 또 바로의 꿈을 어떻게 해석할지를 가르쳐 주신 분은 하나님이시다. 요셉이 형들보다 높은 위치에 있게 해달라고 하나님께 간청한 적도 없고, 애굽의 총리가 되게 해달라고 기도한 적도 없다. 오히려 요셉은 처음에 꾼 꿈의 내용이 뭔지도 몰랐고, 형들과 아버지에게 얘기했다가 꾸지람만 받자 아마도 흉한 꿈이라고 생각했을 것이다.

야곱도 마찬가지다. 형 에서에게서 장자권을 빼앗기는 했지만, 하나님에게 주의 사자를 보여 달라고 간구하지도 않았고, 주님께서 친히 꿈속에 오셔서 엄청난 축복을 약속하리라고는 생각하지도 못했을 것이다. 그냥 하나님이 찾아오신 것이다.

우리 기독교인들은 모든 것을 주님께 간구하여 달라는 데 익숙하다. 건강을 달라고 하고, 가정의 화목을 달라고 하고, 남편의 사업이 잘 되고 아이들이 공부 잘하게 해달라고 간구한다. 물론 이런 것들이 전부 나쁘거나 잘못 되었다는 것은 아니다. 하지만 이렇게 무턱대고 간구하는 습관이 우리 아이들의 비전을 설정하는 데 많은 지장을 초래한다는 사실이 중요하다.

우리의 꿈을 만드는 것은 하나님이 하는 것이요, 그 꿈을 이루어나가게 하는 것도 하나님이 하시는 일이다. 쉽게 말하면 주의 자녀들의 꿈은 하나님이 모두 주관하시는 것이다. 하나님이 이 땅과 우리를 창조했듯이 우리의 꿈도 만들어 주시는 것이다. 다시 말해서 우리가 꿈을 꾸며 살아간다는 것은 주님의 말씀에 귀 기울이고, 주님의 뜻을 헤아리는 아주 고급한 영적인 신앙생활을 하는 것이지 내가 어떤 꿈을 만들어서 어떻게 주님에게 강요해 볼까 하고 억지를 부리는 것이 아니다. 피조물인 우리가 감히 하나님의 고유 영역을 침범할 수는 없지 않은가? 우리는 주님이 만들어 주신 것에 감사하고 순종할 따름이다.

어떻게 꿈을 꾸고 이루어 나갈 것인가?

혹자는 '우리가 꿈과 희망 없이 이 세상을 어떻게 살아갈 수 있겠는가?'하고 반문할 것이다. 맞는 말이다. 우리들 인간은 희망이 없이는 단 하루도 살아갈 수 없다. 그래서 우리 기독교인들은 꿈과 소망에 대하여 이렇게 기도해야 하는 것이다. "하나님 아버지, 저희는 한 치 앞도 내다보지 못하는 불쌍한 존재입니다. 그래서 주님께서 주시는 비전대로 살아가고자 합니다. 우리 자녀들에게 그 아이들의 그릇에 담을 수 있는 뚜렷하고 선한, 주님의 의지에 걸맞은 꿈을 주셔서, 그것을 이 땅에서 이루어 나가는 데 한 몸 바치며 살아갈 수 있게 하소서."

우리 아이들은 이 땅의 미래를 책임질 귀한 보배들이다. 이들이 어떤 비전을 갖고 이 세상을 살아가느냐는 아이들의 욕망과 욕구도 작용하겠지만, 무엇보다도 우리 기성세대의 책임과 역할이 크다. 특히 우리 기독교인들은 일반인들과는 다른 비전을 가져야 하고, 자녀들에게도 올바른 비전을 갖도록 가르쳐야 한다.

우리가 생각하는 것처럼 아이들의 꿈이 순수하고 소박하지 않다. 이 아이들은 사회의 물질만능주의, 성공주의에 어른들만큼이나 오염되어서, 이들의 꿈을 바로 잡아야 할 이유는 심각하다. 아이들이 헛되고 무의미한 목표에 매달려서 시간과 영혼을 낭비하는 일이 더 이상 일어나지 않아야 한다.

우리 자녀들 하나하나는 주님의 귀한 보배이고, 주님께서는 우리들이 생각하는 것, 바라는 것 이상 그 아이들을 위한 더 좋은 계획을 예비하고 계신다. 우리들은 다만 성경을 통해서 또 성령님의 도우심을 통해서 그것을 찾고, 받은바 사명을 감당하며 살아가는 삶이 있을 뿐이다.

4. 하나님의 영광을 위하여

무의식적인 거짓말

아이들에게 교리를 가르치기 위한 웨스트민스터 소요리 문답 제 1번 질문은 "사람의 제일 되는 목적이 무엇인가?"이고 그 답은 "사람이 제일 되는 목적은 하나님을 영화롭게 하는 것과 영원토록 그를 즐거워하는 것이다."이다.

우리 기독교인들은 누구나 한 번쯤은 '제가 주님의 영광을 위해 살겠습니다.'라고 고백해 보았을 것이다. 이 고백은 우리의 기도 속에서도 아주 흔히 나타난다. '주님, 이번 일만 해결해 주시면 제가 열심히 주님의 영광을 위하여 헌신을 하며 살겠습니다.' 이런 서원 비슷한 기도도 무의식적으로 많이 하고, 자녀를 위해서는 이런 기도를 많이 한다. '주님, 우리 아이가 좋은 대학에 가서 주님께 영광 돌리는 삶을 살 수 있게 해 주세요.' 아니면 '우리 아이가 공부를 잘해야 주님의 영광을 드높일 수 있을 것 아닙니까? 부디 우리 아이가 공부를 잘하게 해 주세요.' 라고 기도할 수도 있다.

모두가 틀린 기도도 아니고, 하나님이 어떻게 응답하실지 잘 모르겠지만, 일단 짚고 넘어가야 할 한 가지가 있다. 그러한 기도를 하는 부모의 마음속에는 아이들이 공부를 잘하고 좋은 대학에 가야하는 이유 중에 하나님의 영광을 기리기 위한 것이 과연 순수하게 얼마나 포함되어 있는가 하는 문제다. 물론 신앙생활도 개인차가 있어서 정말 순수하게 주님의 영광만을 위해 기도하시는 분도 적지 않으나, 더 많은 기독교인들의 잠재의식 속에는 앞에서 언급한 여러 가지 이기적이고 자신의 욕심을 구하는 요인들이 가득 차고, 그냥 상투적으로 기도를 하면서 '주님께 영광'이라는 맹세를 하는 것은 아닌지 부모들 스스로 생각해 보아야 할 문제이다.

'주님께 영광'이라는 다짐에는 기도하는 부모도, 또한 자녀들도 그런 삶을 산다는 각오일 것인데, 만약에 다 하나님께서 이루어 주신다면 기도를 드린 부모들은 진정으로 주님의 영광을 위해서 헌신하는 삶을 살아갈 수 있겠는가? 하나님께 영광을 돌리며 사는 삶이 얼마나 힘들고 무거운 이야기인지 잘 생각해 보고 그런 기도를 할 필요가 있다. 하나님은 우리의 마음을 꿰뚫어보시고 저 의식 깊은 곳까지 헤아리시는 분이다. 그런 분께 드리는 기도가 너무 가볍고 가식적인 것은 아닌지 깊이 고민해야 할 것이다.

주님께 영광을 돌리며 사는 자녀들

두 번째 문제는 기도를 열심히 해서 자녀들이 좋은 대학을 가면, 그 아이들이 과연 약속대로 주님을 영화롭게 하는 데 자신의 인생을 헌신하는 삶을 살아가느냐 하는 것이다. 필자도 대학을 미션스쿨에 다녔기 때문에 학창시절에 많은 크리스천들을 경험해 보았고 교회에 다니는 제자들을 많이 길러 냈지만 그렇게 살아가는 아이들은 매우 드물다.

어떤 아이들은 대학이 주는 자유로운 분위기 속에서 마음껏 노는 데 시간을 보내고, 어떤 아이들은 취업난 속에 공부하느라 정신을 못 차린다. 고3 때까지 신앙생활을 잘 하다가 대학교 가서 오히려 망가지고 정체성을 찾지 못하는 아이들이 한둘이 아니다. 이런 이유에는 요즘 대학 문화의 문제점도 적지 않으나, 무엇보다도 아이들 마음속에 확고한 신념과 의지가 자리 잡지 못하고 있기 때문이다.

아이들은 부모가 어떤 기도를 드렸는지 잘 알지 못하고(자신을 위해서 서원기도를 했는지), 자기가 어떻게 살아야 하는지도 알지 못한다. 그냥 교회에 다니다가 대학에 갔고, 그곳에서 다양한 사람들은 만나면서 서로 많은 영향을 주고받는 가운데 자신이 누구인지, 대학은 왜 왔는지, 앞으로 어떻게 살아야 하는지와 같은 문제에 대해서만 고민하다가 결국 모든 것이 세상 아이들처럼 더욱 불분명해지고 정체성을 잃어가게 된다.

이런 문제는 우리 사회가 대학만 보내면 알아서 아이들이 자라나기를 바라는 마음에서 비롯된 것일 것이다. 그러나 대학생은 법적으로는 성인일지 몰라도 정신적으로는 주체성을 갖지 못하는 아이일 수밖에 없다. 이것은 아이들의 독립심과 자생력을 키워주는 것과는 별개의 문제이다. 아이들이 열심히 공부해서 대학에 들어갔을 때, 그때부터가 정말로 중요한 사회생활의 출발점이다. 고등학교 때까지 신앙생활을 잘 하던 아이가 대학에 가서 방황하며 인생을 허비하지 않도록 하는 것 역시 부모의 몫이다.

우리 아이들이 본격적으로 성인으로서 사회생활을 시작하는 대학에서 기독교인으로서의 정체성을 확립하고 자신의 사명감을 깨닫게 해주는 것은 부모의 진정한 의무이다. 좋은 대학 보내달라고 간구하는 것보다 훨씬 이것이 중요한 일이며 끝없는 대화로 이 문제들을 풀어나가야 하고, 어려운 일이 있을 때마다 든든한 후원자로서의 역할을 마다하면 안 된다.

주님을 영화롭게 하는 삶이란

세 번째 문제는 '주님을 영화롭게 하는 것'이 무엇인가 하는 것이다. 소요리 문답 둘째 질문은 "하나님께서 무슨 규칙을 우리에게 주시어 어떻게 자기를 영화롭게 하고 즐거워할 것을 지시하셨는가?"이고, 이에 대한 답은 "신구약 성경에 기재된 하나님의 말씀은 어떻게 우리가 그를 영화롭게 하고, 즐거워할 것을 지시하는 유일한 규칙이다."라고 되어 있다. 그렇다. 하나님을 영광스럽게 만드는 방법은 성경에만 답이 있다.

주님을 영화롭게 한다는 것은 성경 말씀을 잘 이해하고, 그 가르침대로 생활 속에서 신앙인으로서의 향기를 풍기며 살면 되는 것이다. 그러나 성경 말씀을 제대로 이해하는 것이 쉬운 일이 아니다. 그것이 그렇게 쉬운 일이라면 우리나라에만 200만 명 가까운 이단이 생겨나지 않았을 것이다. 말씀을 바로 깨우쳐 알기 위해서는 신앙적 행위에 열심히 하는 것도 필요하겠지만 본질을 찾으려는 노력이 더욱 필요하다 하겠다.

우리는 흔히 어떤 크리스천 운동선수가 올림픽에 나가 금메달을 따서 그 부모가 다니는 교회에 얼마를 헌금 했다거나, 자녀를 좋은 대학교에 보낸 부모가 감사의 표시로 헌금을 많이 했다는 이야기를 종종 듣는다. 주님의 뜻을 이루는 일에 쓰이도록 헌금을 많이 하는 것이 어떻게 나쁠 수 있겠는가마는, 하나님께 영광 돌린다는 약속이 자기가 부탁한 일에 대하여 수고했다는 의미로 돈이나 물질로 대가를 치를 수 있는 그런 성질의 것 이상이라는 사실을 반드시 알아야 한다. 주님을 영화롭게 하는 것은 헌금이나 구제, 전도나 봉사 같은 행위도 다 포함되지만 그것보다 더 근본적이고 고통을 감수해야 하는 내용들이 성경에는 많이 있다.

그러나 신학자도 아닌 내가 말씀의 본질을 독자들에게 강요할 수도 없고 그럴 필요도 없다. 주님을 모시고 살고, 주님을 영화롭게 하려고 애쓰는 성도들이라면 자기 자신이 성경 속에서 그 진리를 하나하나 찾아내고, 찾아낸 진리와 교훈들을 자신의 몸속에 융화시키고, 생활 속에 그것들을 적용하며 살아가면 될 것이다. 그러기 위해서는 성경을 읽고 연구하는 시간이 기본적으로 많아야 한다. 세상살이에 바쁜 현대인들은 일 때문에 아니면 다른 관심사에 파묻혀서 성경을 가까이 할 시간이 없는 것 같다. 그러면 그럴수록 당신의 삶은 피폐해지게 된다.

뭔가 신앙적인 행위에 익숙해 있고 선한 일을 많이 한 것 같아 보이지만 당신이 진정으로 세월이 지나 인생의 황혼이 왔을 때 '내가 진정 예수님이 원하는 일을 지금까지 했노라.' 아니면 '나는 나중에 주님 앞에 갔을 때 착하고 신실한 종이었다고 칭찬 받을 수 있어.'라는 자신감이 당신에게는 있는가?

주님을 영화롭게 하는 삶이란 이렇게 언뜻 떠오르는 상식적이고 피상적인 답으로 얻어낼 수 없는 어려운 문제이다. 그리고 힘든 작업이다. 소요리 문답에서 제시한 답처럼 주님을 위한 삶은 하나님의 말씀 안에서 우리가 살아가는 것이고, 그렇게 사는 삶이 말처럼 간단하지도 쉽지도 않고 얼마나 어려운 일인지는 성경을 깊이 공부해 본 사람은 다 공감할 것이다. 하지만 어려워도 우리는 하나님 말씀이 주는 규칙에 따라 살아야 하고 그 진리를 깨우치기 위해 끊임없는 노력을 경주해야 한다. 이것이 기독교인의 본분이며 부족한 우리가 이렇게 노력하는 자세 자체가 주님을 영화롭게 하는 것은 아닐까?

5. 자녀교육에 관한 성경적 근거들

자녀교육의 태도 - 엄하게 키워라

자녀교육에 관한 구체적인 성경의 말씀들은 많지는 않으나, 일관된 주제는 "자녀를 다루는 부모의 태도가 빈틈없고, 엄격해야 한다."고 강조하고 있다. 어찌 보면 아이러니하게도 주님의 존재조차도 몰랐던 우리나라 봉건사회의 자녀 교육 방법이, 지금 현대를 살아가는 자애로운 부모들의 교육 방법보다 성경적이라는 사실은 기독교인들에게 시사하는 바가 많다고 하겠다.

성경 중 잠언에 자식 교육에 관한 말씀이 가장 많은데, "지혜로운 아들은 아비의 훈계를 들으나 거만한 자는 꾸지람을 즐겨 듣지 아니 하느니라."(잠 13:1) "매를 아끼는 자는 그 자식을 미워함이라 자식을 사랑하는 자는 근실히 징계 하느니라."(잠 13:24) "네가 네 아들에게 희망이 있은즉 그를 징계하되 죽일 마음은 두지 말지니라."(잠 19:18) "상하게 때리는 것이 악을 없이 하나니 매는 사람의 속에 깊이 들어가느니라."(잠 20:30) "아이를 훈계하지 아니하려고 하지 말라 채찍으로 그를 때릴지라도 죽지 아니하리라. 네가 그를 채찍으로 때리면 그의 영혼을 스올(음부)에서 구원하리라."(잠 23:13-14) "면책(마주 대하여 책망함)은 숨은 사랑보다 나으니라."(잠 27:5) "채찍과 꾸지람이 지혜를 주거늘 임의로 행하게 버려둔 자식은 어미를 욕되게 하느니라."(잠 29:15) "네 자식을 징계하라. 그리하면 그가 너를 평안하게 하겠고, 또 네 마음에 기쁨을 주리라."(잠 29:17)

성경을 유심히 보아 온 성도들이 아니라면 조금은 과격하고 무식해 보이는 위의 말씀들에 놀라거나 당황해 하는 분들도 적지 않을 것이라고 생각한다. 그래서 과연 이런 상식적이지 못해 보이는 말씀들이 자식 교육에 그대로 적용할 수 있을까 하고 의구심을 갖는 사람들을 많이 보아 왔다. 하지만 이 말씀들 속에는 우리 주님의 놀라우신 지혜와 예비하심이 숨어 있다는 것을 말씀을 지켜 행하는 성도들은 자연스럽게 알게 될 것이다.

학원에서 같이 일하던 선생 한 명이 필자에게 이렇게 의문을 던진 적이 있었다. "기독교 학원이고 가르치는 사람들이 크리스천 선생들이라면 아이들을 사랑으로 다루어야지, 왜 그렇게 엄하게 다루시나요?" 그래서 나는 이렇게 대답했다. "당신은 사랑의 의미를 잘못 알고 있는 것 같군요. 성경을 잘 읽어 보세요. 세상 사람들처럼 상식적으로 접근하려고 하지 말고." 나중에 그 선생이 세상적인 사랑과 자애로움으로 아이들을 대하다가 마침내는 어떤 일에 분을 못 참고 아이들을 심하게 때려서 그 반 아이들이 너무 놀라서 나에게 달려왔던 것을 기억한다.

세상적인 사랑과 너그러움으로 아이들을 길러 왔던 부모들이 있다면, 앞에 제시한 잠언의 말씀들을 다시 한 번 찬찬히 읽어보길 바란다. 그 말씀이 비유적인 표현이라고 의심되는 사람들은 한번 속는 셈치고 말씀대로 해보라고 권유하고 싶다. 그리고 주님의 섭리를 깨우치길 바랄 뿐이다. 인간의 이성적 판단과 확신이 얼마나 무모하고 헛된 것이었는지 알게 될 것이다.

필자도 예전에 아버지의 권위적이고 억압적인 태도가 너무 싫었기 때문에 학원에서 아이들을 가르치거나 집에서 아이들을 키울 때 항상 참고 아이들의 기를 살려주는 자상하고 훌륭한 아버지와 선생님이 되기 위해서 노력했다. 그러다가 뭔가 잘 안 되어가고 있다는 것을 직감하게 되었고 그때부터 성경적인 근거를 찾기 시작해서 말씀을 연구하다가 위에 언급한 진리들을 알게 되었는데, 그것은 진정 내 삶에 가장 큰 보배 중의 하나가 아닐 수 없다.

성경이 말하는 자녀 사랑의 의미

성경에는 이상하게도 자녀를 사랑하라는 말씀이 없다. 하나님은 우리를 그렇게 사랑하시면서 왜 우리들에게는 자녀를 사랑하라는 말을 안 하시는지 오랫동안 의문거리였다. 그 의문은 이제 풀렸는데 사랑하라는 말을 성경에 써 놓지 않더라도 우리들의 자식 사랑은 차고 넘치기 때문이다. 그래서 성경에 주 여호와를 사랑하고, 부모를 사랑하고, 이웃을 사랑하라는 말은 자주 언급 되면서도 자식을 사랑하라는 말씀은 없는 것이다. 현대 사회가 아이들을 너무 온실의 화초처럼 과잉보호할 것을 주님께서 벌써 예견하신 것 같은 느낌이 들 정도이다.

하나님께서 우리를 극진히 사랑하시면서도 알 수 없는 고통과 연단의 시간을 주시는 것처럼, 우리도 자식을 그렇게 훈육해야 한다. 그 자식들이 부모의 진심을 모르고 오해하고 불만이어도 괜찮다. 우리가 시간이 지나면 주님의 진실하고 빈틈없으심을 알고 감사하듯, 자녀들도 나중에도 반드시 그런 부모에게 감사하게 될 것이다.

그래서 우리는 아이들을 매사에 엄격하게 키워야 한다. 계획적이고 주도적으로 엄하게 길러야 한다. 그러면 봉건 사회에서 부모들이 아이들을 엄하게 징계하며 키운 것이 과연 그것은 성경적이고 아무 문제도 없었을까? 옛날 부모들, 특히 아버지들의 문제점은 엄히 아이들을 혼내며 키운 것은 잘했는데 바로 사랑의 표현을 안 했다는 데 있다. 아이가 무릎 위에 앉는 것도 허락하지 않았고 따뜻하게 말 한마디 건네주는 것도 드물었다. 이러한 옛날 부모들의 부족한 사랑 표현의 문제는 앞에서 말한 '과잉보호'의 문제와 이율배반적으로 보일지도 모르지만, 자식에게 사랑을 표현하는 것과 과잉보호하는 것은 완전히 이질적인 개념이다.

과거의 아버지들은 자녀들이 '이 사람이 내 아버지로구나.'라는 확고한 신념을 만들 수 있는 잔잔한 사랑의 표현이 너무 약했다. 자기 자식을 안아주고 놀아주는 아버지는 찾아보기 힘들었다. 사회적 분위기가 그렇게 만들었고 속으로만 사랑하고 겉으로는 감정 표현을 안 하는 것이 남자의 미덕으로 알고 있던 시대였다. 그것이 옛날 부모들의 한계라고 볼 수 있다.

그래서 현대를 사는 자상한 부모들은 아이들을 성경 말씀대로 엄하게 키울 수만 있다면 전통과 현대의 두 가지 가정교육의 장점을 다 발휘할 수 있다. 전통적인 부모들처럼 엄하게 키우면서도 현대 부모들의 장점인 자상하고 아기자기한 사랑을 나누면서 살면 그야말로 아이들에게는 가장 좋은 가정교육 환경이라고 할 수 있다.

성경에서도 사도 바울은 이러한 균형 잡힌 자녀 교육의 방법을 한마디로 요약하여 다음과 같이 권면하고 있다. "아비들아, 너희 자녀를 노엽게 하지 말고 오직 주의 교훈과 훈계로 양육하라."(엡 6:4)

부모는 자녀들을 노하게 하면 안 된다. 그러면 부모에 대해 적개심이 생기고 반항적 일탈 행위를 보이기 쉽다. 항상 상식적인 수준에서 훈계가 이루어져야 하며 일관성 있는 징계를 해야 한다. 즉흥적이고 일관성 없는 꾸지람은 자녀를 노하게 만든다. 그렇다고 아이들의 기를 너무 살려 주어도 안 된다. 아이들이 교만에 빠지고 방자해지기 쉽기 때문이다. 서로 상충되는 엄격함과 자애로움이 항상 균형을 이룰 수 있도록 지혜로운 부모가 되어야 할 것이다. 하나님이 우리에게 하는 것처럼 말이다.

'의사소통' – 눈높이를 맞춰라

우리 몸에 피가 잘 통하지 않으면 혈관질환을 일으키고, 기업이 소통이 안 되면 죽은 회사이며, 사회가 소통이 안 되면 긍정적인 발전을 기대하기 어렵다. 가정도 마찬가지다. 가정을 함께 이루어나가는 구성원 사이에 원활한 소통이 이루어지지 않으면 그 가정은 건강하지 않으며 그러한 환경에서 자란 아이들이 건전하기를 기대하기는 힘들다. 가정이 건강하고 아이들이 잘 자라기 위해서는 수직적 수평적으로 매끄러운 의사소통이 이루어져야 한다.

지금 우리 사회는 외부적으로 볼 때는 그야말로 커뮤니케이션의 천국처럼 보인다. 중학생 이상이면 거의 다 휴대전화를 갖고 하루 종일 그것에 의존해서 살아가고 있다. 온종일 다른 사람들과 통화하고 문자를 보내고 받고 정신없이 살아가고 있지만, 자녀들과 우리들은 얼마나 의사소통을 잘하고 있는가? 물론 가족들 사이에도 전화로 의사소통을 많이 하지만, 정말 중요한 소통은 기계를 이용하는 것보다는 눈과 눈을 마주 보고 같이 호흡을 느끼면서 하는 엄마와 아들의 대화나 아빠와 딸의 대화이다.

기본적인 사회 구조가 가족들이 서로 바빠서 눈을 마주 보고 대화를 할 수 있는 시간이 부족하다고 하지만 전부 핑계에 불과하다. 대화할 수 있는 시간은 부모가 조금만 노력하면 만들 수 있다. 아이들과 함께 할 수 있는 시간과 공간을 자꾸 만들면 된다. 보통 아이들과 관계가 소원해지기 시작하는 시기가 아이들이 사춘기가 시작될 때부터이다. 개인차는 있기는 하지만 평소 부모와 대화를 많이 해온 아이들은 사춘 기라는 개념 자체도 모르고 지나간다. 바쁘다는 핑계로 아이들과 의사 소통의 채널을 차단시켜 놓고, 문을 쾅 닫고 들어가는 아이들을 혼내 려고만 하는 부모가 있다면 심각한 문제다.

의사소통의 가장 기본적인 첫 단계는 '들어주기'다. 자녀가 하는 소 리에 귀 기울여 들어야 한다. 무엇을 말하는지, 어떤 상황을 설명하는 지, 어떤 의도를 갖고 얘기하는지, 잘 경청하고 상황에 알맞은 성실한 답변을 해야 한다. 그래야 아이들도 부모의 말을 듣는다. 일방적인 의 사소통이란 없다. 아이들의 말을 다 듣고 얘기해야 하며, 의견이 충돌 하거나 들어줄 수 없는 것을 요구하면 충분히 아이들을 설득시켜야 한 다. 그리고 나서도 무리한 요구를 하면 혼내야 한다.

내가 자녀 교육법의 서두에 아이들을 엄하게 키우라고 했다고 무조 건 매를 먼저 드는 부모가 있다면 정말 큰일 날 일이다. 그러면 아이들 이 부모를 부모로 보는 것이 아니라 폭군으로 보고, 똑같이 폭군으로 변한다. 보통 신경질적이고 매사에 보채는 아이들은 부모가 대화보다 는 욕이나 매로 매사에 아이들을 대하는 그런 경우가 많다. 인내를 가 지고 아이들의 말을 들어주어야 하며, 아이들의 행동이 어떤 정도를 넘었다고 판단했을 때 몰아서 절도 있게 혼내야 한다. 그리고 아이들 을 혼내거나 야단을 칠 때에는 철저히 일관성을 유지해야 한다. 그래야 아이들이 받아들인다. 부모의 태도가 즉흥적이고 변덕스러우면 안 혼내는 것만 못하다.

타인의 말을 잘 들어주는 부모에게서 잘 들어주는 자식이 나오고 그런 아이들이 친구들이 많고 사회에 나가서는 어느 조직에서든지 인정을 받는다. 왜냐하면 사람들은 듣는 것보다 자신의 말을 하는 것을 더 좋아하기 때문이다. 실제로 스트레스가 많은 현대 사회에 하고 싶은 말은 많은데 자신의 말을 들어주는 사람은 몇 명 없다. 우리에게 지금 필요한 것은 들어주는 자세이다. 그래야 아이들이 건강해지고 사회에 나가서도 인정받을 수 있다.

두 번째 중요한 의사소통 방법은 눈높이 대화이다. 아이들 수준에서 대화를 해야 한다. 아이들에게 동화되라는 것이 아니라 아이들 수준에까지 눈높이를 낮추어서 이해하라는 것이다. 아이들은 유아기, 아동기 때 말도 안 되는 상상 속의 인물들을 창조해서 이야기를 만드는 시기가 있다. 그럴 때도 그 수준에 맞추어서 대화를 이어가야 한다. 왜냐하면 부모들도 다 그런 시기를 거쳤기 때문이다. 우리 엄마나 아빠가 친구들보다도 내 수준에 맞게 대화가 더 잘된다는 확신이 있어야 나중에 사춘기 없는 청소년 생활을 보낼 수 있다.

예수님은 자신의 권위와 보좌를 버리고 우리들과 눈높이를 맞추기 위해서 인간의 아들로 이 땅에 오셨다. 보잘 것 없는 우리들을 위해서 우리와 함께 같은 모습으로 사셨고, 우리의 죄 때문에 인간이 느낄 수 있는 최고의 고통을 겪으면서 돌아가셨다. 자식을 키우면서 우리는 예수님을 떠올려야 하고, 하나님의 숭고한 뜻을 생각해야 한다. 저 높은 곳에서 우리들과 의사소통하기 위해서 이 낮은 곳까지 오신 주님을 생각하며 우리는 우리 아이들을 주님의 뜻대로 키워야 할 것이다. 주님의 은혜에 감사하면서······.

자녀 교육의 내용 - 사무엘과 엘리 제사장의 아들들

　지금까지는 부모가 가져야할 자녀 교육의 태도에 대해서 알아보았고, 이제부터는 구체적으로 어떤 내용을 가르쳐야 하는가에 대한 성경적인 근거를 찾아보도록 하겠다.

　다윗왕을 세운 선지자 사무엘은 어렸을 때부터 여호와를 섬기는 데 극진하였다. "사무엘은 어렸을 때에 세마포 에봇을 입고 여호와 앞에서 섬겼더라."(삼상 2:18) 이렇게 사무엘이 자라나게 된 것은 그를 서원해서 낳은 어머니 한나의 다음과 같은 기도가 있었기 때문이다. "내 마음이 여호와로 말미암아 즐거워하며 내 뿔이 여호와로 인하여 높아졌으며, 내 입이 내 원수들을 향하여 크게 열렸으니, 이는 내가 주의 구원으로 인하여 기뻐함이니이다."(삼상 2:1)

　자신의 '뿔(능력과 영예를 상징)'을 높여 줄 수 있는 것은 여호와 하나님밖에 없다는 한나의 진실한 고백을 통해서 사무엘을 어떻게 키웠는가를 우리가 미루어 짐작할 수 있고, 우리가 아이들에게 어떤 내용을 가르쳐야 하는가에 대한 바른 해답을 암시하고 있다고 볼 수 있다.

　말할 필요도 없이 사무엘은 주님의 사랑을 받으며 자라났으며, "아이 사무엘이 점점 자라매 여호와와 사람들에게 은총을 더욱 받더라."(삼상 2:26) 나중에는 우리가 아는 위대하고 존경받는 선지자가 되었다.

　반면에 엘리 제사장의 아이들은 하나님을 알고 주님을 모시는 일에 소홀히 하였다. "엘리의 아들들은 행실이 나빠 여호와를 알지 못하더라."(삼상 2:12) "이 소년들의 죄가 여호와 앞에 심히 큼은 그들이 여호와의 제사를 멸시함이었더라."(삼상 2:17) 이렇게 자란 엘리의 아들들은 온갖 방탕한 짓을 일삼았으며, 블레셋과의 전투에서 주님을 의지하지 않고, 언약궤만 의지하다가 목숨을 잃게 되고, 이 모든 소식을 전해

듣던 엘리 제사장도 목이 부러져 죽고 만다. 주님에 대한 섬김과 가르침이 없이 자식을 키우면 얼마나 아이와 본인에게 비참한 결과를 초래할 수 있는지 성경이 보여주는 단적인 예이다.

무엇을 가르쳐야 하나?

우리가 사무엘과 엘리의 자식들 얘기에서 짐작할 수 있듯이, 무엇보다도 먼저 주님을 경외하도록 아이들을 가르쳐야 한다. "여호와를 경외하는 것이 지식의 근본이거늘 미련한 자는 지혜와 훈계를 멸시하느니라."(잠 1:7)

주님에 대한 막연한 두려움이 아니라, 두렵고 떨림으로 주님을 사랑할 수 있도록 가르쳐야 한다. 이것은 자녀들이 자신의 부모를 볼 때 바람직한 모습과 상통한다. 그래서 엄격하면서 자애로운 부모가 아니면 절대로 아이들로 하여금 주님을 경외하도록 만들 수 없다. 부모를 무서워하지 않는 버릇없는 아이들에게 주님을 경외해야 한다고 말하는 것은 도둑질하는 부모가 아이들에게 절대로 너는 도둑질하면 안 된다고 가르치는 것과 같다. 우리 부모들은 자기는 안 하면서 아이들에게 강요하는 것이 매우 많다. 물론 착한 아이들은 말을 듣는 척 하겠지만, 하나님을 경외하는 일은 부모를 존경하고 무서워하지 않는 아이들에게 가르치기 힘든, 다니는 교회에서 저절로 학습할 수 있는 성질의 것이 절대 아니다. 진심으로 아이들이 부모를 경외하도록 먼저 만들지 않으면 주님을 경외하도록 만들 방법은 전혀 없다는 것이다.

부모가 부모답게 행동을 해서 아이들이 자신의 부모에게 경외감을 느끼게 될 때, 비로소 이렇게 가르쳐야 한다. "하나님은 네가 나를 무서워하는 것보다 훨씬 두려워 할 대상이며, 내가 너를 사랑하는 것에 비교가 안 될 정도로 더 많이 너를 사랑하시는 분이다. 그래서 엄마, 아빠에게 혼나듯이 나쁜 길로 가면 혼날 수도 있고, 항상 바른 길로만 너를 안내하는 네가 믿고 따라야 할 유일한 분이시며, 네가 기댈 수 있는 가장 든든한 버팀목이다."

이와 같이 아이들이 주님을 경외하도록 만드는 데는, 아이들의 깨우침도 필요하고 성령님의 도우심도 필요하지만 무엇보다도 가장 중요한 것은 부모의 바른 가르침이다. 부모는 끊임없이 하나님이 어떤 분이신지, 아이들에게 설명하고 이해시켜야 한다. 하나님에 대해서 아는 것이 주님을 경외하는 출발점이 되기 때문이다. 왜냐하면 자기를 낳아준 부모와 떨어져 살아도 서로 끌리는 정을 무시할 수 없지만, 진정으로 부모를 사랑하고 존경하려면 부모와 부대끼면서 부모가 어떤 사람이라는 것을 알아야 하기 때문이다.

아이들은 아직 하나님과의 교제가 미흡하기 때문에 부모들이 '하나님이 어떤 분이신지, 구체적으로 무엇을 좋아하시고 무엇을 싫어하시는지, 우리를 얼마나 사랑하시는지'에 대해 성경을 통해 가르쳐야 한다. 그래야 주님에 대한 진정한 신뢰와 경외심이 생겨난다. "거룩하신 자를 아는 것이 명철이니라."(잠 9:10) "의인의 입술은 여러 사람을 교육하나 미련한 자는 지식이 없어 죽느니라."(잠 10:21)

지혜를 간구하라

"지혜로운 아들은 아비로 기쁘게 하거니와 미련한 아들은 어미의 근심이니라."(잠 10:1) 위의 말씀에서 아들은 하나님에 대한 우리들 본인이 될 수도 있고, 우리들의 자녀가 될 수도 있다. 우리가 이 땅에 살아가면서 진정 필요한 것은 하나님을 아는 지혜와 하나님께서 우리에게 주시는 지혜다. "지혜가 제일이니 지혜를 얻으라."(잠 4:7) "지혜는 진주보다 귀하니 네가 사모하는 모든 것으로도 이에 비교할 수 없도다." (잠 3:15)

우리가 얻어야 할 지혜는 세상에서 얻어낼 수 있는 것이 아니라 오직 주님께서 주시는, 주님에서 비롯된 것이어야 한다. 그래서 성경에는 다음과 같이 세상적인 지혜와 구분하여 가르치고 있다. "너희 중에 누구든지 이 세상에서 지혜 있는 줄로 생각하거든 어리석은 자가 되어라. 그리하여야 지혜로운 자가 되리라. 이 세상 지혜는 하나님께 어리석은 것이니 기록된바 하나님은 지혜 있는 자들로 하여금 자기 꾀에 빠지게 하시는 이라 하였고,"(고전 3:18-19)

우리 부모들은 자녀들을 위해 무엇을 간구해야 하는지, 어떤 기도가 응답을 받는지 잘 모르고 있는 것 같다. 아이들의 건강도, 바라는 미래도 그렇게 간구하는 만큼 얻어지지 않는다는 것을 한 번쯤은 다 경험해 보기 때문이다. 그러나 주님께 끊임없이 구하고 또 빠짐없이 응답을 받을 수 있는 기도가 한 가지 있으니 바로 지혜를 간구하는 기도이다. "너희 중에 누구든지 지혜가 부족하거든 모든 사람에게 후히 주시고 꾸짖지 아니하시는 하나님께 구하라, 그리하면 주시리라."(약 1:5)

아이들이 이 세상에 살아가면서 정말로 필요한 수단이요, 도구는 바로 지혜이다. 지혜를 간구하여 가장 지혜로운 왕이 된 솔로몬은 누구나 부러워하면서도 시시때때로 지혜를 간구하는 부지런함이 우리들에게는 없다. 아이들이 하나님께 지혜를 간구할 수 있도록, 또 아이들이 하나님의 지혜를 받을 수 있도록 우리는 열심히 기도해야 한다.

아무 것이나 간구하지 말라

내가 다니는 교회 안수집사님의 간증이다. 딸아이가 초등학교 때 담임선생님으로부터 호출이 있어 학교에 가보니, 아이가 학력이 많이 부진하니까 학원을 보내든지 과외를 시키라는 이야기를 듣게 된다. 이말에 충격을 받은 아버지는 그 날부터 딸아이의 공부를 위해 전심으로 기도하게 된다. 그 결과 아이는 점차 성적이 좋아지고, 계속 성적을 유지해서 일류 대학에 갔다는 자녀교육 성공담이다. 이 이야기 말고도 직간접적으로 우리는 유사한 간증을 많이 들어 왔다. 그래서 흥분해서 따라해 보기도 하고, 우리 아이에게 어떻게 적용할까 고민해 보기도 했을 것이다.

여기에 우리 기독교인들의 분별없음과 나약함이 숨어 있다. 이런 간증을 믿지 말라는 말이 아니고, 절대 따라 해서는 안 되는 성질의 것임을 명백하게 알고 있어야 한다는 것이다.

하나님은 우리가 정말 목을 매고 간절하게 떼쓰면 들어 주시는 분이다. 광야 생활을 할 때 이스라엘 백성들에게 그렇게 하셨고, 누가복음 18장에 나오는 '한 과부'의 비유에서도 "하물며 하나님께서 그 밤낮 부르짖는 택하신 자들의 원한을 풀어 주지 아니 하시겠느냐"고 하셨다. 우리는 가끔 하나님께 간구하여 얻어낸 이러한 모든 것들이 다 선하고 좋은 것이라고 착각하는 경향이 있는데, 과연 주님께서 주신 것들이 모두 그 안에 주님의 흡족하고 기쁜 마음이 담겨져 있는 것일까 하고 의구심을 가져야 한다.

자녀를 길러 본 부모라면 누구나 경험해 보았겠지만, 자기 아이가 햄버거를 사달라고 자꾸 보채면 "어제도 먹었으니 오늘은 안 된다. 건강에 해롭다."라고 말하며 안 사주다가 아이가 울고불고 하면 하는 수 없이 또 사준다. 그 햄버거 안에는 부모의 사랑이 들어 있지 않다. 자식을 걱정하는 연민과 근심만이 있을 뿐이다.

주님께서 좋아하지 않는 일로 자꾸 보채지 말라. 우리의 어떤 모습을 주님께서 좋아하실지, 주님께서 진정으로 좋아하시는 것이 무엇인지 생각해보고 간구하라. 칭얼대며 자꾸 뭔가를 해달라고 보채는 아이가 불쌍하기도 하지만 계속 사랑스럽지만은 않은 것이 부모의 마음이라는 것을 자식을 길러 본 사람이라면 다 경험했을 것이다. 주님도 마찬가지다.

자녀를 위한 간구라면 더 이상 공부 잘하게 해달라고만 기도하지 말고 앞에서 언급한 것처럼 주님의 뜻을 헤아려 알고, 주님의 나라를 만드는 도구로 써달라고 간구하고, 매사에 지혜를 달라고 기도하라. 무모하게 떼쓰는 아이들을 보면 우리 마음이 편하지 않듯이 우리들도 철들고 성숙한 신앙인이 되어 주님을 기쁘고 영화롭게 해야 한다.

아이들의 일은 아이들에게 맡겨라

앞에서 언급했듯이 하나님은 기계처럼 우리를 조종하지 않으신다. 우리들의 의지와 선택을 존중하고 심지어는 아버지를 배신하고 다른 신을 섬길 수 있는 자유까지 허락하셨다. 우리를 사랑하시기 때문에 가능한 것이다. 이런 주님의 깊은 사랑과 인내하는 태도를 우리도 배워야 한다.

성경을 보면 하나님께서 하시는 일의 공통점을 뽑아내 볼 수 있다. 그 중 하나가 주님이 모든 일을 다 하지 않는다는 것이다. 전지전능한 하나님께서 모든 일을 직접 하지 않으시고 우리를 통해서 하시려고 애쓴다. 노아에게 이렇게 저렇게 생긴 방주를 지으라고 시키셨고, 모세에게 노예 생활하는 백성을 이끌고 애굽을 탈출하라고 명령하셨고, 요셉에게 여호수아에게 다윗에게 어떻게 하라고 지시하셨지 직접 일을 하지 않으셨다. 어렸을 때 영화관에서 '십계'라는 영화를 보고 모세가 홍해를 가르는 장면이 너무 인상적이었다. 그러나 어린 나이에 하나님이 왜 저런 방법을 쓰셨을까 하는 의구심을 가진 적이 있다. 모세라는 대리인을 쓰지 않고 직접 바다를 마르게 만들거나, 공중으로 이스라엘 백성들을 순간이동 시키면 더 멋있고 쉬운데 왜 무능력한 인간을 통해서 일을 하실까?

세상에는 하나님이 하실 일이 있고 우리가 해야 할 일이 있다. 어떤 경우는 그 경계선이 모호해서 판단하기 어려운 것도 많으나 우리가 해야 할 일을 주님께서 대신 해주시지는 않는다. 하나님을 초월적이고 의타적으로 의지하는 것은 우리가 가지고 있는 종교적 본성이지만 일상생활 속에 기적만을 바라고 사는 기독교인들은 문제가 있다. 주님께서 만들어 놓은 상식적인 질서 안에서 하나님께서는 우리가 직접 일을 처리하기를 원하신다. 주님 대신 우리가 선생이나 목회자가 되어 사람들을 가르치고, 주님 대신 의사가 되어 아픈 사람들을 치료한다. 우리 각자가 생활 속에서 하나님의 대리자로서의 역할을 감당하며 살아가고 있는 것이다.

마찬가지로 우리 가정에서도 부모가 해야 할 일이 있고 아이들이 해야 할 일이 있다. 아이들의 일은 아이들에게 맡겨야 한다. 조금 불안하고 마음에 안 들어도 주님이 우리에게 하시는 것처럼 믿고 맡기고 일을 잘할 수 있도록 도와주어야 한다. 그것이 성경이 우리에게 가르쳐주는 지혜다.

그런데 요즘 부모들은 아이들이 해야 할 일을 자신이 하는 사람들이 너무 많다. 공부만 잘하면 아이들이 해야 할 일을 부모가 모두 대신해

줄 마음의 준비를 하고 살아가는 것처럼 보인다. 집안에서 아이들이 마땅히 해야 할 일도 부모가 대신하며 공부 외에는 아이들에게 시키는 일이 거의 없다. 그런데도 아이들의 학력도 체력도 감성도 사회성도 점점 그 지수가 떨어지는 이유는 무엇일까? 그 답은 역시 주님의 뜻대로 아이들을 키우지 않기 때문이다. 보호하고 간섭을 하면 아이들이 더 잘할 것 같지만 그렇지 않다. 간섭과 관심의 차이를 인식해야 한다. 자식에게 정말 관심 있는 부모는 마음이 아프고 좀 불안해도 스스로 생각하고 자기 일을 수행해 나가도록 유도한다.

아이들이 가면 갈수록 학력과 체력도 떨어지지만 자생력과 사고력이 현저하게 부족하다는 것을 학생들을 지도할 때마다 느낀다. 이것은 우리 사회 환경의 취약성과 부모의 과실이 모두 요인으로 작용한다고 볼 수 있다. 어렸을 때부터 과보호하면서 일방적으로 공부만 강조하는 문화와 가르침 속에서 아이들은 생각 없이 꿈만 꾸는 아이들로 자라나고 있다. 아무것도 혼자 할 수 있는 것이 없고 시간이 주어져도 멍하니 있는 아이가 많으며, 고3이 되어도 자기가 무엇을 해야 하는지 모르는 아이도 상당수이다.

그래서 나는 아이들을 지도할 때 소위 '젖떼기'라는 작업을 수행 한다. 초등학교 때부터 선생님과 부모의 젖에 길들여져 있는 아이들을 어느 정도 시기가 되면 젖 떼는 작업을 해야 한다. 그렇지 않으면 요즘 아이들은 고3이 되어도 어떻게 공부해야 하는 줄을 모르고, 사회에 나가서도 적응력 있는 사회인이 되지 못한다. 아이 젖을 떼어 본 경험이 있는 부모는 마음을 알겠지만 찢어지는 아픔을 감수해야 한다. 아이들은 언젠가는 부모 품을 떠난다. 아이들을 진심으로 사랑한다면 생각할 줄 알고 자생력 있는 아이들로 키워야 한다.

아이들이 병에 걸려 많이 아플 때면 어떤 부모도 자식 대신 아플 수 있다면 그렇게 하고픈 것이 인지상정이지만 그렇게 할 수도 없고 해서도 안 된다. 고통도 슬픔도 아픔도 모두 아이들이 감당해야 할 인생의 일부분이며 그렇게 하면서 하나님의 자녀로 성숙해가는 것이다. 주님의 자녀로 아이들이 빨리 자라야 하나님께서 아이들에게 귀한 역할을 맡긴다.

가족 예배 – 마지막 대안

아이들 교육의 모든 문제를 한 번에 해결할 수 있는 유일한 대안은 '가족 예배'이다. 지금처럼 현대 사회를 살아가느라고 가족 구성원들이 바쁜 세상에서 가족 예배보다 더 좋은 가족 간에 의사소통할 수 있는 도구는 없다. 의사소통의 중요성은 앞에서 언급하였거니와 가족 예배를 통해서 우리는 찬송하며 주님께 즐거움을 드리고, 말씀을 나누면서 그 안에 구원에 이르는 진리와 지혜를 발견하며, 가족들과 못다 한 즐거운 담화도 나눌 수 있다.

이 가족 예배는 주님을 사랑하는 우리들의 가장 기본적이고 실천적인 표현이며 - "너는 마음을 다하고 뜻을 다하고 힘을 다하여 네 하나님 여호와를 사랑하라"(신 6:5), 예수님의 지상명령을 이 땅에서 수행하는 가장 작지만 위대한 실천이라고 할 수 있다. - "내가 너희에게 분부한 모든 것을 가르쳐 지키게 하라 볼지어다. 내가 세상 끝 날까지 너희와 항상 함께 있으리라 하시니라."(마 28:20)

그래서 가족 예배를 주님께 드리는 것만으로도 주님께는 영광이요, 우리들에게 은혜임이 틀림없지만 우리가 준비하는 내용의 질에 따라 그 양상이 매우 달라질 수 있다. 이러한 이유로 그 예배를 주최하는 사람(아버지나 어머니)의 성경에 대한 깊은 이해가 있어야 한다. 가족 예배가 진정으로 아이들 교육의 장으로 활용되려면 부모가 열심히 성경을 연구하여 말씀으로 가르치고 말씀으로 권면해야 한다. "모든 성경은 하나님의 감동으로 된 것으로 교훈과 책망과 바르게 함과 의로 교육하기에 유익하니."(딤후 3:16) "범사에 오래 참음과 가르침으로 경책(꾸짖음)하며 경계하며 권하라."(딤후 4:2) 부모가 어느 정도 자녀들에게 성경을 가르칠 수 있는 실력을 갖추어야 가족 예배를 시작할 수 있다는 결론이 나오고, 그러기 위해서는 부모님들의 노력이 당연히 필요하다. 예배를 준비하기 위해 성경을 공부하고 연구하다 보면 성경 공부 자체가 본인에게 넘치는 은혜로 다가오는 것을 느끼게 될 것이다. 세상 말로 도랑치고 가재도 잡는 격이며, 언젠가는 알아야 할 성경의 진리를 앞당길 수 있는 좋은 모티브라고 생각해도 좋을 것이다.

예배는 일정한 시간과 공간을 필요로 하기 때문에 그것 자체가 제약이 되는 경우가 많은데, 기본적인 형식의 틀을 무시하지 않는 한도 내에서 자유롭게 하는 것이 좋다. 그러나 가족 예배도 주님께 드리는 예배인 만큼 예배의 호스트이신 하나님께 불경한 모습을 보이면 안 되고 신실하고 진심어린 마음으로 드려야 한다. 매일같이 주님께서 가족 예배로 우리를 불러 주신다면 우리는 기쁘고 감사한 마음으로 우리의 정성과 뜻을 다하여 주님께 헌신하는 것이 예배의 참뜻이다.

이렇게 귀한 가족 예배가 끝나고 가족들의 여러 가지 문제와 관심거리를 같이 공유하면서 서로의 얼굴을 바라볼 수 있다면 우리들은 진정으로 화목하고 질서 있는 가정의 모습을 발견하게 될 것이다. 가족들이 모두 시간을 맞추어 한자리에 모이기가 힘든 가족이라면 일주일에 한 번이라도(식구가 다 모일 수 있는 주일 오후에 하는 것도 좋다) 꼭 하라고 권하고 싶다.

가족 예배를 드리는 가족의 아이들은 절대로 탈선하는 경우가 없으며, 우리 사회의 기본 단위인 가정이 건전할 수 있다면 우리 사회의 미래도 그리 어둡지만은 않을 것이다. 예수님의 아름다운 빛을 우리 가정에서부터 비추어 나가면 언젠가는 주님이 원하는 밝은 세상을 만드는 일도 그리 멀지 않을 것이다.

6. 유대인 자녀교육의 허와 실

유대인의 양면성

유대 민족은 지구상에 가장 특이한 민족 중의 하나이다. 그들은 역사상 유래를 찾아볼 수 없을 정도로 끈질긴 생명력을 갖고 있으며, 지금은 그 인종이 많이 섞여 있지만 한 가지 혈통을 지켜온 나쁘게 말하면 가장 배타적이고, 좋게 말하면 가장 순수한 민족이라고 할 수 있다. 이들이 이러한 순수한 혈통을 유지하게 한 것은 주지하는 바와 같이 그들이 믿는 유일신 여호와 하나님에 대한 신앙적 결속력이다. 그들은 아직도 택함을 받은 백성이라는 선민의식을 갖고 있으며, 그것이 어려웠던 이스라엘의 역사 속에서 그들은 지탱하게 해준 원동력이자 살아가는 이유였다.

유대인들은 현재 전 세계의(특히 미국) 금융, 언론, 학술 등 거의 모든 분야를 장악하고 있는 명실상부한 지구상의 실세이다. 천삼백만 정도밖에 안 되는 인구가 세계를 장악하고 있다는 것은 불가사의한 일이 아닐 수 없으며, 다른 민족의 선망과 질투를 동시에 일으키는 것도 당연한 귀결이다.

우리나라 사람들은 유대인들을 미워하는 사람들보다는 부러워하는 사람들이 훨씬 많다. 그 이유는 우리가 갖고 싶은 것을 그들이 다 갖고 있기 때문이다. 특히 그들의 경제력과 노벨상 수상자의 20% 이상을 차지하고 있는 지적 우월성을 가장 부러워한다. 0.2%의 민족이 노벨상의 20% 이상을 차지한다는 것은 숫자상의 난센스이고 기적일 수밖에 없다. 그래서 우리 부모들은 유대인의 자녀 교육을 벤치마킹하기 시작했고 열렬하게 그들의 교육 방법을 모방하는 사람들도 많아지기 시작했다.

그러나 우리가 이러한 유대인들의 결과만 보고 그대로 유대인들을 따라 하고 부러워해도 좋은가? 유대인들은 하나님에게 선택받은 민족임과 동시에 버림받은 민족이다. 모두가 알다시피 그들은 예수님을 돌아가시게 한 크나큰 죄를 지었기 때문이다. 역사적으로 볼 때 유대인들은 정말 부러워할 대상이 아니다. 천팔백 년을 나라도 없이 세계 각 나라에 더부살이로 살아오다가 이차 세계대전 후에 가까스로 팔레스타인에 조그만 땅덩어리를 차지하고 일부가 정착해서 가까스로 나라를 세웠다. 11세기 때는 십자군에게 30만 명 정도가 화형을 당했고, 히틀러 대학살 때는 600만 명이 넘는 무고한 유대인들이 죽음을 당했다.

이것은 예수님을 돌아가시게 한 죄의 대가이기도 하지만 현대를 살아가는 유대인들이 아직도 예수님을 인정하지 않고 있다는 것은 우리가 이들을 부러워만 할 대상이 아니라는 것을 명백하게 일러준다. 이스라엘에 가면 십자가 모양을 볼 수 없으며, 심지어 구급차에도 그리고 아이들 수학시간에도 '+'를 사용하지 못한다. 물론 AD 1세기부터 있었던 로마와의 항쟁에서 예수님을 지지한 파와의 알력도 있었고 십자군 전쟁 때 십자군의 십자가 표시가 이가 갈리게도 싫었겠지만, 그들이 예수님을 인정하지 않는다는 것은 어떤 이유로도 합리화할 수 없고 우리가 결코 동조하거나 인정해서는 안 되는 것이며, 결과만 보고 우리가 그들의 행동양식을 무조건 따라한다는 것은 아주 위험한 발상이다.

그리고, 지금 중동을 화약고로 만들고 이교도라는 명목으로 무고한 사람들을 살상하는 것이 하나님의 자녀로서 올바른 행위인지 우리가 생각해보고 그들을 부러워하거나 배워야 한다. 그래서 지금부터 유대인들의 교육제도와 가정에서 이루어지는 자녀 교육의 허와 실에 대해서 알아보기로 하겠다. 우리가 배울 것은 무엇인지, 마구 따라 배우면 안 되는 것이 무엇인지 고찰하면서 그들의 교육방법을 충분히 검토하고 취사선택해야 한다.

☺ 헌법이 없는 유대인

유대인들은 헌법이 없다. 구약성경을 그들의 헌법으로 사용한다. 성경 안에는 광범위하게 적용될 수 있는 율법이 있기 때문이다. 그리고 유대인들은 가르칠 때 이 성경을 표준 교과서로 이용한다. 성경을 통해 영성과 지성과 율법을 배운다.

태어날 때부터 성경말씀을 듣고 자라며 그 말씀이 아이들의 전인적인 뿌리를 이룬다. 중고등학교에서도 오전에는 성경말씀을 교육하고 오후에 일반학과를 시작한다. 대학에 가서도 그것은 이어진다. 이 부분이 내가 가장 부러워하는 부분이다. 가정에서 학교에서 성경으로 가르치고 성경으로 훈계하는 정말 부러운 환경이 아닐 수 없다. 내가 꿈꾸는 가정의 모델이자 학교의 시스템이다.

이러한 철저한 성경교육이 그들의 많은 범죄와 악행에도 불구하고 가장 우수한 민족으로 살아남게 하는 이유가 아닌가 싶다. 우리나라도 유치원부터 대학교까지 학교에서 이렇게 성경교육이 제대로 이루어진다면 도덕적으로 인성적으로 정말 바람직한 아이들을 길러낼 수 있다. 실제로 우리나라 기독교 학교에서 어떤 교육과정이 이루어지는지 상세하게 알 수는 없으나, 각 학교는 교육부의 시책에 따라서 커리큘럼을 만들어야 하기 때문에 지금 당장은 어려움이 많을 것임을 인정한다. 그러나 언젠가는 그런 날이 꼭 오리라 믿는다. 온 국민이 주님께 예배하고, 학교에서 성경공부 시간이 가장 중요한 시간이며, 모든 선생님이 성경을 가르칠 수 있는 이상적인 기독교 국가가 될 때까지 우리는 열심히 기도해야 할 것이다.

☺ 아이들의 반항심을 무조건 잘라버리지 않는다

유대인들은 획일적인 것이나 통속적인 것에 대하여 아이들이 반항심을 갖는 것을 어른들이 억누르거나 잘라버리지 않는다. 그 이유는 거기에는 아이들의 어떤 잠재력이 내포되어 있고, 강한 개성의 표현이라는 것이다. 이렇게 개인의 개성을 존중하는 교육방식이 유대인들을 가장 창조적인 민족으로 이끌었는지는 모르지만, 우리도 개성이라는 것에 대해 한번쯤은 심각하게 생각해보아야 한다.

우리는 현대시대를 개성의 시대라고 이야기하며 과감한 개성 표현을 현대인의 한 가지 덕목으로 생각하는 경향이 강하다. 튀지 못하면 살아가기 힘들고 평범한 것은 몰개성적인 것으로 간주해서 모임이나 조직에서 지탄받기까지 하는 시대이다.

개성이라는 것은 말 그대로 자기 자신을 남과 다르게 표현하는 것이다. 그러나 개성의 표현이 남에게 해를 끼치거나 불편함을 초래한다면 그것은 정말로 개성이 '개 같은 성질'이 되어 버린다. 개성이라는 표현으로 젊은 남녀가 공공장소에서 애정행각을 벌이며, 어떤 사람들은 남에게 혐오감을 주는 복장으로 시내를 활보하고 다닌다. 어렸을 때부터 자기 마음대로 자신을 표현하는 데 익숙한 아이들은 자라서 남의 눈을 의식하지 않는 것이 개성이라고 생각하기가 쉬워진다. 그래서 개성을 강하게 표현하기 위해서는 남들의 시선이나 남들의 입장에는 감각이 무뎌지는 훈련이 되어 있다.

유대인들이 예수님을 돌아가시게 하고 죄의식을 느끼지 못하며, 지금도 명분 없는 전쟁으로 죄 없는 사람들을 죽이면서도 자기들이 하는 일을 모르고 있는 것은 바로 그들의 이러한 아이들의 기를 살려주는 창의력 교육의 결과가 아닌가 생각한다.

기독교인의 창의력이란 성경적 질서 안에서 창의성을 발휘하는 것을 말한다. 획일적인 사고의 틀을 깨라고 훈련받은 아이들은 선악과를 따먹은 아담과 이브처럼 자신의 행동이 어떤 결과를 초래할 것이라는 결과에 둔감해지고, 어떤 행동도 창의력이라는 이름으로 묶인될 수 있다는 위험한 발상을 하게 된다. 아이들을 개성 있고 창의적으로 키우려면 그들의 행동을 무조건 강화시켜서는 절대 안 되며, 해도 되는 생각과 하면 안 되는 생각을 부모가 잘 구분하여 이해시켜야 한다. 다시 말하면 생각의 범주를 부모가 정해주어야 한다는 것이다.

그러나 우리나라 부모들은 창의력에 광신적인 태도를 보여서 유대인들이 하는 것처럼 아이들이 방을 어질러 놔도 나무라지 않으며, 물건을 내던지고 부서도 혼내지 않고 오히려 칭찬하거나 격려하기도 한다. 이것은 단발적인 창의력을 향상시키는 데 도움을 줄지는 몰라도 아이들의 EQ를 높이거나 인성과 영성을 키우는 데 오히려 도움이 되지 않는다는 과학적인 연구 결과가 속속들이 나오고 있다.

우리가 아이들의 창의력을 키워주기 위해서 하는 이러한 일련의 행동들은 성경의 가르침과는 반대에 서는 것이며 하나님의 창조질서를 어지럽히는 결과를 낳을 뿐이다. 따라서 우리는 자녀들에게 하나님께 순종하고, 부모에게 공경심을 표하는 것은 어길 수 없는 규칙이며, 살아가면서 자신들이 절대로 넘지 못할 수준이 있고 의심을 품지 못할 진리가 있다는 것을 알도록 교육시켜야 한다.

☺ 귀납적 공부 방법

유대인들은 자녀 교육을 할 때 철저하게 연역법이 아닌 귀납적 방법으로 가르친다. 일반적 진리를 먼저 가르쳐주고 거기에 맞는 사례들을 하나씩 해결하는 것이 아니라 단편적인 한 가지 문제부터 본인이 해결하게 만들어서 여러 문제를 풀다가 진리를 깨우쳐 가는 귀납적 공부 방법을 이용하여 아이들을 지도한다.

그래서 조그만 문제도 빨리 답을 주지 않고 스스로 분석하고 해결하도록 유도하며, 낮은 수준에서부터 높은 수준으로 점진적인 심화 학습을 시킨다. 이러한 분석적이고 귀납적인 공부 방법이 유대인들을 지능지수는 세계 평균치보다 그렇게 높지 않지만 학술적인 두뇌로 키워나가는 결과를 낳았다.

이러한 귀납적 공부 방법은 우리가 성경 공부를 할 때도 적용이 되는데, 성경 공부를 할 때 귀납적이고 분석적인 방법은 실제로 상당히 큰 도움을 준다. 성경은 구약과 신약, 전체 66권이 완벽한 통일성과 일관성을 유지하고 있다. 그래서 성경을 공부하는 사람들은 성경에 나오는 하나하나의 사건과 말씀들이 어떤 주제를 향해 가고 있는지를 생각하면서 읽고 공부해야 한다. 한 가지 말씀에만 집착해서 생각하다 보면 주님이 원하시는 진리를 깨닫기 어려우며, 심하면 이단에 빠지는 우를 범하기도 한다.

연역적 사고는 바쁜 현대인에게 적합한 사고방식처럼 보인다. 남들이 발견한 답이나 공식에 빨리빨리 자신의 사례를 대입하여 생각하는 연역적인 사고는 우리 생활의 근간을 이루고 학교 교육도 이렇게 이루어지고 있다. 이러한 연역적 사고는 빠르고 간편할지는 모르지만 아이들의 사고력을 증진시키는 데 효과적이지 못하며 특히 성경을 공부할 때는 더욱 그렇다.

요즘 아이들은 성경 속의 진리도 답을 먼저 알고 싶어 하며 그것을 외워서 자기 생활에 적용하려고 한다. 그러나 성경의 진리는 그렇게 얻어지는 것이 아니며, 하나하나의 말씀을 자신이 묵상하고 체험하면서 주님께서 우리에게 주시는 진리를 찾아나가는 귀납적인 방법으로 이해될 때 진정한 성경 공부라고 할 수 있다.

현대인의 조급한 마음이 기독교 성도들을 자꾸 문제 해결을 위해 교회를 다니게 하는 것처럼 느껴지는 이유도 요즘 기독교인들의 편하고 안이하게 신앙생활을 하려는 연역적 사고가 저변에 깔려 있기 때문이다. 교회에서 제공하는 공식에 자신의 문제를 대입해서 빨리 좋은 결과를 얻어내고자 하는 것이 요즘 기독교인들의 습관이다.

그러나 쉽게 얻어지는 진리는 없으며 남이 발견한 진리는 자기의 것이 아니다. 신앙생활에서는 특히 그렇다. 특히 아이들을 가르칠 때 절대로 편하다고 해서 연역적인 방법으로 가르치면 안 된다. 나중에 그 아이들이 정말 중요한 주님이 주시는 아름다운 진리를 하나도 발견하지 못하고 신앙생활을 할 수도 있으니까.

☹ 어려서 천재였던 사람들의 이야기를 들려준다

유대인들은 어린 아이들의 경쟁심과 허영심을 보다 자극하기 위해서 어렸을 때부터 천재였던 위인들의 이야기를 들려준다. 그 이유는 어떤 아이이든지 어렸을 때는 자신이 천재라고 생각하며, 그 생각을 현실화하기 위해서는 부모들의 격려와 자극이 필요하다는 것이다. 그래서 천재 발명가 에디슨의 어린 시절 이야기를 해주고, 수학자 가우스의 어린 시절 이야기도 해준다. 이런 이야기를 듣고 자란 아이는 로맨틱한 상상력을 키우면서 자랄 수 있다고 생각하는 것이 유대인들의 발상이다.

나도 어렸을 때 에디슨과 천재 수학자 가우스의 이야기를 들으면서 컸다. 에디슨이 닭 농장에서 닭의 알을 품었다는 이야기나, 가우스가 1부터 10까지 더해 보라고 한 선생님의 질문에 한 번에 55라고 대답했다는 일화를 수도 없이 들었다. 그러한 천재들의 행동이 나에게는 그냥 전설로 들렸으며, 특히 가우스의 천재적인 계산은 나를 주눅 들게만 했던 것 같다.

유대인들은 천팔백 년을 집도 없이 남의 집에서 눈치를 보며 더부살이해온 민족이다. 그래서 그들은 생존 전략으로 경쟁심을 어렸을 때부터 자극해야 했으며, 남들보다 모든 면에서 앞서야 한다는 강박관념으로 살아온 민족이다. 어떻게 보면 유대인들의 생활방식은 그들이 살아남기 위한 처절한 몸부림이었다고 해도 과언이 아니다.

우리나라 부모들은 자신의 자녀가 영재 또는 영재성을 갖기를 간절히 원한다. 그런 바람 때문에 여기저기 영재학교, 영재학원이 난립하고 유대인들의 천재성을 배우려는 부모들도 많은 것으로 알고 있다.

그러나 실제로 자신의 자녀가 천재가 되었다고 가정해보자. 자신의 친구들이 초등학교 다닐 때 대학 과정을 공부하면 그 아이의 경쟁력은 높아 보이겠지만, 주님은 아이들이 사람들과 조화를 이루는 것을 원하시고 더불어 사는 것을 더 원하신다.

예전에 어떤 프로그램에서 어렸을 때 세상을 깜짝 놀라게 했던 몇 명의 천재 아동들을 추적 조사한 적이 있었는데, 결과는 그 아이들이 성장해서 자신의 또래 아이들보다 앞서 있는 경우는 드물며 오히려 사회생활도 제대로 못 하고 심한 자괴감에 빠져 있는 사례가 더 많다는 것을 본 적이 있다.

유대인들의 천재 교육은 경쟁심만을 부추기고 허영심만을 조장하는 남에게 유익을 주지 못하는, 우리가 따라 배울만한 교육 방법이 아니다. 천재 자녀를 두고 싶은 부모의 마음은 예나 지금이나 변함이 없지만, 자신의 자녀가 자만심에 빠져 주님도 모르고 살아가는 천재가 되기보다는 평범하게 살면서 주님께 순종하는 주님의 참 제자로 키워나가는 것이 더 현명한 부모의 선택이라고 생각한다.

또한 어렸을 때부터 아이들에게 경쟁심을 키워주면 절대로 예수님처럼 이타적인 사회인으로 성장해 나갈 수 없다. 자신보다 남을 돌보는 것이 주님 자녀의 마땅한 행동이며, 그렇게 남을 배려하는 삶 속에 주님이 동행하시고, 앞길을 약속하고 예비해 주신다.

☺ 유대인의 공동체 의식

유대인들은 힘들었던 역사 속에서 어느 민족보다도 공동체 의식과 연대의식이 강한 민족이다. 세계 각지에 흩어져 사는 그들은 '우리는 하나'라는 탁월한 공동체 의식을 갖고 있어서 전쟁이 나면 본국으로 모일 수 있는 유일한 민족이 아닌가 싶다.

물론 이러한 공동체 의식의 기반에는 여호와를 향한 믿음의 공동체이기 때문에 가능했다고 생각할 수 있지만, 우리나라의 기독교만 보더라도 얼마나 분파가 많고 단합이 잘 안 되는 것을 보면 꼭 그런 이유만은 아닌 것 같다.

유대인들은 어렸을 때부터 '고리론'으로 공동체 의식을 강조한다. 쇠사슬이 아무리 길어도 나 하나가 끊어지면 그 쇠사슬은 못 쓴다는 것을 강조한다. 그래서 각 개인의 서로에 대한 책임의식이 매우 중요하게 여겨진다. 이러한 연대의식을 바탕으로 유대인들은 어느 나라에 이민을 가도 정착하는 동안 다른 현지 유대인들이 일자리도 구해주고 거주할 곳도 주선하는 등 모든 것을 도와준다. 그래서 그만큼 유대인들이 세계 각국에서 적응을 잘하며 사는 것이다.

이러한 유대인들의 지나친 공동체 의식이 다른 나라나 민족에게는 집단 이기주의로 보이기도 하지만, 어렸을 때부터 식탁 공동체를 통해 이 같은 공동체 의식을 함양할 수 있다는 것은 아주 좋은 교육 방법이고 우리가 꼭 배워야 할 생활 철학이다.

우리나라도 예전에는 공동체 의식이 꽤나 강했던 민족이었는데, 현대화의 조류 속에서 이기주의와 집단 이기주의만 점점 더 팽배해지면서 아름다운 전통이 사라지고 있는 것 같아 아쉽다. 지금은 남을 배려하고 이웃을 생각하는 공동체 의식은 간 곳이 없고, 서로에게 무관심한 병은 더욱 발전해서 남에게 하는 자신의 행동이 어떤 해악을 끼치는 지도 모르는 '무감각 증세'는 날로 심각해지고 있으며, 그로 인한 흉악한 범죄는 끝이 없다.

성경에서는 우리를 개별적인 존재로 인정하지 않는다. 사회 구성원 간에 사랑과 교제를 항상 강조한다. 다수와의 관계에서 이웃을 인정하고, 이웃을 생각하는 공동체 의식이 그 어느 윤리 지침서에서보다도 성경에 잘 나타나 있다. 기독교인들은 태어날 때부터 아름다운 공동체를 만들어갈 사명을 갖고 태어났다고 볼 수도 있다.

우리 아이들에게 이러한 공동체 의식을 가르치는 곳은 가정이다. 부모가 자녀들에게 성경을 통해서 사람들 사이의 관계의 중요성과 책임의 중요성을 계속해서 인지시키고, 내가 잘해야 사회가 바로 서고 사회가 잘 돼야 내가 생존할 수 있다는 가장 평범한 진리를 주입해야 한다.

연못 안에 물고기들이 서로 살겠다고 물고 뜯다가 한 마리가 죽어 연못 전체가 썩게 되었고 결국은 다 죽게 되었다는 노래는 요즘같이 각박한 현대사회에서는 꼭 비유적인 이야기로만 들리지 않는다. 우리 아이들에게 남을 누르고 앞서 나가는 방법을 가르치지 말고, 더불어 사는 사람들을 배려하고 사랑하는 방법을 가르쳐야 한다. 이것이 아름다운 가정, 사회, 세계를 만드는 초석이 되고, 예수님이 이 땅에 오셔서 몇 번이고 강조하신 이웃사랑의 대강령을 이 땅에서 실천하는 밑거름이 되는 중요한 생활 의식이 된다.

⊗ 세 살 때부터 경제교육을 한다

유대인들의 경제력은 그야말로 막강하다. 이스라엘이 팔레스타인에서 전쟁을 하면 유럽의 강대국과 미국은 이스라엘의 눈치를 보지 않을 수 없다. 미국은 유대인들이 미국의 경제를 장악하고 있다는 말을 듣는 것을 상당히 싫어하지만, 그것은 현실이고 유대인이 경제적으로 미국을 지배하고 있다는 것은 전 세계를 돈으로 쥐락펴락할 수 있다는 뜻이다.

유대인들이 이처럼 세계 경제를 장악한 배경에는 그들의 생존전략의 역사 속에서 이유를 찾을 수 있다. 나라를 잃고 떠돌았던 그들에게 나라를 되찾고 살아남기 위해서는 하나님 말고 의탁할 것이 필요했으니 바로 '돈'이었다. 그래서 그들은 중세시대에 다른 사람에게 허용되지 않았던 고리대금업을 손대기 시작했고, 그 기회를 이용하여 부를 축적해 나가기 시작했다. 서민들의 이자를 받아서 이윤을 획득해 나간 유대인들은 점차로 전 세계의 금융권을 장악해 나갈 수 있었다.

그러나 그들을 경제적으로 성공하게 만든 고리대금업은 성경에서 금하고 있으며, "이자를 받으려고 돈을 꾸어주지 아니하며"(시 15:5) 사채업의 속성상 돈을 빌려간 사람들에게 피를 빨아먹는 고통을 안겨주지 않을 수 없는 것이 현실이고, 사채업을 하는 요즘 사람들이 자기들도 열심히 땀을 흘려 일하고 있다고 강변하지만 고리대금업은 주님이 싫어하는 가장 나태한 직업이 아닐 수 없다. 그렇게 유대인들은 돈을 모아서 2차 세계대전 후에 돈으로 팔레스타인 땅을 되찾고, 현재 가장 적이 많으면서도 가장 세계 사람들이 무시할 수 없는 민족으로 군림하고 있다.

유대인들은 세 살이 되면 경제교육을 시작한다. "자녀들에게 먹고 사는 법을 가르쳐주지 않으면 강도로 키우는 것과 같다"라는 말을 신조로 지키고 있어서 유대인 아버지들은 직접 아이들에게 경제 교육을 아주 어린 나이부터 실시한다. 예를 들면 학교 바자회에서 쿠키를 팔아 장사를 하는 법을 가르치기도 하고, 자녀의 성년식 때 들어온 부조금으로 다른 물건을 사지 말고 그 돈을 직접 투자해 돈을 불려 나가는 재테크를 직접 지도하기도 한다.

이러한 유대인의 경제 교육을 많은 미국인들이 따라하고 있으며, 우리나라 사람들도 그런 식으로 교육을 하려고 시도하는 사람들이 많은 것으로 알고 있다. 그러나 우리가 여기서 기준으로 삼아야 할 척도가 하나 있다. 우리들은 경제에 관심이 많은데 누구를 위한 경제 발전이고, 누구를 위한 재테크인가를 고민해 보아야 한다는 것이다. 혹자는 먹고 사는 것이 해결이 안 되면 다른 무엇이 필요하겠냐고 반문하는 사람도 있겠으나, 지금 하고 있는 이야기는 현대인의 '생존'에 관한 것이 아니라 '욕심'에 관한 것이다.

예수님은 산상 수훈에서 "목숨을 위하여 무엇을 먹을까 무엇을 마실까 몸을 위하여 무엇을 입을까 걱정하지 말라."고 하셨고, "너희는 먼저 그의 나라와 그의 의를 구하라."고 하셨다.

예전에 미국의 대통령이었던 클린턴이 다른 여성과의 부적절한 관계로 탄핵을 받았으나 경제를 살린 공로로 대통령직을 무사히 수행하는 것을 보면서, 미국이라는 나라도 그들 선조의 순수한 신앙이 많이 퇴색되고 있다는 것을 느꼈다. 우리나라도 마찬가지여서 대선 때마다 경제를 살리는 대통령을 최고의 대통령으로 간주하고 있다.

아이들에게 건전한 경제교육을 하는 것은 나쁜 것이 아니다. 하지만 유대인들처럼 돈에 집착해서 아이들을 가르치면 그 아이들이 물질에 너무 큰 가치를 두고 살게 된다. 또한 유대인들이 추구하는 '물질적인 욕구와 경제적인 이득'을 마치 신처럼 추종하는 사람들이 많아질수록 이 사회는 물질만능의 병폐에서 헤어날 수가 없다.

이 세상의 어떤 가치도 주님을 앞서는 것은 없으며, 특히 그것이 물질일 때는 우리를 멸망의 길로 인도한다. "자기의 육체를 위하여 심는 자는 육체로부터 썩어진 것을 거두고 성령을 위하여 심는 자는 성령으로부터 영생을 거두리라."(갈 6:8) "돈을 사랑함이 일만 악의 뿌리가 되나니 이것을 탐내는 자들은 미혹을 받아 믿음에서 떠나 많은 근심으로써 자기를 찔렀도다."(딤전 6:10) "네가 이것을 알라 말세에 고통하는 때가 이르리니, 사람들이 자기를 사랑하며 돈을 사랑하며."(딤후 3:1~2)

'자기를 사랑하며 돈을 사랑하는' 유대인들의 행동양식을 따라한다는 것은 말세로 이끄는 징조 중에 하나이며, 우리 아이들은 돈을 사랑하게 키워서는 절대로 안 된다. 섣부르게 경제관념을 일깨워준다고 아이들에게 돈 버는 법을 가르쳐주면 단순한 아이들은 그것을 인생의 목표로 잡고 살아갈 수도 있다.

요즘 들어 중고등학생들이 주식투자하는 방법이나 인터넷 쇼핑몰 운영하는 방법에 대해 질문하는 아이들이 많아졌다. 어른들을 보고 배우는 것이 그것인지라 아이들의 관심사도 당연히 그 쪽으로 많이 치우칠 수밖에 없다. 또한 요즘 대학생 주식투자가 사회적으로 많은 문제를 일으키고 있다. 아이들은 분별력이 없다. 주식투자는 경제의 근간을 이루는 중요한 활동이며 투기와는 구분이 되어야한다고 강조해도, 그 아이들은 그것으로 돈을 벌 수 있다는 생각 밖에는 하지 않는다.

이렇게 현대사회에서 아이나 어른이나 돈에 집착하는 이유는 그들이 돈의 위력을 너무 잘 알고 있기 때문이다. 사회는 다원화되었는데 돈의 힘은 다른 가치들을 무색케 한다. 그리고 돈은 우리에게 생활의 편안함을 보증하는 가장 확실한 보증수표이다. 누가 이러한 돈의 유혹에서 자유로울 수 있겠는가? 그러나 돈을 목적으로 해서 돈을 많이 벌었다면 그것은 주님께서 이루어 준 것이 아니며, 주님께서 이루어 준 것이 아니라면 우리에게 어떤 의미를 부여할 수도 없다. 우리의 행불행은 주님께서 주관하시며, 주님이 우리를 행복하게 해주는 조건에는 돈이 개입하지 않는다.

만약 아이들에게 경제교육을 한다면 돈을 버는 법이 아니라 돈의 위해성을 바르게 일깨워 주어야 하며, 돈의 가치보다도 더 중요한 하나님의 가치와 하나님을 아는 법, 하나님을 공경하는 법을 먼저 가르쳐야 한다. 겉으로 보이는 유대인들의 경제적 능력을 보지 말고 그들의 썩어가는 영혼을 볼 수 있어야 한다.

☺ 아이들을 직접 가르치는 유대인 부모들

유대인들은 선생으로서 부모의 역할이 심대하다. 그래서 그들은 부모 자신이 가르치기 위해 열심히 공부하면서 아이들을 가르친다. 우리 사회와는 사뭇 다른 부모들의 모습을 보여준다. 유대인들은 평생교육이 일반적이기 때문에 나이가 많은 교사를 그들의 경륜을 인정하여 더 선호한다. 이러한 분위기에서 그들은 끊임없이 배우고 끊임없이 가르친다.

부모가 아이들을 가르치는 것의 유익함은 무궁무진하다. 첫째 자녀를 직접 가르치면 아이들을 진정으로 이해할 수 있는 채널이 된다. 아이들이 무슨 생각을 하고 있는지, 무엇을 잘하는지, 무엇을 좋아하는지를 부모가 알게 된다. 물론 생활 속에서 알 수도 있지만 직접 가르쳐 보면 다르다. 부모들은 흔히 "우리 아이는 제가 제일 잘 알아요."라고 얘기하지만 그렇지 않은 경우가 많다.

둘째는 부모의 교육을 받기 위해 자녀들은 준비하는 연습을 한다. 요즘 아이들은 이상하리만큼 준비성이 없다. 숙제가 있어도 숙제를 다 하고 놀 생각을 안 하고, 놀다가 시간에 쫓겨 숙제를 한다. 엄한 부모의 가르침 속에서 아이들은 준비하는 훈련을 한다.

셋째 부모에게서 교육을 받으며 자녀들은 자연스럽게 부모의 가치관과 교육하는 방법을 본받는다. 부모님의 삶의 방식과 사상을 배움으로써 아이들은 부모를 진심으로 이해하게 되고, 그 아이들이 커서 또 자신의 2세들에게 배운 것을 대물림한다.

그러나 자녀들에게 무엇인가 가르쳐 본 경험이 있는 분들은 모두가 공감하겠지만 직접 자신의 아이들에게 지식이든 사상이든 무엇을 전달한다는 것이 얼마나 어려운 일인지 알 것이다. 아이들에게 뭔가를 가르칠 때 부모들은 말보다 손이 앞서기 마련이며, 아이들은 부모가 가르치면 오히려 집중하여 가르침을 경청하지 않는다. 그래서 부모가 아이들을 가르칠 수 있다는 것은 그전에 부모의 권위가 정립되어 있어야 하며, 자녀들과 탄탄한 신뢰감이 형성되어 있어야 비로소 가능한 일이다. 그래서 자녀들을 가만히 앉혀 놓고 무엇을 가르치기가 힘들고, 부모의 말이 아이들에게 안 먹힐 때, 부모의 권위가 어디서부터 잘못되었는지 잘 살펴보고, 그것부터 바로 잡아야 한다. 그래야 진정한 가정교육이 이루어질 수 있다.

유대인들의 가정교육에서 두드러진 또 한 가지는 지혜로 아이들을 가르친다는 것이다. 성경과 탈무드를 통해서 지혜로운 삶을 살 수 있도록 가르치며, 일상 가정생활 현장에서도 적용하여 가르친다. 유대인들은 물론 종교적인 교훈을 이 땅에 실천하기 위해서 지혜를 가르치지만, 지혜는 부모가 아이들에게 가르쳐줄 수 있는 가장 중요한 것들 중에 하나임이 틀림없다. 지혜를 통해서 하나님이 주시는 가르침을 이해할 수 있으며, 이 땅에서 살아갈 때도 주님께서 은혜로 주시는 지혜를 통하여 사리를 분별하는 사고력과 판단력을 배운다.

가정에서 부모가 지혜로 자녀를 가르치는 것은 바쁜 현대인들의 가장 힘들고 어려운 작업일 수도 있겠지만, 아이들과 가정의 화목을 위하여 가장 소중하고 중요한 것이다. 아이들에게 무엇을 하라고 강요하지만 말고 부모가 가르칠 수 있는 역량을 갖추고 인내로 자녀들을 가르칠 때 참다운 가정의 행복을 만날 수 있을 것이다.

유대인 자녀교육의 허와 실

유대인들은 그 역사만큼이나 독특한 민족이다. 전 세계의 기독교인들이 성경에서 그들(이스라엘)의 역사를 배우며, 전 세계인들이 그들의 경제적 권력과 학술적 뛰어남을 부러워한다. 그러면서도 가장 많이 지탄을 받아온 민족 역시 유대인일 것이다.

예수님을 죽게 한 유대인의 실패가 언제 유대인의 깨우침으로 이어질지는 하나님의 소관이며, 나의 관심사가 아니다. 다만 내가 유대인들의 삶에 관심을 두는 이유는 우리나라 부모들이 그들의 교육법을 아무 생각 없이 무분별하게 모방하고 있는 현실 때문이다. 언제부터인가 유대인의 자녀교육법은 우리 시대 가장 신뢰받는 교육방법으로 자리 잡았고, 많은 부모들이 그것들을 여과 없이 따라하고 있다. 유대인의 양면성을 앞에서 다루었듯이, 유대인들의 자녀교육법 또한 긍정적인 면과 부정적인 면 양면을 다 고찰해 본 후에 모방해도 늦지 않는다.

어떤 성과만 보이면 열광하고 관심을 보이는 우리 국민성이 자녀 교육에도 예외는 아니어서 많은 유행했던 교육프로그램이 명멸해왔지만, 자신의 자녀에게 딱 맞는 교육법은 어느 곳에도 없다. 현대인에게 교육은 '서비스 상품' 또는 돈 주고 손쉽게 구입할 수 있는 어떤 적용 가능한 '프로그램' 정도로 생각하지만 교육 또는 교육법이라는 것은 그렇게 다루어질 속성도 존재도 아니다. 유대인의 자녀 교육법 역시 우리가 참고할 수 있는 자료이지, 그대로 따라 할 대상은 아닌 것은 자명하다. 자신의 자녀에게 가장 적합한 교육법은 그 부모의 사랑과 고뇌가 밑바탕이 되고, 부모의 열정이 담긴 이 세상에서 가장 아름다운 창작품이어야 한다.

Ⅱ

'공부'란
무엇인가

1. '공부'의 속성

무엇을 위해 공부해야 하는가?

공부(학교 공부)를 하는 목적을 알아보는 방법은 우리가 깊이 생각을 해보지 않아서 그렇지 생각보다 간단하고 쉽다. 초등학교부터 찬찬히 짚어 가면 된다. 초등부 교육과정은 중등부 교육을 정상적으로 받기 위한 예비 교육이고, 중등부는 고등부를 위한, 그리고 고등부는 대학에 진학해서 학문다운 학문을 하는 데 지장이 없도록 기본적인 소양과 자질을 갖추는 시기이다. 그러면 대학은 무엇을 위해 존재하는가? 그것은 학문 자체를 위한 아카데믹한 역할과 기능도 담당하지만, 대다수의 학생들은 대학을 사회생활을 하기 위한 방편이나 도구로 이용하는 경우가 대부분이다.

정리하면, 우리가 초등학교 때부터 열심히 공부하는 이유는 대학에 진학하기 위해서이고, 그것을 통해 사회생활을 할 때 좀 더 경쟁력 있고 유리한 위치를 선점하기 위한 노력이라고 볼 수 있다.

이러한 공부의 목적이 절대 잘못된 것은 아니다. 그러나 문제점은 한 쪽으로 너무 편중되어 있다는 것이다. 대학으로 가기 위한 일직선 상에 있는 것들 외에는 무시되고 소홀히 여겨지는 것이 우리 교육의 현실이다. 목적이 너무 뚜렷하다보니 다른 중요한 것이 너무 쉽게 무시되고 망각되고 있는 것이다.

아이들을 대하는 어른들의 첫 질문은 "너 공부 잘 하니?"이다. 어쩌면 학교에서나 사회에서나 아이들을 두 부류로만 분류하고 있는 셈이다. 공부를 못하는 아이들은 평생을 낙오자로 패배의식을 갖고 살아가야 하고, 공부를 잘하는 아이들 또한 더 잘하기 위해서 엄청난 스트레스를 감수해야만 한다. 대다수의 기성세대 사람들은 "우리도 그렇게 공부해 왔다. 그래서 우리나라가 이만큼 경제 발전을 이루고 잘 살고 있지 않느냐?"라고 쉽게 말한다. 그러면 과연 경제발전을 이루고 우리가 잘 살아서 하나님께 어떤 유익이 있는지 반문하고 싶다.

우리는 여기서 근원적인 질문을 던져야 한다. "우리는 무엇을 위해 공부해왔고, 아이들은 누구를 위해 공부를 하고 있는가?" 이 질문에 대한 답은 한 가지로 단언하기 힘든 것이며, 생각 없이 그냥 "훌륭한 사람이 되기 위해서" 라고 할 수도 있고, 복잡하게 여러 가지 목적으로 아이들에게 공부하라고 강요하는 부모도 있을 것이다. 그러나 우리가 살아가는 모든 삶에 우선순위가 있듯이, 공부를 하는 목적 또한 우선순위가 있어야 한다. 공부를 하는 목적의 가장 중대한 일 순위는 '주님을 영화롭게 하기 위해서' 이다.

앞에서도 지적했듯이 이 말은 생각보다 쉬운 말이 아니며, 주님을 위하는 것처럼 보이지만 자기 자신의 욕망과 자랑거리를 위해 공부를 하는 경우가 대부분이므로 함부로 써서도 안 될 말이다. 그렇지만 우리가 살아가는 목적이 '주님을 영화롭게 하기 위해서'이기 때문에 공부하는 행위에 대한 첫 번째 목적이 될 수밖에 없는 것도 변함없는 진리이다. 오직 사려 깊고 분별 있게 그 목적을 생각하고 행해 나가는 길밖에는 다른 방법이 없다. 모두가 하나님을 믿는 각개 성도들의 몫이고 숙제이다.

우리가 공부하는 두 번째 목적은 주위 사람들에게 유익을 주기 위해서이다. 이 목적도 첫 번째 목적처럼 그리 간단하지만은 않다. 예를 들어 불치병 환자들의 고통을 덜어주기 위한 순수한 목적으로 훌륭한 유전 공학자가 되기 위하여 열심히 공부하고 있는 학생이 있다고 가정하자. 이 아이가 매일 밤마다 주님께 기도하며 자신의 꿈을 이루었다면, 그 결과를 하나님께서 흡족해 하실까 하는 문제이다. 유전공학은 그 본질부터 하나님의 창조질서에 어긋나는 아주 위험한 기술이다. 어려운 사람들을 돕기 위하여 하나님의 창조질서를 어지럽힌다는 것은 고아원에 갖다 주기 위해 빵을 훔치는 일과 다르지 않다.

이렇게 자신이 이웃에 대한 사랑을 실천하기 위해서 어떤 거창한 목표를 정했을 때, 그 목표 자체가 실제로는 성경적이지 못하고 하나님이 좋아하시지 않는 것들이 많다는 것이 부인할 수 없는 현실이다.

이런 결과는 평소에 주님의 뜻이 무엇인지에 대한 성경적 고찰이 부족하고, 앞에서도 지적했듯이 자신의 꿈과 목표를 자기 임의대로 정해 놓고 이루어지게 해달라고 간구하는 현대인들의 조급함 때문일 것이다. 항상 하나님 나라의 청사진을 그리고, 그 안에서 자신의 위치와 역할을 찾아나가는 것이 우리가 이 땅에 사는 목적이다. 하나님 나라의 청사진 자체를 그릴 수 없다면 자신의 위치를 찾을 수 없음은 당연한 이치이다. 올바른 주님 나라의 청사진을 그릴 수 있도록 우리는 항상 연구하고 깨어 있어야 한다.

인본주의 교육의 문제점

우리는 학문의 목적이 무엇이냐? 라는 질문에 흔히 '사람다운 사람으로 성장하기 위해서'라고 말하지만, 사람다운 사람이란 어떤 사람일까? 사람의 가치는 어떻게 정해지는 것일까? 교육학의 기본 가정은 '인간의 기본 심성은 기본적으로 선하며, 그것은 학습에 의해 개발되고 강화될 수 있다.'는 것이다. 그러나 성경에서 인간을 보는 관점은 이것과 많이 다르며, 오히려 반대에 가깝다.

아담 이후로 우리들의 본성은 선하지 않으며, 자연스러운 상태의 인간은 항상 악을 도모한다. 주위에 어린 아기들의 행동을 지켜보라. 그들은 전혀 이타적인 행동을 하지 않는다. 자기중심적 사고와 행동에서 좀처럼 벗어나지 못한다.

이렇게 우리 시대의 교육은 출발부터 잘못되었다. 근대 이후로 밀물처럼 밀려들어 온 계몽주의와 합리주의는 마치 그것이 가치관의 표준처럼 행세해 왔으며, 이성과 과학이 지배해 온 근대화의 물결은 인본주의적 교육이 틀을 잡는 환경을 제공하였다. 게다가 진화론적 다윈주의까지 합세하여 신본주의 교육관은 발 디딜 곳이 없는 사회가 되어버렸다. 그 병폐로 이 시대의 우리는 인간 중심의 학문을 하는 것에 아무런 거리낌도 없게 되었고 죄의식도 갖지 않게 되었다.

영국에서 종교적 박해를 피해 메이플라워호를 타고 미국으로 건너간 청교도들은 신성국가를 세우고 몇 세기만에 세계 최강국이 되어, 미국이라는 나라는 지구 곳곳에 가장 많은 선교사를 보내고 어려운 세계의 사람들을 구제하는 하나님의 백성으로서 역할을 톡톡히 수행하여 왔다. 그러나 점차 미국은 자유주의의 영향을 받아 법적으로 학교에서 기도를 못 하게 하거나 성경을 못 가르치게 하는 주가 늘어나게 되고,

진정한 미션스쿨의 숫자는 현저히 줄어들고 있다. 심지어 예전에 케네디 대통령은 공립학교의 성경교육과 기도를 금하기까지 하였다. 그 이후 미국이 경제 강국, 과학 강국이 되어서 달나라까지 사람을 보냈지만 그들이 얻은 것은 무엇인가?

미국이 신본주의를 버린 대가는 엄청나다. 사회 전반적으로 미국이라는 큰 나라가 그 깨끗했던 청교도 정신이 점점 사라지면서 곳곳마다 병들고 썩어 가고 있으며, 명분 없는 전쟁을 일삼고, 환경 문제에 있어서도 가장 비협조적인 나라로 지구온난화로 인한 기후재앙을 초래하는 주범의 역할을 하고 있다. 하나님의 가장 촉망받던 아들이 가장 불량한 길로 접어들고 있는 느낌을 지울 수 없다.

이것은 먼 산 불 보듯 우리가 관망해서는 안 되는 일이다. 우리나라도 기독교 역사가 백 년이 넘었고 인구 당 가장 많은 선교사를 국외로 파견하고 있으며, 외형상으로도 어느 정도 성지화가 성공을 이룬 것 같이 보이지만 우리가 미국과 같은 전철을 밟지 않는다고 누가 장담할 수 있는가?

교육이라는 것은 나라의 지도자가 바뀔 때 마다 바뀌는 그런 한시적인 정책으로 일관할 수 있는 성질의 것이 절대 아니다. 이것은 나라의 운명이 달린 일이며, 가장 가치 있는 투자이고, 기성세대의 가장 신성한 의무이다.

우리나라도 미션스쿨이 계속 늘어나고 기독교 대학도 많이 설립되고 있지만 신본주의 교육이 자리를 잡고 있는가는 의문이다. 물론 교육부 방침 때문에 커리큘럼을 모두 바꿀 수는 없지만 정해진 교육시스템 안에서 충분히 기독교인들이 할 수 있는 여러 가지 일들이 있다고 본다. 예전에 어떤 기독교 고등학교 야간자율학습 시간에 담임선생님이 술을 먹고 들어와서 아이들에게 행패를 부렸다는 얘기를 듣고 낯

뜨거움을 피할 수 없었다. 열심히 노력하는 선생님들에게 누를 끼치지 않을까 어렵게 사례를 얘기했지만, 이것 또한 우리 교육의 현실이 아닐 수 없다. 우리 크리스천 선생님들은 일반 교사와 다른 면모가 있어야 한다. 하나님을 위해서 아이들을 위해서 찾아서 연구하고 고민하는 교육자들이 되어야 한다. 그래야 우리 사회의 교육에 약간의 기대를 걸어 볼 수 있을 것이다.

일본의 지성 우찌무라 간조 선생은 교육하는 사람들에게 귀감이 될 명언을 남겼다. "아이들에게 무엇을 가르치는가보다 중요한 것은 누가 그 아이들을 가르치느냐 이다. 어떤 정신(기독교 정신)을 가지고 아이들을 가르치느냐가 그 아이들의 미래를 결정한다."

공부를 해야 하나, 말아야 하나?

공부하기 싫어 투정부리는 어린 아이가 아니라면, 이런 질문을 해 본 사람은 아마도 없을 것이다. 세상 사는데 바빠서 일수도 있고, 공부라는 것에 회의감을 느낄 정도로 그렇게 나쁜 것이라는 인식이 없기 때문일 것이다.

그러나 필자에게는 이 문제가 보통 심각한 것이 아니었다. 공부라는 속성이 요즘은 성공과 출세로 이어져 있고, 이렇게 살아가는 것이 주님의 자녀답지 못해 보였으며, 그래서 가르치는 일을 하고 있는 나에게는 정체성의 문제이기도 했다. 그래서 여러 날을 고민하고, 주님께 답을 물어본 결과 성경에서 해답을 얻을 수 있었다.

대전제는, 부모들의 입장에서 '공부'에 대한 고찰은 부정적인 결과밖에 나오지 않기 때문에, 다른 변인들은 배제하고 순수하게 아이들 입장에서 생각하여 내린 결론이다.

성경에 하나님은 아담과 하와의 행동에 노하셔서 다음과 같은 저주를 내리셨다. "아담에게 이르시되 네가 네 아내의 말을 듣고 내가 네게 먹지 말라 한 나무의 열매를 먹었은즉 땅은 너로 말미암아 저주를 받고 너는 네 평생에 수고하여야 그 소산을 먹으리라."(창 3:17) "네가 얼굴에 땀을 흘려야 먹을 것을 먹으리니 네가 그것에서 취함을 입었음이라."(창 3:19)

아담의 자손인 우리는 예외 없이 땀을 흘리지 않고는 이 땅에 살 수 없게 되었으며, 성실하게 노력하지 않는 사람은 결국 모든 상황이 어려운 지경에 이를 수밖에 없다. 이것은 우리가 원죄와 함께 짊어지고 가야 할 운명이지, 우리가 개척할 성질의 것이 아니다. 타락의 결과를 주님의 구속 외에 다른 어떤 것들을 의지하거나 자신의 힘으로 극복하려는 시도는 인간 무지의 극치를 보여준다.

그래서 타락의 결과로 발생하는 우리의 의무를 다해야 하며, 창세기 외에도 성경에는 일관성 있게 우리들에게 부지런함을 강조하고 게으름을 경계하고 있다. 잠언에서 개미의 비유를 보자. "게으른 자여, 개미에게로 가서 그가 하는 것을 보고 지혜를 얻으라. 개미는 두령도 없고 감독자도 없고 통치자도 없으되 먹을 것을 여름 동안에 예비하며 추수 때에 양식을 모으느니라. 게으른 자여 네가 어느 때까지 누워 있겠느냐 네가 어느 때에 잠이 깨어 일어나겠느냐. 좀 더 자자, 좀 더 졸자, 손을 모으고 좀 더 누워 있자 하면, 네 빈궁이 강도같이 오며 네 곤핍이 군사같이 이르리라."(잠 6:6~11)

아이들도 잘 아는 '개미와 베짱이' 이야기가 참 성경적이라는 것을 새삼스럽게 느꼈을 것이다. 이처럼 성경에는 성실함을 종용하는 말씀이 많이 있다. "손을 게으르게 놀리는 자는 가난하게 되고 손이 부지런한 자는 부하게 되느니라."(잠 10:4) "게으른 자는 마음으로 원하여도

얻지 못하나 부지런한 자의 마음은 풍족함을 얻느니라."(잠 13:4)

　그러면 성실함과 공부 사이에 어떤 상관관계가 있는 것인가? 성실하다는 것은 기본적으로 자기 본분에 충실하다는 것이다. 자기 맡은 바 임무와 책임에 땀을 흘리는 것이 부지런한 것이고 성실한 자세일 것이다. 아이들에게 본분은 다른 여러 가지 부모나 사회에 대한 책임도 있지만, 학생 신분을 감안할 때 공부가 우선이라고 할 수 있다. 그래서 학생으로서 본분에 충실한 아이는 공부를 열심히 해야 한다는 결론이 나오게 된다. 공부라는 것이 여러 부정적인 결과를 낳고, 부모들의 욕망의 도구로 활용되고 있지만, 공부를 열심히 한다는 것 자체는 주님의 자녀로서 옳은 모습이라고 할 수 있다.

　이것은 그 반대의 경우를 생각해 보면 분명하게 드러난다. 내가 가르치는 아이들에게 공부가 가장 중요한 가치가 아니며, 공부를 못한다고 해서 사회에서 성공하지 못하는 것이 아니라고 역설하면, 어떤 아이들은 그 말을 핑계 삼아 공부에 소홀히 하는 경우가 있는데, 그런 아이들의 내면은 공부를 안 한다는 명분이 편하고 싶어서 또는 놀고 싶어서 외에 어떤 이유도 찾아볼 수 없다는 것을 알 수 있다. 이렇듯이 공부를 안 하겠다는 것은 아이들에게 이 시대의 성공주의나 출세주의에 대한 반기를 드는 것도 아니요, 뚜렷한 다른 대의명분을 위한 것도 아닌 단순히 편한 생활을 하기 위한 기본적인 욕구 외에는 아무것도 없다는 것이다.(가끔 어떤 큰 명분을 내거는 아이도 있지만 그것도 내심 귀찮은 공부를 회피하기 위한 동기이다.)

　그래서 공부로만 몰아가는 이 사회의 여러 가지 병폐 때문에 아이들이 공부를 안 해도 된다는 것은 성경적으로 아이들을 가르치는 것이 아닐 뿐만 아니라, 나태하고 게으른 이 사회의 해악을 길러내는 것이다. 공부라는 것은 쉬운 과정도 아니며, 하루아침에 끝나는 것도 아니다. 끈기와 인내를 요구하고 자기가 하고 싶은 다른 것들의 희생을 강요한다. 그래서 어떤 아이든지 공부를 회피할 수 있는 방법을 강구한다. 그러나 그것은 하나님의 자녀다운 모습이 절대 아니며 인생을 비굴하게 살아가겠다는 또 다른 언약일 수밖에 없다. "지혜로운 자는 지식을 간직하거니와 미련한 자의 입은 멸망에 가까우니라."(잠 10:14)

공부 잘하는 아이들에 대한 경계

어떤 부모들은 배부른 소리 한다고 하겠지만, 공부를 잘하는 아이들은 치명적인 결점과 유혹에 노출되어 있다. 순수한 마음과 성실한 자세로 공부를 열심히 해서 어떤 높은 위치(예를 들면 전교 일 등)에 오르게 되면 누구든지 마음속에 변화가 일어난다. 주님의 은혜와 함께했던 과정은 별로 생각이 없고, 자신의 능력만이 커 보이기 시작하면서 오만한 마음에 사로잡히게 된다. 그 부모는 입이 근질근질해서 견딜 수가 없고, 누구에겐가 전화가 오기만을 기다린다. 아니면 적극적으로 여기저기 전화해서 자기 자녀의 승전보를 알린다.

우리가 공부한 결과는 결과로 충분한 것이다. 우리가 열심히 공부한 원인이 결과로 어떤 것을 얻어냈다면 그것은 그냥 결과일 뿐이다. 그 결과를 원인 삼아서 다시 어떤 행동을 하려 든다면 애초에 선한 과정들이 의미가 없게 된다. 그래서 공부한 결과가 좋았다면 그냥 결과에 대해 주님께 다사하고, 또 열심히 하면 되는 것이다. 그러나 보통 사람들은 그 결과를 가지고 자랑하면서 교만해지고 방자해지기 십상이다.

이런 행동과 심적 상태는 너무나 당연한 인간의 본성이지만 주님께서는 인간이 교만해지고 거만해지는 것을 매우 싫어하신다. "복 있는 사람은 악인들의 꾀를 따르지 아니하며 죄인들의 길에 서지 아니하며 오만한 자들의 자리에 앉지 아니하고,"(시 1:1) "무례하고 교만한 자를 이름하여 망령된 자라 하나니 이는 넘치는 교만으로 행함이니라."(잠 21:24)

주님께서는 이렇게 교만하지 않기를 가르치시지만 인간은 방자해서 겸손함을 잊어버릴 때가 너무 많다. 어떤 큰일을 해냈다고 생각했을 때 바로 시련이 닥쳐오는 것은 이 같은 하나님의 경계의 말씀에 순종하지 않기 때문이다. 아이들뿐만 아니라 성인들도 사회적으로 어떤 것을 이루었다고 생각할 때는 항상 오만한 자기 자랑의 마음이 안에서 샘솟는 것을 느낀다. 교만한 자기의 마음을 다스리는 것이 생각보다 쉽지 않지만 훈련을 통해서 극복 가능하고, 아이들에게도 그런 상황이 발생할 때마다 훈련을 통해서 고쳐나가는 수밖에 다른 도리가 없다.

우리는 오로지 주님 안에서 자랑해야 하며, 주님에게서 칭찬받는 아름다운 주의 자녀가 되어야 하겠다. "자랑하는 자는 주 안에서 자랑할지니라. 옳다 인정함을 받는 자는 자기를 칭찬하는 자가 아니요 오직 주께서 칭찬하시는 자니라."(고후 10:17~18)

2. 우리 교육의 현황과 문제점

자꾸 바뀌는 교육제도 - 혼동되는 부모들

정권이 바뀔 때마다 우리나라의 교육제도는 바뀌고, 임기 중에도 정책이 바뀌는 일이 다반사이다. 이러다 보니 자녀를 둔 부모들은 뉴스를 볼 때마다 당황스럽고 많은 혼란을 경험해 보았을 것이다. 고입정책도 대입정책도 이랬다가 저랬다가 갈피를 못 잡아서, 도대체 어느 장단에 맞추어서 춤을 추어야 할지 우리 부모들은 헷갈림의 연속이다.

정부의 이러한 즉흥적이고 정치적인 정책들이 우리 아이들의 미래를 결정할 교육제도에까지 예외가 아니라는 것에 안타까움을 느낀다. 앞에서도 언급했듯이 바른 교육은 우리 기성세대의 신성한 의무이다. 신성한 교육을 불결한 취지로, 불순한 의도로 접근하면 참다운 교육은 절대로 나올 수 없다.

교육으로 국민에게 선심을 쓰고, 교육제도를 바꿈으로써 부모들의 인기를 얻으려는 발상부터 문제는 시작되는 것이다. 워낙 우리나라 부모들의 교육열이 대단하고, 교육정책에 관심이 많아서 그것에 부합하는 신통한 정책을 내놓아야 한다는 강박관념을 교체되는 정부마다 갖게 된다는 것은 어느 정도 이해할 수 있다. 그러나 교육이라는 것은 그렇게 자주 바꿀 수 있는 속성의 것이 아니며, 번뜩이는 아이디어로 머리 좋은 몇 사람이 모여서 만들어 나갈 수 있는 것도 아니다. 교육정책은 신중하고 또 신중하게, 아이들의 입장에서 만들어져야 하고 현장에서 오랫동안 학생들을 가르친 우리 아이들을 가장 잘 아는 경험 많은 선생님들의 고견에 귀를 기울여야 한다. 아이들에 대한 사랑도 없고 교육현장이 어떻게 이루어지는지도 모르는 상태에서 교육정책 운운한다는 것은 민물고기인 붕어를 바닷물을 넣은 잘 만들어진 수족관에서 살게 하는 것과 같고, 귤나무를 개마고원 위에 심어놓고 잘 자라기를 기원하는 것처럼 어리석고, 위험한 발상이다.

이렇게 당국의 교육정책이 부화뇌동하는 데는 학부모들의 부채질이 한 몫 한다. 도대체 왜 그렇게 특수학교에 대한 관심이 많은지 알 수가 없다. 이러다가는 초등학교 아니 유치원부터 일반 학교와 구별되는 특수학교가 설립되는 것이 아닌지 두렵다. 시장경제 원리처럼 수요가 있으면 그에 따른 공급이 발생하는 것이므로, 정부의 무모한 교육정책이 이유가 없는 것만은 아니다. 부모들의 과욕이 아이들을 병들게 하고, 교육제도를 바로 서지 못하게 하는 이 사회의 악순환을 조장하고 있다.

우리나라를 다녀간 어떤 미국 대통령이 우리 국민의 교육열이 부럽다고 했다는데, 우리나라가 그동안 넘쳐나는 교육열을 은근히 자랑삼아 하고 가슴 속에 뿌듯하게 생각해왔는지도 모르겠다. 우리의 교육열이 문맹률을 낮추고 경제발전의 원동력이 되었다는 것을 부인할 수는 없으나, 다른 많은 것을 잃고 있다는 것도 지금쯤은 생각해 봐야 할 것이다.

우리나라 교육제도의 모순과 문제점들은 이처럼 누구 한 명의 잘못도 아니고, 한 사람의 지혜로 해결될 문제가 아니다. 당국과 국민 모두가 신중하고 사려 깊은 검토를 통해서, 국민들은 교육에 관한 바른 여론을 형성해야 하며, 그에 따라 정부는 최적의 교육정책을 내 놓아야 한다.

관리 위주의 교육

우리나라 공교육을 한마디로 말하면 관리 위주의 교육이다. 학교도 사람이 만든 조직인 만큼 적절한 관리 없이 운영될 수 없겠지만, 학교 측에서 선생님들을 관리하고 아이들을 관리하는 것을 보면, 도대체 학교가 누구를 위해 존재하는 것인가 의문이 들 때가 한두 번이 아니다. 한 명의 선생님이 수업해야할 수업시간은 너무 많으며, 수업과 관련 없는 잡일도 너무 많다. 그래서 선생님들은 교재연구를 할 시간도 없으며, 수업시간에 들어가서도 있는 능력을 다 발휘하고 나올 수가 없다. 물론 그 와중에도 시간을 쪼개서 연구하여 열심히 아이들을 가르치는 선생님들도 적지 않으나, 이런 분들도 지치기는 마찬가지다.

공립학교든 사립학교든 관료적 시스템에서 벗어나고 있지 못해서 학교의 진정한 주인이 누군지 알아 볼 수가 없고, 마땅히 아이들에게 가르쳐야 할 바를 학교 측에 요구하려고 해도, 학부모 입장에서 자기 아이들이 혹시 불이익을 받지 않을까 하는 두려움 때문에 강력하게 대응을 할 수도 없는 것이 현실이다.

이러한 환경에서 양질의 교육이 나올 수 없다. 우리나라 공교육이 뭇매를 맞는 이유도 어쩌면 필연적인 결과로 볼 수 있다. 학교 측에서는 선생님과 학생들을 관리하지 않으면 근무태만한 선생과 불량한 학생들을 양산할 수 있다고 얘기할 수도 있겠으나, 요즘 많이 생겨나고 있는 자율적인 대안학교의 학생들과 선생님들을 보라. 그 눈빛이 얼마나 살아 있고, 그 행동이 얼마나 책임감이 넘치는지.

좋은 대학 많이 보내고 아이들을 사고 없이 관리하는 것이 학교의 목표로 지속된다면, 공교육의 문제점도 사교육의 문제점도 해결점이 요원해지기는 마찬가지일 것이다. 공교육의 목표가 바르게 재정립되어야 하고, 그에 못지않게 과거의 구습을 버리고 혁신적인 시스템으로 우리 아이들의 학교가 거듭나야만 한다.

이 땅에는 정말 아이들을 위하는 일념 하나로 교육계에 헌신하고 있는 훌륭한 선생님들이 너무 많다. 이러한 선생님들의 아름다운 마음과 의지가 관료적인 시스템에 묻혀서 사장되어 버리는 일이 더 이상은 생기지 않기를 바라는 마음뿐이다.

평가 위주의 교육

우리나라 학교는 시험을 많이 본다. 초등학교의 경우만 하더라도 일 년에 최소한 네 번 이상 시험을 보고 일제고사도 본다. 그것은 중학교, 고등학교로 이어지면서 갈수록 시험이 많아진다. 아이들은 시험에 단련되어 있고 선생님들 입장에서는 시험 문제를 출제하고 평가하는 것이 가장 괴로운 작업 중의 하나이다.

나도 가르치는 입장에서 평가의 중요성을 안다. 평가를 해야 아이가 어떤 상태인지 알 수 있고, 피드백을 통해 아이들을 개선하거나 보충해 나갈 수 있다. 그리고 평가를 해야 아이들이 공부를 하게 만든다는 것은 당연한 이치이다.

그런데 아이들을 위한 시험이 평가를 위한 평가일 때가 많다는 것이 문제라 할 수 있다. 계속해서 아이들을 줄 세우기 식으로 시험을 보기 때문에 아이들과 부모들은 중간고사가 끝나면 기말고사를, 기말고사가 끝나면 중간고사를 대비하면서 한 해 한 해를 보낸다. 공부를 하는 아이든 안 하는 아이든 시험에 압력을 받으며 그 시험 결과에 일희일비한다. 공부를 잘하는 아이들은 떨어지지 않기 위해, 못하는 아이들은 점수를 올리기 위해 많은 스트레스와 긴장 속에 살아가고 있는 것이다. 그리고 부모들은 아이들이 무덤덤하게 살아가는 것을 가만히 놔두지를 않는다.

일상 속에서 약간의 긴장과 스트레스는 오히려 건강에 좋다고 현대 의학이 밝히고 있지만, 아이들이 시험에 느끼는 중압감은 선생님들이나 부모님들이 생각하는 것 이상이다. 그래서 자살하는 아이들이 나오고 아이들의 영혼이 지치고 오염되기 시작한다.

이렇게 된 이유는 학교와 부모들이 모두 문제가 있다고 본다. 일단 학교는 관리를 위한 평가가 아닌 아이들의 영성과 지성을 걱정하고 연구하는, 아이들에게 하나하나 피드백이 될 수 있는 평가가 이루어져야 한다. 그리고 적어도 초등학교 학생들에게는 각 과목 성적보다도 더 중요한 영성과 인성을 키워주는 데 초점을 맞추는 평가가 이루어지면 좋겠다.

예전에 우리 아이가 초등학교에 입학할 때, 교장선생님이 입학식에서 한 말이 기억이 난다. 그 선생님은 이 초등학교가 인근에서 가장 공부를 많이 시키며, 중학교 진학 후에도 가장 성적으로 두각을 나타내는 인재로 키우겠다고 했다. 그 말을 들은 내가 학교 게시판에 들어가서 초등학교 학생에게 학력이 무슨 소용이 있냐고 따져 물었더니, 그 학교 교감선생님의 대답이 초등학교 때부터 학력을 다져놔야 중고등학교 때 공부를 잘하고 경쟁력이 있단다.

이런 생각을 갖고 있는 학교나 교사가 많을수록 우리 아이들의 미래는 어둡다. 초등학교의 학력이 아이들 공부에 발판이 되고 중등부 과정에 이어지는 것은 사실이지만, 초등학교부터 대입 재수생까지 다 가르쳐 본 나의 경험으로 비추어 볼 때 초등학교 때의 학력과 나중에 고등부 때의 학력과는 높은 상관관계는 없다. 오히려 어렸을 때부터 아이들을 망가뜨려놔서 실제로 고등학교에 가서 실력 발휘를 해야 할 때 정신적으로 육체적으로 비실거리는 아이들을 너무 많이 보았다.

지금 부모님 세대 중에서 어느 누가 초등학교 때 학원에 다녔고, 어느 누가 그렇게 열심히 선행공부를 했던가? 그러나 이상하게도 학생들의 학력이 갈수록 떨어지는 이유는 무엇인가? 초등학교 때부터 열심히 공부하면 고등부 때 아이들의 학력이 갈수록 좋아져야 하는데 그 반대의 결과가 나오는 것을 부모들은 간과해서는 안 된다.

그리고 부모님들은 조바심을 버려야 한다. 시험 볼 때마다 옆집 아이와 비교해서 신경을 쓰는 것은 이해하겠는데, 별로 중요하지도 않은 초등학교와 중학교 내신 성적에 제발 목숨 걸지 않기를 바란다. 잠깐의 자랑과 쾌감을 위해서 아이들을 희생시키지 말고, 정말 생각이 있다면 아이들 영성교육에 더 신경 쓰고, 굳이 좋은 대학을 보내고 싶다면 멀리 보고 수능을 대비한 교육에 힘을 기울여야 한다. 근시안적으로 학교 시험에 일희일비해봐야 아이들은 지치기만 하고 득이 될 것이 아무것도 없다. 교육에 진정한 투자를 하고 싶은 부모님이 있다면, 멀리 바라보고 치밀한 계획을 세우고 항상 여유로운 마음으로 아이들을 만들어 나가야 한다. 학교 시험에 말초적인 반응을 보이고 아무리 신경을 써도 아이들만 병들 뿐이며, 대학 진학이라는 목표와는 요원해지기만 한다.

물론 하나님도 자기 일에 충실한 자녀를 원하시기 때문에 공부를 잘

하는 것이 흠이 될 수 없고, 더욱이 죄가 되는 것도 아니다. 다만 학교 시험 성적이 마음에 안들 때 너무 아이들에게 압력을 주지 않아야 한다. 공부는 조금 늦어도 따라잡을 수 있지만, 아이들의 지치고 병든 영혼은 좀처럼 치유되기가 어렵기 때문이다.

잘못된 창의력 교육

요즘 '창의력'이라는 단어는 아이들 교육에서 중요한 부분을 차지하고, 막강한 영향력을 발휘하는 개념이다. 아이들을 가르치는 교재에 창의력이나 창조성이라는 단어가 안 보이면 무언가 본질이 빠진 것 같은 느낌이 들 정도이다.

'창의력'이라는 단어의 사전적 정의는 '새로운 것을 생각해 내는 능력'이다. 기존에 자신이 갖고 있던 생각의 틀을 깨고 새로운 사고를 모색해야 하는 것이 창의적인 사고의 출발점인 것이다. 인류는 유사 이래로 끊임없이 새롭고 편안한 것들을 만들어 왔다. 그것이 유형적인 것이든 무형적인 제도 같은 것이든 '과학화'라는 미명 아래 창조적인 사고와 행동은 인간이 해낼 수 있는 가장 가치 있는 능력인 것처럼 여겨져 왔으며, 창조력이 현대 과학화의 일등공신으로서의 역할을 해왔다고 우리는 비판 없이 믿고 있다. 그래서 창조적인 사고에 반대의 깃발을 들면 역모를 꾀하는 반란군 보듯이 하는 사회적 관행도 어느 정도는 이해할 수 있다. 그러나 여기에 우리가 심각한 오류를, 아니 더 심하게 말하면 돌이킬 수 없는 죄를 범하고 있다는 사실을 기독교인들을 깨달아야 한다.

가장 기본적인 오류는 인간이 이 땅에서 무언가 새로운 것을 생각해 낼 수 있다는 가정이다. 결론부터 말하면 이 땅 위에 우리는 어떤 것도 새로운 것을 만들어 낼 수도 없고, 그런 생각 자체가 심각한 과실이다. 새로운 것은 이 땅의 주권자이신 하나님만이 만들어 낼 수 있고, 주님은 모든 것을 창세 전부터 주도면밀한 계획에 따라 부족한 것 없이 다 만들어 놓으셨다. 그야말로 완벽한 이 세상에서 우리가 할 수 있는 일이 있다면, 주님께서 주신 것들을 찾아 주님 뜻대로 잘 이용하고 활용할 뿐이다.

혹자는 주님이 주신 이 땅의 것들을 발견하고 활용하는 데 창의적 사고가 필요하다고 생각할 수도 있지만, 그러한 창의력은 교육 일선에서 가르치고 있는 창의력이 아니다. 아이들이 배우는 창의성이라는 것은 '생각의 틀을 깨는 것'이다. 성경 속의 역사에서도 알 수 있듯이 이렇게 생각의 틀을 깨려는, 더 쉽게 말하면 하나님의 주권에서 벗어나려는 인간들의 어리석은 생각이 얼마나 많은 범죄를 저질렀나 생각해 보라. 그리고 그러한 행동들이 얼마나 하나님의 마음을 아프게 했나 생각해 보라.

이러한 자유적이고 발산적인 사고가 수많은 이단을 낳았으며 자유주의 신학을 만드는 모티브가 되었다. 하나님과의 '관계의 틀'을 깬 이들이 다른 무엇을 깨는 데 주저하겠는가?

학교에서는 아직도 수많은 아이들이 사고의 틀을 깨라고 강요받고 있다. 그래서 아이들은 이런저런 말도 안 되는 상상력을 발휘해서 묘한 상상을 꿈꾸고 있다. 이렇게 가르친 교사가 아이들에게 폭행을 당하고 무시를 당하고 하는 우리 공교육의 현실은 자식에게 도둑질을 가르친 도둑 아빠가 자식에게 도둑질을 당한 것과 같은 이치이다.

이처럼 창조적 발상은 누가 가르쳐 주는 것도 아닌데, 남을 무시하고 이기적인 생각으로 치닫게 되며, 남에게 유익을 주는 상상력을 발휘하는 아이들은 별로 없다. 왜냐하면 인간은 기본적으로 악하며, 그런 상태에서 사고의 틀을 깨라고 교육 받았기 때문이다. 그래서 학교에서 아니면 유치원에서 아이들에게 창조성을 가르치기 전에 선행되어야 할 조건이 있다. 먼저 아이들이 하나님의 창조 질서를 정확하게 알아야 하며, 성경에서 가르치는 하나님의 말씀은 우리가 창의적인 사고를 할 수 있는 대상이 아니며, 우리가 깨닫고 순종해야 할 진리라는 확실한 신념이 아이들 마음속에 있어야 한다.

프로야구 선수들을 보면 그 실력에 경이로움을 느낄 때가 많다. 인간의 어깨로 시속 150km가 넘는 강속구를 던지고, 또 그것을 쳐서 안타를 만들어 내는 타자들도 있다. 또 감독들의 작전을 보면 제갈량의 신묘한 병법을 보는 것 같은 절묘한 플레이를 보게 된다. 그러나 우리가 즐기는 이 야구도 엄격한 규칙 안에서 진행이 된다. 야구의 룰은 보통 복잡한 것이 아니어서 여성들은 잘 이해하기도 힘들다. 야구 선수와 감독들은 바로 이러한 엄격한 규칙과 질서 안에서 자신의 재능과 창의력을 발휘한다. 아무리 강속구라도 스트라이크 존 안에 공을 집어넣어야 하고, 아무리 잘 치는 타자라도 파울 라인 밖으로 쳐내면 안타를 칠 수 없다. 규칙을 어기는 선수는 야구장 안에서 있을 존재 가치가 없다. 우리는 이렇게 인간이 만든 스포츠 룰도 지키려고 애를 쓰면서 하나님이 만들어 놓은 아름다운 창조 질서는 무시하거나 깨버리려고 한다. 그야말로 이러한 행동은 인간의 어리석음을 나타내는 단적인 예이다.

우리가 이러한 주님의 창조 질서와 규칙을 지키며 순종하면서 살려면 무엇보다도 성경 말씀에 대한 이해가 필요하다. 무엇이 규칙인지 알아야 규칙을 준행할 수 있을 것이고, 주님이 만들어 놓은 질서가 어떤 것인지 알아야 그 질서를 보존할 수 있을 것이다. 성경을 통해서 무엇을 해야 하는지, 어떤 것을 하면 안 되는지 일단 하나하나 알고 깨우치고 행동으로 지키려고 애써야 한다. 그리고 아이들에게 '틀을 깨는 사고'가 아니라 '성경적 틀 안에서 창의적이고 남에게 유익을 줄 수 있는 사고'를 하라고 가르쳐야 한다. 이것이 주님의 바른 자녀를 키우는 한 가지 방법이다.

창조과학의 위대한 힘

창의적 사고와 함께 우리 시대 교육의 주류를 이루는 큰 오류가 바로 진화론이다. 학교 사회 교과서에는 아직도 인류가 오스트랄로피테 쿠스로부터 진화한 현대인이라고 가르치고 있고, 과학 교과서에서는 중생대 공룡과 신생대 인류가 따로 살았다고 가르치고 있으며, 다윈의 진화론을 가설인지 아닌지 혼동되게 가르치고 있다. 그래서 아이들은 만화영화에 나오는 아기공룡 둘리가 사람들과 같이 사는 것에 대해 어색해하고, "신생대에 만들어진 인간은 중생대 공룡을 못 보았겠네요?"라고 질문하는 아이가 많다. 그래서 욥기에 나온 성경적 근거를 들어주곤 한다. "이제 소같이 풀을 먹는 베헤못(하마=공룡)을 볼지어다. 내가 너를 지은 것같이 그것도 지었느니라. 그것의 힘은 허리에 있고 그 뚝심은 배의 힘줄에 있고, 그것이 꼬리치는 것은 백향목이 흔들리는 것 같고 그 넓적다리 힘줄은 서로 얽혀있으며, 그 뼈는 놋관 같고 그 뼈대는 쇠막대기 같으니."(욥 40:15~18)

교회를 다니건 안 다니건 아이들에게 진화론은 잘못되었고, 창조과학이 옳다고 이해시키는 것이 보통 힘든 일이 아니다. 왜냐하면 학교에서 진화론적 관점으로 아이들을 가르치고 있고, 배우는 아이들은 가르치는 선생님들을 무시할 근거가 없기 때문이다. 전통적 기독교 국가인 미국에서도 창조과학을 어느 정도 교과서에 반영하여야 하는 문제로 정권이 바뀔 때마다 주지사가 바뀔 때마다 골머리를 앓고 있다고 한다. 우리나라도 교회 다니는 대통령이 여럿 있었는데 이런 것에 관심을 갖고 교육부 각료들과 이것을 주제로 이야기가 있었는지 의문이다.

유치원부터 대학까지 이렇게 반 성경적으로 교육을 하는 상황 속에서 성경적인 가르침을 교회에만 떠넘겨서는 아이들 교육을 바로잡을 수가 없다. 교회도 교육의 기능을 담당해야 하지만 더 본질적인 역할이 있고, 교육은 교육하는 곳에서 제대로 이루어져야 한다. 당장은 힘들지만 미션스쿨만이라도 창조 과학에 대해서 가르쳤으면 좋겠다.

예전에 창조과학회에서 노아의 방주를 성경과 똑같은 모형으로 만들어 실험에 성공했고, 아라랏산에서 실제로 방주의 잔해가 발견되었지만, 아직도 일반 과학자들은 과학적으로 말도 안 되는 것이고, 그 시대 흔히 있는 신화에 불과하다고 성경의 기록들을 무시하고 있다. 우리 아이들은 성경의 사건들을 역사적 기록으로도 인정하지 않으려는 무식하고 영악한 현대의 과학자들이 만들어 놓은 학문을 배우면서 자라고 있다. 어떻게 보면 아이들이 적그리스도 세력에 무방비로 노출되어 있는 것이 아닌가 하는 우려가 크다. 필자도 선교사가 세운 대학을 나왔지만 창조과학이라는 말을 들어본 적도 없고, 기독교개론 시간이나 채플 시간에 기독교의 본질을 바르게 가르치는 교수님을 본 적이 없었다. 그리고 자연과학 시간에는 어김없이 반 성경적인 과학을 배웠다.

창조과학은 일반 과학자들뿐만 아니라 신학계에서도 논란의 대상이 되고 있으며, 근본주의자들과 복음주의자들의 대립을 다시 보는 것 같은 입장의 차이들을 보게 된다. 그러나 여기에서 말하고 있는 창조과학은 신학적인 부분이 아니며, 지구나 우주의 창조에 관한 것에 한정시켜 말하는 것도 아니다. 여기서 아이들에게 가르쳐야 하는 창조과학은 성경을 통해 하나님의 섭리와 말씀에 대한 선명한 이해를 위해 노력하는 것을 의미한다.

성경을 통해서 주님이 주시는 진리와 규칙과 질서를 이해하는 것이 진정한 과학의 정신이고, 올바른 신앙인의 자세라고 아이들에게 가르쳐야 한다는 것이다.

교육 일선에서 바로 교육하지 못하면서 다른 기관에 위임하는 것은 자녀 교육을 탁아소에 위탁하는 것과 같다. 이러한 점에서 공교육에 있는 수많은 크리스천 선생님들의 용기와 지혜를 모을 때가 아닌가 싶다. 그리고 항상 성경적인 마인드로 주님의 가르침을 일선에서 그대로 실천하려는 용기와 지혜가 있는 선생님들에게 마음속 깊이 응원을 보낸다.

3. 부모의 자녀에 대한 오해들

나는 쉽게 대학에 갔는데 너는 왜 그러냐?

자식이 공부를 못하고 있거나, 부모 자신보다 못한 대학에 들어가면 부모들이 흔히 하는 말이다. 이런 생각을 하는 데는 크게 두 가지 요인이 있다. 첫 번째 이유는 본인이 배우던 삼사십 년 전 교육환경과 지금의 교육과정의 차이를 고려하지 않은 단순 비교에서 오는 오류이다. 예전의 교육과정은 대입을 위해서 공부할 때 뚜렷한 목표와 목적지를 정하기가 한층 수월했다. 자신이 가고 싶은 대학의 본고사를 대비하여 열심히 공부하거나, 그 다음 세대라면 학력고사 하나만 잘 보면 대학에 가는 데 큰 지장이 없었다.

그러나 지금의 아이들은 많이 다르다. 일단 각 대학의 입학 사정안이 너무 복잡하다. 내신도 잘해야 하고, 교내 활동에도 열심히 참여해야 하고, 수행평가도 열심히 해야 하고, 물론 수능 대비도 철저히 해야 하며, 수시로 대학에 가는 아이들은 심층 면접, 논술도 대비해야 한다.

아이들에게 다양한 입학 기회를 제공한다는 교육부의 근본 취지와는 다르게 아이들을 슈퍼맨으로 키워내도록 우리는 강요받고 있다.

이렇게 아이들의 에너지를 분산시키는 교육정책은 아이들을 더욱 무능하고 자생력이 없게 키우는데 일조를 하고 있고, 대학에 들어가는 다양한 창구가 있지만 실제로는 예전보다 대학에 들어가기가 더 어려운 것이 현실이다.

그리고 예전보다 아이들이 공부하는 양이 절대로 적지 않다는 것을 우리 부모들은 알아야 한다. 워낙 해야 할 것이 많아서 집중력을 발휘할 수 없고, 사고력이 많이 부족해서 기대하는 만큼 능력 발휘를 못할 뿐이다.

또한 무시하지 못할 교육환경의 큰 변화는 중상위권 층이 두꺼워졌다는 것이다. 예전에는 공부를 하는 아이들과 공부에 관심이 없는 아이들이 양분되어서 마음만 먹으면 상위권 도약이 어렵지 않았으나, 지금은 타의에 의해서 공부를 하는 아이들이 많아져서(특히 강남권) 중상위권 아이들이 상당히 많다. 그래서 예전에는 백분위 점수로 85점 이상이면 무난하게 일류대학을 갈 수 있었으나, 지금은 수능에서 90점 이상을 얻어도 일류대에 진학하기가 수월치 않다. 이러한 현상은 수능이 옛날 선발고사보다 쉬워진 이유도 있지만 중상위권 아이들이 많아져서 공부를 안 하던 아이가 치고 올라가기가 어려운 환경인 것만은 틀림없는 사실이다.

중상위권(특히 상위권) 학생들이 많아진 또 한 가지 이유로는 예전에는 중학교에서 고등학교로 진학할 때 많은 수의 우수한 학생들이 실업계에 진학하여 취업을 위한 진로로 들어서는 경우가 많아 경쟁력 있는 아이들이 대학입시에서 제외되었다. 그러나 요즘은 중학교 때 실력 있는 아이들이 보통 특목고에 지망하지, 집안 사정 때문에 실업계에 지망하는 경우는 드물며 실업계로 진학하더라도 많은 아이들이 취업보다는 대학 진학을 목표로 공부하고 있다. 이것은 경제적 여건이 전반적으로 향상되어서 공부해서 대학에 가겠다는 아이들을 좌절시키거나 다른 목표로 유도하는 경우가 드물어진 현실을 반영하는 것이다. 그래서 모든 고등학생들은 거의 대학을 목표로 공부하고 있다고 보면 된다. 이러한 모든 사회 환경적 변화가 중상위권이 두꺼워지게 만드는 요인으로 작용하고 있다.

부모들이 자녀들에 대해서 오해를 하는 두 번째 이유는 우리가 갖고 있는 '망각'의 본능 때문이다. 우리는 지나온 많은 기억과 정보들을 저절로 잊어버리기도 하고, 생각하기 싫은 기억들은 애써 머릿속에서 지우려는 본성을 갖고 있다. 모든 기억은 우리 잠재의식 속에 다 남아 있지만, 우리는 자꾸 좋았던 기억들만을 꺼내서 보기 때문에, 지나간 기억 중에 좋은 기억만 남게 되며, 아픈 기억들은 조금씩 잊어간다. 군대 갔다 온 남자들이 떠드는 내용을 보면, 즐겁고 재미있었던 에피소드만을 이야기 한다. 그보다도 훨씬 많은 시간을 고통스러운 시간을 보냈음에도 불구하고.

우리 부모님들 중 어느 누구도 공부를 쉽게 한 부모는 없다. '공부가 제일 쉬웠어요'라는 책 제목을 본 적이 있는데, 그 책의 저자 역시 공부하는 순간순간마다 뼈를 깎는 고통을 감내하며 공부를 했을 것이다. 그러나 그런 뼈아픈 과거도 지나면 아름다운 추억으로 남기 마련이다. 그래서 부모님들은 본인이 쉽게 대학에 들어갔다고 생각한다. 실상은 어렵고 고통스러운 과정을 거쳤음에도 불구하고 말이다.

부모님들이여! 열심히 학업에 정진하는 아이들을 나무라지 않기를 바란다. 그 아이들은 우리 때보다 훨씬 유복해 보이지만 열악한 환경에서, 잘 정비되어 있는 것 같지만 허점투성이인 교육 시스템 안에서 고군분투하고 있는 불쌍한 영혼들이라는 것을 기억하기 바란다.

형은 잘하는데 너는 왜 그러니?

요즘은 자녀를 하나만 낳는 가정이 많아서 해당사항이 없는 부모도 있겠지만, 둘 이상의 자녀를 둔 부모들은 아이들을 서로 비교하게 된다. 그리고 형이 잘하면 동생도 잘하리라는 당연한 가정을 세운다.

유전학적 또는 사회문화적 요인은 잘 모르겠지만, 내 경험만을 비추어 볼 때 형(또는 누나나 언니)이 공부를 잘하면 동생이 공부를 못하는 경우가 더 많다. 어느 집안은 전체가 서울대학교 동창인 경우도 있으나, 보통은 여러 자식 중에 한 아이가 공부에 자질이 있고 좋은 대학을 간다. 또 어떤 가정은 부모로부터 받는 형제들의 역할과 기대가 달라 그런 현상이 나타날 수가 있을 것이다.

상식적으로 생각해 보면, 동생은 형과 유전인자를 많이 공유하기 때문에, 형이 공부를 잘하면 동생이 따라서 공부를 잘할 확률이 많고, 형이 공부를 못하면 동생도 공부를 못할 확률이 많지만, 실제 사례를 보면 그렇지 않은 걸 보면 하나님은 일률적인 달란트를 주시지는 않는 것 같다. 어찌 되었든 형이 공부를 잘한다고 동생이 공부를 잘할 수 있거나, 동생이 공부를 잘한다고 형이 공부를 잘하는 경우는 그렇지 않은 경우가 더 많다는 것을 이해하고, 자녀들을 그러한 일로 모욕감을 주거나 열등의식을 부추겨서는 안 될 것이다.

하나님은 우리 이목구비가 다른 사람과 절묘하게 다르듯이 우리의 달란트도 아주 다양하게 주신다. 주님께서 주시는 은사가 어느 것이 더 크고 가치 있는가는 주님만이 아시는 것이지, 인간들의 잣대로 평가할 것이 아니다. 공부를 못하는 자녀가 있다면 그 아이의 다른 달란트를 찾고, 아니면 주님께 하나님의 나라를 만드는 데 아름다운 그릇으로 쓰일 수 있도록 주님의 뜻대로 쓰임받기를 원한다고 간구해야 할 것이다.

우리 아이가 머리는 좋은데

지금까지 수많은 부모들과 상담을 하면서 예외 없이 듣게 되는 말이 "우리 아이는 머리는 좋은데 공부에 관심이 없어요."이다. "우리 아이는 머리가 좋지 않으니까 어떻게 해 주세요."라고 부탁하는 부모도 있었으나 매우 드문 경우이고, 대부분의 부모는 자식이 머리가 좋다고 생각하거나 머리가 좋기를 바라는 마음을 버리지 못한다.

실제로 그런 아이들을 가르쳐보면 부모의 말대로 머리가 정말로 좋은 아이도 있지만, 그에 못지않게 반대인 경우도 많이 있다. 부모들이 이렇게 자기 자식이 머리가 나쁘지 않다고 말하는 것은 아이가 머리가 나쁘다면 부모가 자신도 머리가 나쁘다는 것을 인정하게 되니까 어떤 방어기제를 형성하는 말이기도 하다. 자존심이 걸린 문제이기 때문에 나도 아이가 머리가 나쁘다는 말을 학부모에게 하는 것을 매우 신중히 한다.

그런데 부모들이 알아야 할, 그러나 무시되고 있는 사실이 두 가지가 있다. 한 가지는 아이가 어렸을 때부터 운동을 했거나, 다른 예체능에 전념해서 공부를 소홀히 하다가 나중에 수능공부를 하게 되면, 이 아이는 공부를 안 했을 뿐이지, 하면 잘할 거라고 생각하는 부모가 많은데 대부분은 그렇지 않다.

왜냐하면 그런 아이들은 어렸을 때부터 공부를 하지 않았기 때문에 공부에 대한 메커니즘이 머릿속에 형성되어 있지 않아 학습하기가 매우 어렵기 때문이다. 어릴 적 예체능을 선택한 이유에는 이 아이가 공부보다는 다른 것을 잘하기 때문에 그것을 선택한 경우가 대부분이므로 이런 경우 공부에 두각을 나타내기가 힘들다. 그리고 실제로 아이가 머리가 좋더라도 '지금까지 우리 아이가 공부를 안 해서 그렇지, 하면 잘할 수 있을 것'이라는 기대는 많이 안 하는 것이 좋다. 공부에 소홀히 한 기간만큼 우리의 뇌는 퇴화하기 마련이며 인지발달이 하루아침에 이루어지는 것이 아니기 때문이다.

예전에 일본 만화를 패러디한 드라마에서 꼴찌들을 일 년 만에 일류대학에 보내는 내용이 있었다. 그 드라마를 보고 공부 못하는 아이들이 희망을 갖는 일은 좋은 것이지만 실제로는 절대로 실현 불가능한 픽션에 불과하다. 그래서 공부를 안 하다가 새로운 각오로 공부를 열심히 하려는 학생이 있다면, 아이의 생활 습관이 완전히 바뀌어야 하고 지체된 인지능력을 다시 키우기 위해 뼈를 깎는 노력이 필요하다.

머리가 나빠도 공부를 잘해야 한다

또 한 가지 무시하면 안 될 공부와 관련된 사실은 머리가 어느 정도 뒷받침되지 않으면 공부가 매우 어렵다는 것이다. 물론 현장에서 공부를 가르칠 때 아이들에게 몸에 있는 오감을 모두 활용해서 공부하라고 가르치지만 두뇌가 따라주지 못하면 심화학습을 해 나가기가 매우 힘들다.

그래서 이 부분은 지금까지 내가 풀어야 할 가장 큰 과제였고, 이것 때문에 많은 시간 고민을 해왔다. 물론 앞에서도 말했듯이 모든 아이들은 주님이 주신 고유의 달란트가 있기 때문에 그 달란트를 발전시키고, 주님의 일을 할 수 있다. 그렇다면 공부하기에 적합하지 않은 두뇌를 갖고 태어난 아이들은 공부를 포기해야 하는가? 공부를 못하는 것 때문에 많은 열등감과 패배의식을 갖고 살아가는 아이들은 어떻게 해야 하는가?

이 문제에 대한 객관적인 해결책은 아직 없다. 그러나 주님을 모시고 아이들을 가르치면서 안 되는 것이 있다는 것을 인정하는 것은 하나님의 능력을 부인하는 것과 같기 때문에 열심히 답을 찾으려 노력했고, 이 문제로 고민하는 크리스천 부모들에게 희망을 주고자, 아래와 같이 제언을 하는데 부모님들의 많은 도움이 되었으면 한다.

우선 무엇보다도 자식을 보는 객관적인 시각이 필요하다. 부모들의 자존심 때문에 아이들의 두뇌가 공부하기에 적합하지 않다고 판정하는 것을 유보하면, 아이들이 공부를 잘할 수 있는 기회는 점점 희박해지기만 하기 때문이다. 일단 자녀가 공부에 장애가 되는 두뇌를 갖고 있다고 판단하면 그 사실을 공공연하게 가족의 기도 제목으로 올려야 한다. 우리는 흔히 가족 중 누가 아프면 필사적으로 기도한다. 그리고 어떻게 기도했더니 어떻게 나았다는 간증을 수도 없이 들었을 것이다. 그러나 머리가 나쁘다는 것을 장애라고 생각하는 부모는 드물다. 나는 일선에서 아이들을 가르치면서 머리가 좋지 않은 아이들이 얼마나 학습을 할 때 힘들어 하는지 잘 알고 있다. 부모의 자존심이나 편견 때문에 아이들의 치료가 늦어지면 아이들만 더 불행해진다. 공부에 부적합한 두뇌를 갖고 태어났다는 것은 다른 어떤 장애보다도 본인에게는 힘들고, 매사에 자신감을 잃게 하는 요인이 된다.

기도를 할 때는 암에 걸린 사람이 암 덩어리가 몸에서 떠나가게 해달라고 하는 것처럼 머리가 좋게 해달라고 기도하는 것보다는 이렇게 기도하는 것이 가장 좋다. "주님, 사랑하는 우리 아이를 선물로 주셔서 정말 고맙습니다. 이 아이가 모름지기 주님의 아름다운 자녀로 성장해

나가기만을 간구하오니, 이 아이의 미래를 주님께 맡깁니다. 주님 이 세상에서 쓰이는 모든 생활 원리들이 주님이 원하시는 나라를 만드는 것과는 충돌하는 것이 너무 많으나, 우리 아이가 주님이 주시는 통찰과 지혜로 이 땅을 살아가게 하시고, 공부할 때도 주님께서 직접 관여해 주셔서 주님의 지혜로 터득하는 학문이 되게 해 주세요. 우리 아이가 항상 지혜로 충만한 시간과 공간에서만 공부할 수 있게 해주시고, 우리 아이의 공부가 다만 하나님의 일을 준비하는 도구로만 쓰이기를 간절히 바라옵고 예수님의 이름으로 기도합니다. 아멘."

이렇게 부모와 아이가 계속 기도하면(아이들은 그냥 지혜를 달라고 간구해도 된다), 머리가 좋게 해달라는 기도보다 더 목적이 뚜렷하고 그 뜻이 선명해서 주님께서 좋아하신다. 이렇게 매일 기도하며 공부한 아이들은 반드시 성적이 올라간다. 한 번 올라간 성적은 잘 떨어지지 않으니 머리가 좋아지고 있는 것이 틀림없다.

우리는 흔히 어떤 아이가 머리가 좋다고 뭉뚱그려서 말하지만 정작 공부에 필요한 두뇌는 일반인이 생각하는 그것과 다르다. 일상에서 머리가 좋다는 것은 무엇을 잘 외우거나(단기기억력), 머리 회전이 빠른(두뇌 순발력) 경우가 대부분이지만, 우리가 대학에 가기 위해서 필요한 두뇌는 머릿속에 정보를 오래 파지해야 하고(장기기억력), 들어온 정보를 생각해서 조직하는 능력(정보구성력)이 훨씬 중요하다. 주님께 공부에 필요한 지혜를 달라고 기도하면 주님께서는 그 아이에게 딱 맞는 필요한 두뇌를 만들어 주신다. 우리가 생각하는 머리가 좋아지는 것이 아니라 공부에 필요한 지혜를 주시는 것이다.

그래서 내가 가르치는 아이의 어머니에게 "어머니, 이 아이가 대입을 준비하기에는 부족한 두뇌를 갖고 있는데 이렇게 저렇게 기도를 해 보세요."라고 조심스럽게 이야기하면 보통의 부모들은 나를 신비주의나 극단적 초월주의에 물든 기독교인 정도로 간주하는 것 같다. 이 책을 처음부터 읽어온 독자라면 내가 얼마나 신비주의적 신앙을 혐오하는지 잘 알고 있을 것이다. 우리 기독교인들은 무엇을 주님께 의지하고 무엇을 자기가 해결해야 하는지 잘 모르는 것 같다.

모르는 일이지만 나의 제안을 거부한 부모님들이 만약에 자식이 심하게 아프면 작정기도, 금식기도, 새벽기도에 더 열심히 매달릴 것이라는 것을 잘 안다. 그런 간절한 마음으로 부모는 기도하면 된다. 부모는 지금 자신의 자녀가 어떤 상태인지 바로 알아야 한다. 얼마나 자녀가 그것 때문에 고통 받고 있는지 잘 알아야 한다.

기도를 할 때 아이들은 수시로 하루에도 수십 번이라도 공부를 시작할 때는 지혜를 달라고 간구해야 한다. 그리고 공부가 끝날 때는 감사의 기도도 잊지 말아야 하겠다. 주님께 지혜를 간구하는 이러한 기도는 공부를 못하는 아이의 부모뿐만 아니라, 그렇지 않은 일반 학부모도 지속적으로 했으면 하는 바람이다. 주님이 주시는 지혜야말로 이 땅을 살아가는 방법의 원천이기 때문이다.

좋은 학원에 보내는데 공부를 왜 못하니?

요즘 부모들은 남들이 하는데 안하고 있으면 무서운 불안을 느끼고, 남보다 뭔가를 많이 하고 있으면 마음에 위안과 평안을 느낀다. 그것은 아이들을 학원에 보낼 때도 마찬가지인 것 같다. 옆집 아이가 다니는 좋은 학원에 우리 아이를 보내지 않으면 조바심이 나서 견딜 수 없어 기어이 보낸다. 그리고 성적이 오르지 않으면 학원을 심하게 탓하고 아이를 탓한다.

이 학원 저 학원 보내 봐도 별 소득이 없으면 그 원인을 아이에게서 찾아보아야 한다. 주위 사람들 말만 듣고 학원에 보내지 말고, 우리 아이에게 맞는 학원이 어느 곳인지 부모는 알아야 한다. 우리가 병이 걸리면 아무 병원이나 가지 않듯이 아이가 학업에 문제가 있을 때는 그 아이에게 맞는 학원을 찾아야 한다. 물론 아이에게 맞는 학원을 찾는다는 것이 병원을 갈 때 피부과, 이비인후과로 나누어 보내는 것처럼 눈에 보이지도 않고 가려내기가 힘들지만 부모는 아이가 무엇이 문제인지 알아야 할 의무가 있다.

보통 공부를 잘하는 아이들은 어떤 학원을 다녀도 공부를 잘한다. 자신이 수업시간에 필요한 건 알아서 다 얻어내기 때문이다. 문제가 되는 건 기초가 부족하고 학력이 떨어지는 아이이다. 일반 학원의 시스템은 학업 진도의 문제 때문에 중상위 수준으로 지도한다. 그래서 수업에 지체되는 아이가 생기게 마련이다. 못하는 아이들이 잘하는 아이들 때문에 자극을 받아 잘 할 것 같지만 그렇지 않다. 몇 번 집중하다가 기본기가 딸려서 이해가 안 되면 그냥 포기하고 시간을 보내는 아이들이 더욱 많다. 그래서 자녀들에게 "너는 비싼 학원에 다니면서 왜 이렇게 공부를 못하냐?"하고 제발 닦달하지 않았으면 한다. 귀가 아픈 아이를 비뇨기과에 보내 놓고 아이의 귀가 낫기를 바라는가?

자녀들을 진실로 사랑한다면 자녀에 대해 알고자 하는 노력이 필요하다. 아이가 기본기가 안 돼서 공부를 못 따라가는 건지, 동기부여가 안 되고 있는 건지, 친구 간에 또는 이성과의 관계가 문제가 있는지, 아이의 어떤 나쁜 습관 때문에 공부에 장애가 있는지, 어떤 게임에 흥미를 느끼는지, 어떤 연예인을 좋아하는지 등등.

우리 부모들은 극단적으로 얘기하면 두 부류로 나누어 볼 수 있다. 교육에 너무 자신감이 있어서 자기 자신이 공부의 전문가라고 생각하고 진두지휘하는 부류와, 너무 공부에 대해 몰라서 아이들을 어떻게 해야 할지 모르는 부모들이 있다. 이 두 부류의 부모들은 둘 다 위험하다. 자기 자신의 직관과 경험만을 믿는 부모도 위험하고, 자식의 상태를 몰라 아무 교육 기관에 아이를 위탁해 놓고 위안을 갖는 부모 역시 위험하다. 무엇보다도 아이를 위한다면 아이에 대한 이해가 선행되어야 하고, 그것에 따라 알맞은 전문 기관에 의뢰를 해야 한다. 학원 선택을 가게에 가서 옷 고르듯 하지 않았으면 한다. 옷은 맞지 않으면 교환하면 되지만, 아이들 교육은 정신적인 교감을 주고받는 활동이기 때문에 이리저리 옮겨 다닐수록 아이들은 지치고 상처받기 마련이다. 아이들에게 주어진 교육의 기회는 이것저것 손대보고 나중에 판단할 만큼 여유롭지도 못하고, 그 시기가 매우 한정적이다. 그래서 부모들의 신중하고 사려 깊은 판단과 선택이 필요하다. 그것이 마음에 드는 아파트를 고르는 것보다 몇만 배 더 중요하고 가치 있는 일이라는 것을 알아야 한다.

공부하는 학생이 무슨 TV를 보냐?

의외로 아이들이 TV를 보거나 컴퓨터를 하는 것에 대해 금기시하는 부모들이 많고, 어떤 집은 아이들의 교육을 위해 TV를 치워버린 경우도 보았다. 그래서 내가 아이들에게 TV 시청을 꼭 해야 한다고 얘기하면 자기 집이 그런 환경이 아니기 때문에 당황하는 아이들이 많이 있다. 이런 아이들은 친구들이 연예인들 이야기를 하면 조용히 혼자 앉아 있고, 수업시간에 선생님이 웃기는 유행어를 말해도 혼자 웃지 않는다. 아이들이 사회성을 유지하려면 대중매체를 통해 새로운 정보에 접해야 한다. 어느 부모도 자신의 자녀가 학교에서 왕따를 당하고 있다는 것은 생각조차도 하기 싫을 것이다. 물정 모르고 고지식한 아이들이 왕따를 당하는 것을 실제로 나는 많이 봐 왔다. 요즘 아이들은 어수룩하고 세상 물정 모르는 아이들을 집요하게 괴롭히는 아이들이 많다.

또 한 가지 이유는 요즘 아이들이 배우는 교과 과정이 예전과는 많이 다르다는 것이다. 대입시험에서 요구하는 소재들이 점점 넓어지고 다양해지고 있어서 자꾸 새로운 정보와 접촉해야 한다. 특히 언어영역과 사탐영역 공부에는 TV 시청이 필수적이다. 지금은 기성세대가 공부하던 것처럼 교과서나 텍스트 위주의 시험이 아니고, 우리 생활 전반에 걸친 여러 가지 소재를 다루고 있기 때문에 다양하고 새로운 정보를 제공해 주는 대중매체의 힘을 빌리지 않을 수 없다. 그중에서도 특히 뉴스와 다큐멘터리는 꼭 시청을 해야 한다. 오락프로그램은 왕따를 안 당할 정도로 가끔 보고 시사 다큐멘터리나 사회, 과학 다큐멘터리는 꼭 보아야 한다. 책을 몇 시간 이상 본 효과를 얻을 수 있다.

학교 야간자율학습이나 학원 때문에 고등학생들은 거의 TV 볼 시간이 없는데 고등부 아이들에게는 신문을 권하고 싶다. 신문 사설을 공부할 때 중요한 기사도 훑어보면 된다. 특히 기사 중에 이과 아이들은 과학에 관한 내용을, 문과 아이들은 사회에 관한 내용을 유념하여 읽으면 된다.

TV나 컴퓨터가 주는 순기능과 역기능에 대해서 모두가 잘 알고 있을 것이다. 매일 TV나 컴퓨터 앞에만 앉아 있는 아이들에게는 문제가 되겠지만, 그런 경우가 아니라면 그것들이 주는 순기능을 잘 이용해야 할 것이다. 그래서 아이들에게 TV를 보지 말라고만 하지 말고, 이 아이가 어떤 프로에 정신을 쏟는지, 어떤 내용에게 관심을 갖는지 파악한 다음에 긍정적인 프로로 조금씩 유도해 나가는 지혜가 필요하겠다.

한 가지만 잘하면 대학에 간다

앞에서 예체능에 전념하는 아이들을 잠깐 예를 들었는데, 예체능으로 대학에 진학하는 아이들은 실기 한 가지를 아무리 잘해도 수능을 못 보면 좋은 대학에 갈 수 없다. 그것은 미술을 하건, 체육을 하건, 음악을 하건 마찬가지다. 수능공부만 하는 아이들만큼 공부를 해야 하기 때문에 예체능계 아이들은 이중고에 시달리고 있다. 물론 어떤 분야에 국가대표가 되거나, 유명 연예인이 되면 쉽게 대학에 들어갈 수 있지만, 그 확률은 공부로 대학에 가는 것보다 크지 못하다. 그래서 한 가지만 잘해서 대학에 갈 수 있다는 생각은 버리는 것이 좋다. 아이들만 이중 삼중으로 힘들게 할 뿐이다.

대학에서는 입학사정관제도라는 특별 전형 형태로 아이들을 많이 입학시키겠다고 하나, 이 제도는 학력이 떨어지는 아이들을 구제하는 것도 아니고 한 가지 실력만 뛰어난 아이를 뽑는 것도 아니다. 어느 정도 공부 실력이 뒷받침되지 않으면 전혀 해당 사항 없는 허울 좋은 제도일 뿐이다.

그러나 일반 부모들이나 아이들은 이 제도에 막연한 기대를 걸고 있는 것을 많이 보았는데, 우리가 보험에 가입할 때 아주 조그만 글씨의 약관을 대강 훑어보고 넘어갔다가 나중에 큰 낭패를 보듯이 각 대학에서 제시하는 사정관제도에 대해 자세하게 살펴보고 판단을 해야 한다. 기본적으로 대학 관계자들은 최대한 좋은 인재를 선발하기를 원한다. 아무리 정부나 다른 단체에서 압력을 행사해도 그 기본 원칙은 변하지 않는다. 주관적인 입학사정관의 선택으로 아이들을 뽑는다고 하지만 그 뒤에 객관적인 어떤 자료 없이는 함부로 학생들을 뽑지 않는 것이 변하지 않는 대학 측의 태도이다.

정권이 바뀌어서 입학사정관제가 없어지고 그와 유사한 다른 입학 제도가 생겨나도 대학 관계자들의 입장과 태도는 변하지 않으며, 우리가 대학에서 등록금을 인하해 줄 것을 기대할 수 없듯이 신입생을 객관적으로 우수한 학생을 선발하려는 대학 측의 허점이 보이기를 기대하는 것도 가능성이 없는 일이다.

이 시대가 이(利)에 밝으면 성공하고 눈치만 잘 보면 잘 살 수 있다는 인식 때문에 자녀 교육에 있어서도 그럴 수 있다고 생각하는 부모가 많은데 아쉽게도 그런 경우는 없다. 오히려 대학에 입학할 수 있는 기준은 더욱 까다로워지고 그 문은 점점 좁아지고 있다. 공부는 정직한 것이며, 한 만큼 결과가 나온다. 공부하는 주체가 시간과 노력을 투자하지 않으면 조그만 결과도 얻어낼 수 없으며, 대학에 들어가기 위해서 우리가 할 수 있는 쉽고 빠른 길은 절대로 어느 곳에도 없다.

하나님께서는 우리에게 주어진 삶을 정직하고 성실하게 살아가길 원하신다. 부모가 눈치를 보고 요행을 바라는 가운데 아이들을 길러내면 아이들도 똑같이 기회주의자로 이 땅을 살아갈 것이다.

4. 스승과 제자의 관계

관계의 중요성

성경은 우리들에게 하나님과의 관계와 동시대를 살아가는 사람들과의 관계를 가르치고 있다. 십계명을 보아도 제 4계명까지는 하나님과의 수직적 관계를 제 5계명부터 마지막까지는 우리 인간들 간에 수평적 관계를 말하고 있다.

그래서 예수님께서는 무지한 우리들을 위해 다시 두 계명으로 요약해서 강령(일의 으뜸 되는 줄거리)을 말씀하셨다. "예수께서 가라사대 네 마음을 다하고 목숨을 다하고 뜻을 다하여 주 너의 하나님을 사랑하라 하셨으니 이것이 크고 첫째 되는 계명이요, 둘째는 그와 같으니 네 이웃을 네 몸과 같이 사랑하라 하셨으니, 이 두 계명이 온 율법과 선지자의 강령이니라."(마 22:37~40)

이렇듯 우리는 하나님과의 올바른 관계, 사람들과의 올바른 관계를 맺기 위해서 이 땅을 살아가고, 또 그것을 배우기 위해서 성경을 읽는다고 해도 과언이 아니다. 그래서 나는 아이들을 가르칠 때 지겹도록 사람과의 관계의 중요성에 대하여 자주 역설한다. 지금 자기가 관계를 맺고 있는 사람들에게 충실해야 하며, 가장 가까운 가족 구성원들과의 관계부터 확립시키려고 노력한다. 왜냐하면 자기를 둘러싼 사람들과의 관계를 잘 정립하기 위하여 훈련이 되지 않은 사람은 중요한 하나님과의 관계를 맺는 데도 실패를 하는 경우가 많기 때문이다.

자기와 가장 가까운 사람에게 신뢰감을 주지 못하고, 바로 옆에 있는 사람을 믿지 못하는 사람은 절대로 하나님과의 올바른 관계를 맺을 수 없다. 그런 사람은 주님과 관계를 맺었다가도 조금만 어려운 일이 있으면 하나님을 의심하고 배신하기 때문에 기본적인 신앙생활을 할 수 없다고 할 수 있다.

반면에 사람과의 만남과 관계를 소중히 여기는 사람은 주님과 관계를 맺으면, 광야의 이스라엘 백성들처럼 어려운 일이 생겨도 하나님을 의심하거나 원망하는 일이 없다. 그런 사람들의 신앙생활은 인간적인 좌절과 유혹은 있지만 주님이 원하시는 삶을 사는 데 기본적인 자격을 갖추었다고 할 수 있다.

관계의 소중함을 모르는 사람들

전통사회는 공동체 사회였기 때문에 사람과 사람의 관계가 중요하게 여겨졌다. 그래서 어떤 사람을 지칭할 때도 이름을 직접 부르기보다 "누구네 둘째"와 같이 불렀다. 그래서 서로 얽혀있는 관계 속에서 '예절'이라는 이름으로 아랫사람은 윗사람을 공경하고, 윗사람은 아랫사람을 견책하며 살아왔다.

나도 어렸을 때 서울 한복판에 살았지만, 부모님 심부름이라도 하려고 나가면 만나는 어른들마다 수십 번은 인사하고 우리 식구들의 안부를 묻는 분들이 많았다. 가끔은 익명이 보장되지 않는 그런 생활이 답답하기도 했지만 지나고 보니 정말 아름다웠던 시절이었다는 것을 알게 되었다.

지금 현대를 살아가는 우리들은 관계를 맺는 데 매우 서투르고 귀찮아한다. 일정한 간격을 두고 사람을 대하고 가식적으로 사람을 대할 때가 더 많다. 그렇지 않으면 피해를 보게 되는 경우가 많기 때문이다. 먹고 살기 위해서 서로를 물고 뜯다 보니 상호간에 신뢰감이란 전혀 없고 이용가치에 따라서 사람을 구분하기도 한다. 이것은 교회 공동체 안에서도 예외는 아니다. 그래서 많은 사람들이 교회 안에서 성도들과의 교제에서 상처받고, 시험받고, 교회를 옮기기까지도 한다.

이렇게 무너진 인간관계는 성인들에게만 해당되는 것이 아니다. 사회생활을 전혀 경험해 보지 못한 아이들도 어른들과 똑같은 행동을 한다. 자신의 선택에 대한 책임감이 전혀 없으며, 사람과의 사귐도 물건처럼 자기 마음에 안 들면 바꾸거나 다른 것을 선택할 수 있다고 생각한다. 그래서 요즘 아이들에게 사람과의 관계가 어떤 소중한 의미도 제공하지 못한다. 드라마나 영화를 보고 아이들이 배우는 것도 있지만 부모들의 영향이 가장 크다. 부모들이 이(利)에 밝게 행동하면 아이들도 그대로 따라 배운다.

물건을 선택하든 사람을 선택하든 책임감과 신뢰감이 행동의 바탕에 깔려있지 않기 때문에 요즘 젊은 부부들이 이혼하는 사례가 급증하는 것도 예견된 결과라고 할 수 있다. 결혼해서 한 번 살아보고 마음에 안 들면 다시 무를 작정을 쉽게 한다. 이렇게 현대사회는 사람과 사람의 관계가 믿음이 없고, 정이 없고, 책임이 없는 거의 계약적인 관계로 유지되고, 그것은 시간이 지나면 더 악화될 것이 불 보듯 뻔하다.

예수님께서는 복음서에서 대강령으로 '이웃과의 사랑'을 역설하셨고, 사도들도 그 중요성을 여러 곳에 강조하였다. -마22:36, 요13:34, 갈5:14, 엡5:2, 약2:8, 살전3:12- 여기에서 '이웃'이란 자신과 관계된 모든 사람들을 말한다. 우리 기독교인들은 거창하게 선교나 전도에는 매우 열심이지만 주님께서 강조하신 '진정한 이웃사랑의 실천'은 잘하고 있는지 자신을 점검해봐야 할 것이다.

스승과 제자와의 관계

스승과 제자와의 관계도 예외는 아니다. 스승은 제자를 믿지 못하고, 제자도 스승을 신뢰하지 않는다. 이렇게 기본적인 신뢰가 형성되지 않은 상태에서 진정한 교육은 절대로 이루어 질 수 없다. 이것은 공교육도 마찬가지고 사교육도 마찬가지다. 공교육에서 우리 아이들은 선생님을 존경하지 않으며 사교육에서도 지식의 전달자 이상 생각하지 않는다. 이것은 우리 선생님들의 잘못도 매우 크다고 하겠지만, 기본적으로 어른에게 대한 공경심이 사라진 현대의 세태가 가장 문제이다.

지금 선생님들의 권위는 바닥으로 떨어진 지 오래고 교실에서 체벌하면 휴대전화로 신고하는 정말 이상한 시대에 살고 있다. 앞에서 자녀교육의 원칙에서도 설명했지만 훈계하지 않는 교육은 교육이라고 할 수 없고, 그것을 받아들이지 못하는 학생은 제자라고 할 수 없다. 아이들을 가르치는 현장에서 학생을 혼내지 못한다는 것은 노를 빼앗고 배를 저어가라는 것과 다를 것이 없다.

사회에서는 학생을 약자로 보고, 선생님을 강자로 봐서 조금만 아이들을 혼내도 발끈하고 사회적 이슈로 만들고, 아이들이 선생님에게 대들고 주먹다짐을 하는 것들은 선생님들이 감수해야할 운명이라고 보는 것이 현실이다. 물론 선생님들 중에는 그 자격이 의심될 정도로 아이들을 막 대하는 교사도 있지만 대부분의 선생님들은 아무 이유 없이 아이들을 혼내거나 체벌하지 않는다.

나는 그래서 공교육 교사가 되지 않은 걸 다행으로 여길 때가 많다. 사교육을 대하는 부모들은 어느 정도 체벌을 해 달라고 부탁하는 부모들이 많기 때문이다. 실제로 "아이가 버릇이 없으면 매를 때려도 괜찮고, 공부를 안 하거나 숙제를 안 해오면 꼭 혼내주세요."라고 말하는 학부모가 많다. 그러나 문제는 아이들이다. 자주 때리거나 혼내는 학원을 아이들이 좋아할 리 없다. 그래서 자주 혼나는 아이들은 다니는 학원을 옮길 이 핑계 저 핑계를 찾게 된다. 그러다가 기회가 오면 부모한테 학원을 흠집 내기 시작한다. 그러면 부모들은 흥분해서 학원을 옮긴다. 부모 자신이 엄하게 해 달라고 얘기하고 그것 때문에 결국은 학원을 옮기는 기이한 현상이 벌어지는 것이다.

나는 내가 가르치는 아이들을 자식처럼 가르친다. 그래서 성경적인 근거를 앞세워 가르치며, 사람과의 관계의 중요성을 거의 매일 역설한다. 아이들은 조금만 빈틈을 주면 일탈하며, 조금만 시간을 주면 편하고자 하는 욕망이 샘솟듯이 나오기 때문이다. 그러한 아이들 때문에 끊임없는 훈계를 해야 한다. 그래서 내가 가르치는 아이들은 대부분 교회를 다니지 않는 아이들도 이타적이며 책임감이 강한 편이다. 그럼에도 불구하고 다른 아이들처럼 학원을 헐뜯으며 나가는 아이도 꽤 많았다. 그럴 때마다 나는 자책을 한다. 좀 더 아이들에게 신뢰감을 주고 세상을 바로 사는 방법을 더 잘 이해시켰어야 하는데, 저렇게 기회주의적으로 자란 아이들이 사회에 나가면 어떻게 될까? 하고 가슴 아파한 적이 한 두 번이 아니다.

나는 아이들을 지도할 때 항상 먼 곳을 보고 가르친다. 교과 과정을 가르칠 때도 중학생을 고3이라고 가정하면서 가르치고, 아이들의 생애도 그 아이들의 10년, 20년 후를 생각하며 가르친다. 이것이 선생으로서 양심이자 도리라고 생각하며 지켜 왔다. 그러나 아이들뿐만 아니라 부모들도 나의 이러한 교육 방식을 싫어하는 사람이 많이 있다. 당장 내신 점수가 더 급한 과제이며, 학교 시험 점수와 등수에 사활을 거는 학부모들도 많이 있다. 이런 환경에서 자란 아이들이 자신의 아름다운 삶을 계획하고 이타적인 삶을 살아가기를 기대하기는 좀 어렵다.

진정한 스승이란?

우리 부모들은 어떤 사람을 진정한 선생이라고 생각할까? 잘 가르치는 선생? 아이들을 이해해주는 선생? 자애로운 선생? 아이들의 기를 살려주는 선생? 창의력을 키워주는 선생?

애석하게도 위에 열거한 선생님의 조건에는 진정한 스승의 자격이나 행동은 하나도 없다. 그렇다면 어떤 선생이 아이들의 진정한 스승이 될 수 있을까? 이해를 돕기 위해서 얼마 전 상영된 우리나라 영화의 한 장면과 대사를 인용하겠다. 아이들을 진심으로 열심히 가르치는 체육 선생이 있었는데, 입시 위주의 교육 때문에 체육 선생을 정리하고 영어 선생을 충원하려고 하자 그 체육 선생은 낙담하여 선생을 그만두기로 결심한다. 그 말을 들은 체육 선생의 옛 스승이었던 그 학교 교장은 자기를 내버려 두라는 체육 선생의 말을 들으며 다음과 같이 말한다. "너는 자식 포기하는 부모를 봤냐? 나는 너를 절대로 포기할 수 없다. 내 말을 들어라."

이 영화는 코미디 영화였지만, 우리들에게 잔잔한 감동을 주고 진정한 스승이 어떠해야 하는지 중요한 것을 암시해 준다. 진정한 선생은 하나님이 우리를 포기하지 않는 것처럼 아이들을 포기하지 않는다. 단지 아이들이 부모의 사랑을 모르고 철없이 굴듯이 선생님을 어렵게 할 뿐이다. 진정한 스승은 진정한 제자를 길러낸다. 하지만 진정한 스승의 마음을 모든 제자들이 받아들이고 참 제자가 되는 것은 아니다. 아무리 진심으로 다가가도 문을 열지 않는 아이도 많으며, 더 심하게는 진정한 선생님의 마음을 악으로 보답하는 아이들도 많다. 그런 아이들이 의욕적이고 희생적인 선생님들의 전의를 상실하게 만든다.

예수님과 열두 제자

예수님의 행적을 보면 제자를 키운다는 것이 얼마나 어려운 일인지 알 수 있다. 베드로는 예수님을 세 번이나 부인했고 가룟 유다는 스승을 배신했다. 도마는 부활하신 예수님을 못 자국과 창 자국을 만져보지 않고는 믿을 수가 없다고 했으며, 빌립은 하나님의 아들인 예수님을 앞에 놓고 하나님을 보여 달라고 했다.

유대인들에게 모함을 받아 죽음까지 이르고 마는 예수님의 생애에서 그의 제자들만은 신뢰할 수 있는 대상이어야 했고 위안이 되는 친구였어야 하는데, 스승을 의심하고 배신하는 이런 제자들 속에서 예수님의 마음이 어떠했는지 그 심정을 십분 이해하고도 남음이 있다.

이렇게 진정한 스승의 도는 멀고도 험한 것이다. 제자들의 의심과 배신 속에서도 버텨나갈 지혜와 용기가 없으면 가르치는 일을 한다는 것은 근본적으로 힘들며, 기본적으로 희생정신이 밑바탕에 깔려 있지 않으면 정말로 헤쳐 나가기 힘든 역정이 아닐 수 없다. 물론 세상에는 그냥 직업이나 자신의 소질 때문에 선생의 길을 가는 사람도 있지만 대부분의 선생님들은 이 시대가 회피하는 막중한 사명감과 희생정신으로 교육의 길에 접어들었다. 그러한 진정한 선생님들이 이 사회에 있기 때문에 이 사회가 그나마 지탱되는 것이다. 그래서 학교나 교회에서 아이들을 진정으로 사랑하며 제자를 양육하는 선생님들에게 꼭 말하고 싶은 것이 있다. "아이들이 생각대로 말을 안 듣고, 선생님의 본심과 진심이 왜곡되고, 아이들이 여러 가지 형태로 배신을 할 때마다 예수님의 모습을 떠 올려보라고."

예수님은 아무 대가도 없이 제자를 기르셨고, 제자에게 팔려 죽기까지 하셨다. 이에 비하면 지금 아이들을 가르치는 우리들은 훨씬 더 많은 즐거움과 보람 속에서 일을 하고 있는 셈이다. 스승의 날이라는 것도 있고, 가끔은 아이들에게 고맙다는 말도 듣고, 사랑한다는 말도 듣기 때문이다.

스승과 부모

성경에는 스승의 도가 무엇인지, 제자는 스승을 어떻게 대해야 하는지에 대해 언급이 없다. 그러나 유추해 보건대 스승과 부모는 동급인 것처럼 보인다. 왜냐하면 자식을 사랑하고 바른 길로 가게 하려는 부모의 마음과 제자를 애정으로 진정으로 잘되기를 바라며 지도하는 선생님의 마음이 크게 다르지 않기 때문이다. 또한 아이들을 위해서 이 땅 위에 유일하게 희생할 수 있는 사람이 부모와 스승이기 때문이다.

그래서 성경 속에 자식을 키우는 하나님의 명령들(앞에서 자녀 교육을 위해 언급했던 하나님의 말씀들)을 그대로 부모 대신 스승을 대입해서 이해해도 무방하고, 제자들도 "부모를 공경하라."는 주님의 명령처럼 마땅히 스승을 존경하며 따라야 한다.

세상이 삭막해서 자신의 부모를 해하기도 하는 시대에 스승을 공경해야 한다면, 옛날 군사부일체를 따지던 고리타분한 전통윤리를 생각하는 사람들이 많은데 스승을 공경해야 하는 마음가짐은 윤리의식이 결여된 이 시대에 더욱 필요한 덕목이다. 그래서 부모님들은 아이들이 학교에서 또 교회에서 혼나고 왔다고 하면, 기분은 좀 상하겠지만 아이들 말만 일방적으로 듣지 않기를 바란다. 다 혼날 만하니까 혼난 것이고, 나중에 전후 상황을 잘 들어보고 판단해야 한다. 바로 발끈해서 선생에게 따지고 들면 화는 좀 풀릴지 모르지만, 열심히 가르치려는 선생님의 의욕을 꺾어 버리는 것이고, 그걸 보고 자란 아이가 선생님만 무시하는 게 아니라 나중에는 어른 전체를 무시하게 된다.

아이들 편이 되어서 선생님을 욕하게 되면 선생님과 동급인 자기 얼굴에 침 뱉는 격이 된다. 다소 이해가 안 돼도 선생님을 두둔하고 아이들을 설득하고 이해시키면 그런 아이들이 더 선생님을 나중에는 부모를 포함한 어른들을 공경하게 된다.

세상에는 내가 봐도 자격 미달의 선생님들이 소수 있다. 그러나 이러한 소수의 선생님들 때문에 다수의 선생님들이 의욕이 없어지고 진심이 실현되지 않는다면 그 또한 사회 문제가 아닐 수 없다. 조용히 현장에서 수고하는 스승에 대한 보답은 어떤 물질로 하는 것이 아니며, 부모와 아이들이 조그만 현실에 흔들리지 않고 믿고 따라주면 되는 것이다. 그것이 최고의 찬사요, 가장 고마운 반응이다.

하나님과의 관계

아이들에게 하나님을 바르게 공경하는 방법을 가르치고 자신이 속해 있는 사회의 모든 이웃들과 아름다운 관계를 유지하게 할 수 있는 가장 이상적인 방법은 사람과의 관계를 가르치기 전에 하나님과의 관계를 먼저 가르치는 것이다. 하나님과의 관계가 제대로 정립이 된 아이들은 모든 사람에게 공손하며, 스승과의 관계도 더할 나위 없이 잘 이루어진다. 그래서 신앙교육이 잘 된 아이들은 제자로 가르치기가 쉽고 인간적인 관계가 아주 탄탄하다.

그러나 교회를 안 다니거나 신앙이 제대로 뿌리 내리지 못한 아이들이 문제다. 그래서 이 아이들을 위해서 먼저 인간관계의 중요성을 역설한다. 앞에 보이는 사람도 믿지 않는 아이들이 보이지 않는 하나님을 믿는 것은 더욱 어렵기 때문이다.

그래서 매일 마주치는 가족들과의 관계를 잘 유지하라고 하고 친구들과의 바른 관계를 만들어 나가라고 가르친다. 그리고 사람들과의 신뢰와 믿음의 관계가 왜 중요한지 체험적으로 이해가 될 때 하나님과의 관계를 가르친다.

우리는 궁극적으로 하나님과 바른 관계를 맺어야 한다. 그러기 위해서 우리는 매일 일상에서 만나는 사람들과 올바른 관계를 맺는 연습을 해야 한다. 그것 자체도 중요하지만, 사람들과 관계를 잘 유지하는 사람이 하나님과의 관계도 소중히 여긴다. 요즘 아이들은 사랑이 뭔지, 신뢰가 뭔지 잘 모른다. 아니 관심도 없다. 그냥 자기중심적으로 세상이 움직이고, 무엇이든지 할 수 있다고 믿고 산다. 그렇게 만든 배후에는 아이들 말이라면 다 들어 주는 부모들이 있다. 이런 아이들은 하나님과의 관계도 사람과의 관계도 올바로 맺을 수 없다. 다시 말하면, 신앙생활도 사회생활도 제대로 할 수 없는 아이로 키워지고 있다는 뜻이다.

나는 한 번도 부모를 우습게 여기는 아이가 하나님을 공경하고 만나는 어른들을 존경하는 경우를 본 적이 없다. 그 이유는 그런 아이의 부모가 정상적으로 아이들을 교육했다고 볼 수 없기 때문이다. 우리 아이들은 부모와 스승을 그리고 어른들을 공경하도록 교육받아야 한다. 왜 그런지 설명하는 것이 아니라 당연한 세상의 이치라고 받아들여져야 한다. 그래야 그런 아이들이 하나님을 의심 없이 믿을 수 있다.

아이들에게 관계를 설명하는 것은 쉽지 않다. 그래서 나중에 성인이 되어 사람과의 관계가 또 주님과의 관계가 소중한 이유를 체험으로 느낄 때까지는 어른과 스승을 공경하는 것을 그냥 지켜야 할 율법으로 강조해야 한다. 하나님에게 순종하고 어른들을 공경하는 것을 당연하게 받아들이는 아이들로 만들어야 한다.

아이들 눈에 순종해야 할 대상이 있고 공경해야 할 사람이 많다는 것은 그 아이들의 사고와 행동을 제약하는 것이 아니라, 삶을 보다 집중하게 만들고 풍성하게 만든다. 그래서 우리는 아이들을 하나님을 외경하며, 스승을 공경하게 가르치며 키워야 한다.

III

자식 —
'축복의 통로'

1. 주님이 주신 '선물'의 의미

자녀의 가치에 대한 오해

성경에서는 자녀를 하나님이 주신 선물로 표현하고 있다. "보라, 자식들은 여호와의 기업이요 태의 열매는 그의 상급이로다. 젊은 자의 자식은 장사의 수중의 화살 같으니, 이것이 그 화살 통에 가득한 자는 복되도다. 그들이 성문에서 그들의 원수와 담판할 때에 수치를 당하지 아니하리로다. (시 127:3~4)

자녀는 주님께서 우리에게 주신 가장 귀한 선물이다. 그것은 종족 번식이라는 생물학적 당위성 그 이상의 아주 중요한 의미와 가치가 있으며, 기독교인에게는 상상하고 인지할 수 있는 그 이상의 의미심장하고 귀한 가치를 갖고 있다. 그러나 우리들이 자신의 자녀에 대해서 가치를 평가절하하거나 그 귀한 가치를 인지하지 못하는 경우가 많은데 그 이유는 크게 두 가지로 이해할 수 있다.

첫째는 우리가 자녀를 우리의 노력과 정성만으로 얻었다고 생각하는 것이다. 우리는 흔히 자신의 자녀를 자신의 창조적 노력을 통한 신통한 결과물이라고 생각한다. 자식은 자신의 고귀한 노력의 결과물이며 어떤 다른 도움도 본인의 정성을 앞서지는 못한다고 생각한다. 그래서 자식을 낳고 기르는 모든 과정에 자신의 의지와 노력만이 관철될 수 있으며 다른 요인들은 애써서 그 의미를 축소시키려 하고 큰 의미를 두지도 않는다. 누군가의 강력한 힘이 자녀들의 탄생과 성장에 함께 하고 있는 것을 전혀 알아차리지 못하고, 자신이 만들어낸 훌륭한 작품을 앞에 놓고 감탄을 하며, 자신의 솜씨에 자신이 나르시시즘을 느끼면서 만족감을 갖게 된다. 자신이 주도하여 아이를 만들었다고 생각하기 때문에 아이들에 대한 확고한 신념과 주도권을 갖고, 부모들은 되는 일이든 안 되는 일이든 모두 자신이 해결해야 한다고 굳게 믿고 있다.

두 번째 자녀에 대한 오해는 대다수의 일반적인 다른 부부들이 그런 것처럼 원하기만 하면 그렇게 어렵지 않은 과정을 통해 쉽게 아이를 가질 수 있다고 생각하는 것이다. 결혼한 지 몇 년이 지나도 아이를 못 가져서 고민하는 부부들도 많이 있지만, 어렵지 않게 자식을 갖게 된 부모들은 우리가 공기나 물을 쉽게 얻을 수 있어서 소중함을 모르듯이 쉽게 얻을 수 있는 것에 대해 귀한 가치를 부여하거나 깊이 생각해보거나 하는 일은 흔치 않다. 그래서 요즘 유아 유기 사건도 빈번하고, 아이 키우는 것을 강아지 키우듯이 아니면 그만도 못하게 사랑 없이 키우는 젊은 부부들도 화제가 되고 있다.

이렇게 우리가 자녀에 대해 자신의 주도적 노력으로 아이들을 만들 수 있다거나, 언제든지 쉽게 간편하게 아이를 가질 수 있다는 오해가 우리 자녀들에 대한 깊은 생각을 방해하고, 자녀의 가치를 새로 세우는 데 장애가 되고 있다. 자녀의 진정한 의미와 가치는 이러한 오해들 때문에 희석될 수 없는 고귀한 것이며, 세상에 어떤 것과 견주거나 비교할 수 없는 중요한 것이다.

자녀의 의미와 가치

내가 다니는 교회에는 대조적인 두 가족이 있다. 한 가족은 부모는 정상이지만 어린 아이가 지체장애를 갖고 있어서 그들 부부의 얼굴은 항상 어둡다. 반면에 다른 한 가족은 어머니가 장애를 갖고 있지만 아이는 정상적으로 건강하게 생활하고 있어서 그 어머니의 얼굴은 웃음이 떠나는 것을 본적이 없다. 이렇게 우리 생활에서 자식이 차지하고 있는 위치와 가치는 어느 정도라고 딱 꼬집어 말할 수는 없지만 참으로 지대하다고 말하지 않을 수 없다. 그렇다면 우리 삶 속에서 자식이 주는 의미와 가치는 어떤 것이 있을까?

첫째, 자녀들은 우리 삶을 풍성하게 해준다. 자녀는 식구가 한 명 늘었다는 물리적인 가정의 확대 그 이상의 풍요로움과 풍성함을 우리에게 준다. 어린 아이가 있는 집안은 웃음소리가 끊일 날이 없다. 아이가 한 명 가족 구성원으로 추가됨으로써 우리 삶의 모든 상황과 사건들은 경제적으로는 당연히 부담으로 작용하지만, 정신적으로는 더욱 윤택해지고 기름기가 흐르는 삶이 될 수 있게 해준다.

요즘은 독신으로 사는 사람들도 많은데 자녀들과 가정을 이루고 사는 정신적인 풍요로움과 만족감은 경험해보지 않고는 설명할 수 없는 것이다. 혼자서 누릴 수 있는 행복도 크고 중요할 수 있겠지만, 아이들을 키우면서 얻게 되는 풍요로운 행복은 다른 무엇에 비할 것이 아니다. 아이들은 확실히 우리 생활을 더 풍부하게 해주는 원동력이다.

둘째, 자녀들은 부부간의 결속력을 강화시켜 준다. 부부가 서로 마주보며 살다가 아이가 태어나면 공통된 하나의 시선을 갖게 된다. 그래서 부부들은 자녀를 키우면서 공통 관심사가 하나 더 늘어난 셈이 되고, 그러한 공동의 노력이 부부간의 유대감을 더욱 강화시켜 준다.

또한 몇십 년을 다른 환경에서 살다가 가정을 이루어 부부로 살다 보면, 어떤 때는 의견이 맞지 않아 불화가 생길 수도 있지만, 그런 경우에 아이들 때문에 화해하거나 웃어 넘어가는 경우도 많이 있다. 아이들은 부부간에 유대감을 강화시켜주는 끈끈하고 탄탄한 끈의 역할을 한다.

셋째, 자녀들은 가정의 조화를 만들어내는 역할을 한다. 수평적으로 유지되는 부부간의 관계에서 자식이 태어남으로써 그 가정은 수평, 수직적인 안정감 있는 치밀한 조직으로 거듭나게 된다. 그것은 마치 씨실과 날실이 오가면서 옷감을 짜내듯이 상하 좌우 조화로운 조직을 형성한다.

수평적인 일차원의 관계에서 수평, 수직적인 이차원의 관계로 가정이 재편성됨에 따라 관악기만으로 구성된 악단에 현악기가 추가되면 더욱 아름답고 조화로운 음악을 이끌어낼 수 있듯이, 자식을 얻음으로써 우리 가정은 이전에 느끼지 못하던 조화로움을 만끽할 수 있다. 아이들이 가족의 성원으로 추가되면서 가정이라는 작은 조직이 조화롭고 유기적인 체계를 형성하게 되는 것이다.

넷째, 자녀는 우리 생활의 활력소이자 에너지의 원천이다. 누워서 자고 있는 자녀들을 바라보면 부모들은 알 수 없는 어떤 힘이 내면으로부터 생겨남을 느낄 수 있고, 삶에 적극적인 애착을 갖게 된다. 그 어떤 자극이나 요법보다도 자식이 부모에게 주는 힘은 불가사의한 능력을 발휘한다.

이러한 심리의 내면에는 자녀에 대한 부모의 책임감도 깔려 있지만,

그보다는 자녀에 대한 한없는 사랑과 연민과 자애로움이 자식을 위해서라면 무엇이든지 할 수 있게 만들고, 어렵고 험난한 인생 속에서 살아가는 이유가 되고 힘이 되게 하는 것이다. 자식의 말 한 마디가 큰 응원이 되고 자녀의 작은 몸짓 하나가 부모에게는 큰 격려가 될 수 있다.

이렇듯 자녀들이 우리 생애에 주는 의미와 가치는 심대하다. 그래서 자녀를 몇백 억을 준다고 해도 바꿀 수 있는 부모는 매우 드물다. 그러나 이러한 일반적인 자녀의 가치를 아는 것도 의미 있는 일이지만 기독교인에게 자녀의 의미와 가치는 더욱 중요하며, 앞에서 언급한 자녀들이 일반적으로 우리 삶에 주는 혜택에 비교가 될 수 없는 귀한 가치가 있다.

기독교인에게 자녀의 의미

이 주제는 내가 이 책을 쓰게 된 결정적인 계기가 된 가장 중요한 테마이며, 꼭 다른 기독교인들과 공유하고 싶은 중요한 의미를 담고 있는 내용이다.

우리 기독교인에게 자녀란 우리의 신앙생활을 알차고 풍요롭고 은혜롭게 할 수 있는 살아있는 유일한 모티브가 된다. 좀 더 알기 쉽게 풀어서 얘기하면, 우리가 신앙생활을 한다는 것은 하나님을 알고, 하나님을 만나고, 하나님이 이 땅에서 이루려고 하는 의지를 이해하고, 우리에게 원하시는 것을 깨닫고 실천하는 과정이라고 할 수 있으며, 고단한 현실 속에서도 하나님의 임재와 영생을 믿으며 주님에 관한 소망을 갖고 살아가야하는 것이 기독교인의 기본자세라고 할 수 있다.

이렇게 어찌 보면 어렵게만 보이는 신앙생활을 위한 첫 단계는 하나님을 만나고 하나님을 이해하는 것이다. 이 단계가 선행되지 않으면 우리의 신앙생활은 모래 위에 쌓은 작은 성같이 한 번의 파도에 바로 무너져 버린다. 그래서 우리는 신앙생활의 많은 부분을 여러 가지 방법으로 하나님을 만나기 위한 노력을 경주한다. 특히 우리나라처럼 체험을 강조하는 기독교 환경에서는 "성령 받았느냐?", "구원에 대한 확신이 있느냐?", "방언기도를 할 수 있느냐?", "신유의 체험을 해봤느냐?" 등등 어떤 우리가 만들어 놓은 기본적인 틀과 규준을 갖고 그것에서 높은 점수를 얻으면 하나님을 만나고 하나님과 가까운 신앙생활을 한다고 간주한다. 물론 이러한 규준들이 성경적이지 않다고 하는 것은 절대 아니며, 그러한 과정을 통해서 하나님을 진정으로 만난 사람도 적지 않다. 모두가 주님의 은혜라고 볼 수 있다.

기독교는 기본적으로 계시 종교이다. 우리들의 궁색한 지혜로는 도저히 알 수 없는 것들을 주님의 한없는 은혜로 깨우치게 하는 것이다. 그러한 결과가 방언으로 신유로 나타나는 것이다. 그래서 우리는 충만한 은혜의 세상을 살아가고 있다. 그러나 우리는 주님의 은혜로 가득한 신앙생활을 하면서도, 항상 불안하고 주님께서 항상 동행하고 계실까 하는 회의를 갖게 된다. 그러면 또 기도원에 가서 확인을 받고 온다. 어찌 보면 우리의 생활이 신자로서의 자신을 확인을 받기 위한 일련의 과정처럼 보이기도 한다.

주님의 자녀로 부름을 받은 우리는 주님이 계속해서 우리에게 관심이 있는지 사랑이 식지는 않았는지 고민할 필요가 없다. 주님께서는 변함이 없으신 분이며, 우리들처럼 변괴를 부리시는 분이 아니시다. 항상 사랑의 눈으로 우리를 바라보고 계시며 우리 삶의 모든 영역에 관심을 갖고 계신다.

그래서 우리가 할 수 있는 일은 자신의 신앙을 자신이 만들어 놓은 잣대로 평가하고 확인하는 일이 아니라, 주님이 어떤 분이신지, 주님이 무엇을 좋아하고 싫어하시는지, 이 땅에서 어떤 나라를 만들고 싶어하시는지, 우리가 어떻게 자라나가길 원하시는지 깨달아 알아가는 노력이 필요하다. 이것이 신앙인의 기본자세요, 우리가 기도를 통해 성경을 통해 알아내야 할 과제이다.

이렇게 은혜의 시대에 주님을 우리가 알고 이해하려는 노력은 다방면에서 여러 가지 방법으로 행해지고 있으나, 보이지 않는 영이신 하나님을, 우리와 격이 다른 그분을 진정으로 이해한다는 것은 쉬운 일이 절대 아니다. 간혹 하나님이나 예수님과 직접 만나서 대화를 나누고 언제든지 의사소통을 할 수 있다고 말하는 사람도 적지 않으나 그 진위를 의심해야 한다. 우리가 항상 성령 충만한 상태를 유지할 수 있는 것도 아니어서 기본적으로 우리는 성경에서 말씀을 통하여, 설교를 통하여, 아니면 자신의 개인적인 체험을 통하여 주님을 이해하려고 애쓸 수밖에 없으며 그 결과는 항상 피상적일 수밖에 없다. 이렇게 주님의 사랑과 은혜를 진정으로 이해하는 것은 심히 힘든 일이다. 그래서 주님은 우리에게 자녀를 주셨다.

자녀 – 주님이 주신 축복의 통로

주님과 바른 관계를 맺기 위해서 우리는 주님과 인격적인 만남이 필요하다. 또한 인격적 관계를 위해서는 상대방에 대한 이해가 선행되어야 한다. 그래서 하나님에 대해서 바로 아는 것이 우리 신앙생활의 밑거름이라 할 수 있다. 주님이 어떤 분인지 모르고 신앙생활을 하는 것은 산에 올라가 바위 위에 돌 몇 개 올려놓고 손을 모아 비는 것과 다를 바가 없다.

그러나 주님을 알려는 우리들의 이러한 모든 노력에도 불구하고 그

것이 피상적으로 흐를 수밖에 없고, 자신의 체험에 의존할 수밖에 없다. 그래서 주님은 우리에게 자녀를 주셨다. 우리가 부모로서 자식 때문에 연민하고 고민하면서도 아이에게 한없는 애정을 쏟는 경험을 통하여 하나님을 조금이나마 이해할 수 있는 길을 열어주신 것이다.

우리는 자녀를 통해서 하나님을 간접적으로 이해할 수 있다. 부모가 자신의 아이를 보고 한없는 사랑을 느낄 때 우리는 하나님의 사랑을 조금이나마 느낄 수 있고, 아무 대가 없이 아이들에게 희생을 해도 내 마음이 황량하지 않을 때 주님의 우리를 위한 희생과 헌신을 느낄 수 있다. 자식이 말을 안 듣고 나쁜 길로 가려고 할 때 항상 지켜보다가 눈물어린 훈계를 해야 할 때 주님의 엄격하심을 이해할 수 있고, 입가에 미소를 띠며 손자의 재롱을 가만히 지켜보는 할아버지의 눈에서 우리는 하나님의 자애로움을 느낄 수 있다.

우리들과 하나님과의 관계를 자녀들과 우리 부모들의 관계로 유추해 나가는 이러한 방법은 그 동안 우리가 갖고 있던 모든 궁금증을 한 번에 해소해 준다. 왜 하나님은 선악과를 만들어 놓고 먹지 말라고 했는지, 왜 죄밖에 모르는 우리들을 위해 하나밖에 없는 아들을 이 땅에 보내서서 죽게까지 하셨는지, 왜 주님은 우리가 우리 맘대로 이 세상을 살아가게 내버려 두시지를 않는 것인지, 왜 값없이 우리가 주님의 충만한 은혜를 누리고 살 수 있는 것인지, 왜 그렇게 주님은 오래 참으면서 우리를 기다려 주시는지 등등.

기독교인이라면 한 번쯤은 갖게 되는 이러한 궁금증들은 우리가 자녀를 낳아 키워 보면서 아주 자연스럽게 그 해답을 찾게 된다. 부모들은 지금부터 자신의 자녀들을 보면서 차근차근 아이들에 대한 부모로서 사랑과 연민과 안타까움과 기쁨과 슬픔에 대해 생각해 보라. 자신의 이미지 위에 겹쳐진 주님의 모습을 발견하지 못 하는가? 그리고 주님이 얼마나 우리를 사랑하는지 비로소 온몸으로 느껴보라. 진정으로 하나님의 깊은 마음을 이해하면서 주님을 정말 가슴으로 느끼며 전율하는 체험을 할 수 있을 것이다.

나는 자녀를 키워보고 나서야 내가 그동안 "주님 사랑합니다."라고 밥 먹듯이 했던 나의 입술의 고백이 얼마나 가볍고 습관적인 것이었다는 것을 회개했다. 자식을 낳아서 기르며 자식에 대한 나의 마음을 통해서 하나님의 우리에 대한 진정한 마음을 내가 이해했을 때, 나는 비로소 "아! 주님도 나를 이렇게 사랑하시고, 나 때문에 이렇게 마음이 아프셨겠구나."하고 느끼면서 주님에 대한 나의 사랑이 얼마나 가식적이었는지를 깨닫게 되었다. 우리는 자녀를 통해서 주님의 성품을 알 수 있고, 주님의 생각을 알 수 있고, 행동을 이해할 수 있게 된다. 그래서 자녀는 하나님을 바로 알게 하는 축복의 통로가 되는 것이다.

이것처럼 우리 기독교인들에 감사하고 아름다운 축복이 어디 있을까? 주님을 진정으로 이해하고 따를 수 있다는 것처럼 행복한 일은 이 세상에 없을 것이다. 이러한 축복으로 가는 통로가 바로 우리들과 같이 살고 있는 자녀들이다.

자녀를 통해 하나님을 보다

자녀의 가치는 분명 우리의 아들, 딸 이상의 가치를 갖고 있다. 자녀는 우리가 하나님을 간접적으로 볼 수 있는 주님이 주신 귀한 선물이다. 우리는 신앙생활을 하면서 각자의 독특한 방법으로 주님과의 만남에 성공했다고 하는 사람들의 말을 많이 듣는다. 그러나 이러한 개인적 체험들이 얼마나 지속적이고 일관성 있게 우리의 생활을 지배하고 영향을 주고 있는지는 의문이다. 한 번의 결정적 체험이 인생의 전환

점이 될 수는 있어도 우리의 일상을 장악하며 간섭하지는 않는다. 그래서 우리들은 삶에 고통과 좌절이 올 때마다 신앙생활이 흔들리고 주님에 대한 신뢰에 금이 가곤 한다.

이렇게 삶에 고난이 다가올 때 보통 성도들은 기도원에 가서 부르짖거나 금식기도, 작정기도를 통해서 상황을 호전시키려고 노력한다. 그러고는 마음속에 앙금이 없어졌다 싶으면 응답받았다고 만족하면서 일상으로 돌아온다. 그리고 또 어려운 일이 닥치면 똑같은 생활을 반복한다. 그러나 하나님 아버지를 만나는 일은 이렇게 일이 있을 때마다 기도원에서 아니면 교회 예배에서만 이루어지는 것이 아니고, 우리 육친의 아버지와 한집에서 같이 살듯이 매일 순간순간마다 하나님 아버지를 모시면서 살아가야 하는 것이다.

우리는 하나님을 기도할 때마다 아버지라고 부르면서도 아버지라고 별로 생각을 하지 않는 것 같다. 물론 위치나 속성상 하나님은 무소부재하시고 전지전능하신, 우리와 비교 자체가 의미 없는 분이지만, 주님도 우리를 만드신 아버지임에 틀림없고 이 세상의 어떤 아버지보다도 역할과 책임에 빈틈이 없으신 아버지로서의 완벽한 역할모델이다. 그래서 하나님을 아버지로 둔 우리들은 정말 든든하며 가장 믿고 기댈 수 있는 존재에 감사를 느끼지 않을 수 없다.

그래서 우리가 고난 받을 때마다 주님께(아버지에게) 문제를 해결해 달라고 보채면, 아버지는 한없는 연민으로 우리의 걱정거리를 해결해 주시기도 하지만, 하나님이 아버지로서 우리에게 어떤 생각을 갖고 계신지 주님의 입장에서 생각해 볼 필요도 있다. 아들이 아버지를 생각하는 마음으로, 아니면 딸이 어머니를 생각하는 마음으로 주님을 생각해 보라. 부모의 눈가와 이마에 잡힌 주름살을 보면서 주님께서 우리 때문에 가졌을 시름과 걱정을 생각해 보고, 부모의 따뜻한 눈길에서 주님의 측량할 수 없는 사랑과 은혜를 생각해 보라.

인생에 고난이 닥쳐올 때마다(물론 주님께서는 즐거운 일에도 개입을 하시지만 즐거운 일에는 하나님을 잘 안 찾게 된다.) 우리는 주님께 투정을 부리거나 문제를 해결해 달라고 떼를 쓴다. 그러나 어려울수록 우리는 조금 더 성숙하게 우리의 입장이 아니라 주님의 입장에서 생각하려는 습관이 필요하다.

나는 삶에 우울과 고단함이 밀려올 때마다 그냥 자녀의 얼굴을 물끄러미 바라본다. 그러면서 내 눈에 촉촉한 이슬이 맺히는 것을 느끼며 주님이 우리를 보고 계시는 사랑의 눈길도 함께 느낀다. 내 쓰라린 마음을 더 쓰라린 마음으로 위로하시는 주님의 깊고 따뜻한 마음을 느낀다. 그러고는 또 감사한다. "하나님, 감사합니다. 오늘도 우리를 향한 주님의 깊고 변함없는 마음을 조금이나마 느낍니다. 주님이 우리를 자녀답게 기르시려고 부단히 애쓰시는 것처럼 우리도 우리의 자녀들을 주님이 가르치는 방법대로 가르칠 수 있는 지혜와 확신을 주시고, 우리가 자식을 키우며 즐거울 때나 슬플 때나 그 안에서 주님을 느끼면서 감사할 수 있게 해주시옵소서."

보다 성숙한 신앙인이 되기 위하여

우리가 기독교인으로 이 세상을 살아갈 때, 하나님께 무엇을 간구하거나 무작정 주님의 은혜를 사모하려고 애쓰거나, 내가 주님을 위해 무엇을 해야지 하는 것들에는 관심이 많지만, 왜 주님께서 우리에게 그토록 한없는 은혜와 사랑과 연민으로 우리를 대하시는지 그 이유를 심각하게 생각해보는 사람들은 드물다.

어떤 아이가 엄마, 아빠가 왜 그렇게 자기를 사랑하는지 그 이유는 잘 몰라도 그 사랑을 느끼는 것만으로도 효자라고 할 수 있다. 그러나 그 아이가 나이가 들어 자신이 아이를 낳고 키워보면 왜 그렇게 부모가 희생을 하면서 살았는지 부모가 되어보고 나서 자연스럽게 알게 된다. 그러면 우리는 그때 정말로 철이 들게 된다. 그리고 "내가 내 자식을 키우면서 갖게 되는 연민과 정성으로 우리 부모도 나를 이렇게 키우셨구나."라고 생각하며 비로소 진정한 효심이 생긴다.

우리는 아이를 낳고 길러 봐야 진정으로 주님의 마음을 이해할 수 있다. 그리고 십자가를 제대로 이해할 수 있다. 피상적으로 주님의 은혜와 사랑을 사모하던 성도에서 아이를 길러보게 되면 그 하나님의 깊으신 마음을 조금이나마 체험하면서 우리는 좀 더 성숙한 신앙생활을 할 수 있다. 일생을 망나니로 살던 어떤 사람이 자기가 아이를 낳아보고 부모님의 심정을 눈물로 이해하게 되었다는 이야기처럼.

그래서 나는 결혼을 미루고 있는 후배나 제자들에게 빨리 결혼하라고 한다. 그리고 결혼하면 빨리 아이를 가지라고 재촉한다. 자신의 아이를 키우면서 기쁨과 슬픔의 눈물을 흘려봐야 주님의 애틋한 사랑을 조금이나마 이해할 수 있기 때문이다. 그래야 좀 더 성숙한 신앙인으로 거듭날 수 있다. 확실히 자녀는 주님이 주신 최고의 선물이자 축복의 통로이다.

부모의 마음으로 이웃을 대하라

주님께서 우리에게 자녀를 선물로 준 또 한 가지 이유는 모든 우리들의 생활과 관계 속에서 부모의 마음으로 모든 사람들을 대하라는 주님의 각별한 배려가 숨어 있다는 것이다.

우리의 생활은 끊임없는 만남의 연속이며 그러한 만남과 조우를 통해 여러 가지 관계를 맺어간다. 그 관계가 어느 정도나 긴밀한가에 상관없이 우리는 자신과 맺고 있는 관계 속에서 삶의 의미를 찾고, 우리의 신앙생활도 결국은 얼마나 인간관계를 잘 맺고 잘 풀어 가느냐에 성패가 있다고 해도 과언이 아니다.

바람직한 인간관계를 구축하는 데 기본적인 전제가 있는데 그것은 바로 상대방에 대한 이해와 양보이다. 우리는 완벽한 인격체로 다른 사람과 만날 수 없으며 서로 만나고 사귀는 과정에서 여러 가지 실수를 저지를 수밖에 없다. 매번 반복되는 상대방의 허점과 과실을 이해하고 감싸주며, 자신의 의지와 욕심을 조금씩 양보하는 것이 인간관계의 필수적인 전제 조건이다. 상대방에 대한 이해와 양보하는 마음이 없는 일방적인 만남은 절대로 올바른 관계를 유지할 수 없으며, 종국에는 파경으로 갈 가능성이 충분하다고 어렵지 않게 예측할 수 있다.

그러나 한 쪽의 일방적인 이해와 양보로도 그 관계가 유지될 수 있는 인간관계가 있다. 한 쪽의 일방적인 헌신과 다른 한 쪽의 무관심 속에서도 관계가 지속될 수 있는 유일한 관계는 부모와 자식 간의 관계이다. 부모는 자식의 이해나 관심과는 관계없이 애정을 베풀고 양보하며 자식의 어떤 행동도 이해하려고 애쓴다. 이 세상에 어떤 인간관계도 이렇게 일방적이고 불공평한 관계는 없을 것이다. 그러나 부모 입장에서는 절대로 손해를 본다고 생각하거나 자식에게 이해를 요구하지도 않는다. 그냥 사랑해서 한없이 주는 것이고, 줄 수 있어서 행복한 것이다.

우리는 이러한 부모의 마음으로 우리가 만나는 모든 사람들을 대하고 관계를 맺어나가야 한다. 부모의 마음으로 자기 자녀를 대하듯이, 만나는 모든 사람을 희생과 헌신과 사랑으로 만나며 아름다운 관계를 맺어야 한다는 것이다. 자식에게 무엇을 바라지 않고 자기 몸을 내던

지듯이 자신의 이웃에게 헌신할 수 있는 마음가짐이 우리에게 필요하다. 그것이 예수님이 말씀하시는 "네 이웃을 네 몸과 같이 사랑하라." 하는 대강령을 실천하는 길이며, 이 땅에서 기독교인으로 작지만 가장 위대하고 거룩한 발자취를 남기는 일이다.

어느 누구도 예수님처럼 자기를 모두 버리면서 이웃을 대하고 만날 수는 없다. 그러나 하나님께서 우리에게 자녀를 준 의미를 다시 한 번 상기하면서 크리스천은 희생적인 마인드를 갖고 대인관계를 맺어가야 한다. 자기 것을 다 갖고 남을 위한 행동을 할 수 없으며, 자기가 귀중하게 여기는 것을 포기하지 않고 공의를 실천할 수는 없다. 예수 믿는 사람들이 그렇지 않은 사람들과 가장 다르게 보이는 면이 바로 이것이다. 자기를 돌보지 않으면서 남을 위해 희생하는 사람들을 보면서 우리는 그 안에서 예수님을 발견하게 되고, 이타적인 사랑을 실천하는 기독교인들을 보고 이방인들은 감동을 받는다. 다른 어떤 전도의 수단도 이것보다 강렬하고 확실한 것은 없다.

자기 자식을 사랑하는 마음의 10퍼센트만 이웃을 사랑하는 데 쓰고, 자기 아이들을 이해하고 배려하는 마음을 10퍼센트만 사회에서 발휘할 수 있다면 이 사회는 지금 우리가 고통을 겪고 있는 해악과 질병이 거의 사라진, 그야말로 주님이 기뻐하시는 아름다운 곳이 될 수 있을 것이다. 우리가 만나는 모든 사람들을 자식을 대하듯 이해와 희생과 배려와 연민의 마음을 갖고 만나고 사귀어 보자. 대가를 바라지 않는 순수한 타인에 대한 배려는 주님이 주신 자녀들의 또 한 가지 축복의 의미를 이 땅에서 실현하는 것이다.

자식으로서 주님께 얼마나 애정을 품고 사는가?

이렇게 우리가 축복의 길을 걸어갈 수 있게 귀한 자녀를 주신 주님께 우리는 자식으로서 얼마나 애정을 품고 살아가고 있는가? 매일 드리는 기도와 예배가 형식적으로 흐르고, 내가 할 말만 아버지께 간구하다가 끝나는 것은 아닌가? 우리는 진정으로 하나님을 아버지로 생각하며 몸과 마음과 성품을 다해서 사랑하고 있는가? 그리고 우리의 자녀들을 그렇게 키우고 있는가?

우리나라는 예로부터 유교사상 덕분에 '효'에 대한 의식이 상당히 강한 민족이다. 부모에 대한 효도가 윤리의 기본을 이루고 개인적인 효도는 사회적으로 확대되어 웃어른을 공경하는 미풍양속이 아직도 전해 내려오고 있으며, 외국 사람들이 가장 칭찬하는 우리 문화의 일부분이다. 그러나 언제부턴가 우리 사회에서 유산 때문에 부모를 죽이는 패륜아들이 나타나고, 늙은 부모를 몰래 버리거나 방치하는 일들을 흔히 보게 된다. 사회적으로 볼 때도 어른에 대한 공경심이 많이 없어져서, 전철이나 버스를 탔을 때 젊은 사람들이 노인에게 자리를 양보하는 것을 거의 보지 못했다. 노약자석을 비워두고 가는 소극적인 공경심은 보이지만, 적극적으로 자리를 양보하는 젊은이들을 본 적이 드물고 나이 든 사람이 더 나이 많은 분께 양보하는 것을 더 많이 보았다.

젊은이들의 그런 광경을 보면 "자기 부모는 잘 모실까?"하는 의구심이 들 때가 많다. 성경에는 십계명에 "네 부모를 공경하라."고 나와 있다. 이 제 오계명은 주님의 약속이 있는 유일한 계명이다. "그리하면 너의 하나님 여호와가 네게 준 땅에서 네 생명이 길리라."

주님께서 십계명 중 인간과의 관계를 설명하는 첫 계명에 부모를 공경하라고 강조한 이유는 육신의 부모를 정성껏 모시는 것이 이웃사랑의 출발점이고, 부모를 잘 섬기는 사람이 하나님을 잘 공경할 수 있기 때문에 육신의 부모를 통해 주님에 대한 경외심을 연습하고 훈련하라는 의미도 있다. 자식으로서 부모를 섬기지 못하는 사람은 이웃 어른들을 섬기지 않으며, 보이지 않는 하나님을 모시는 것에는 더욱 서투르고 자연스럽지 못하다.

그러면 어떻게 아이들이 부모를 섬기도록, 궁극적으로는 하나님을 잘 섬기도록 할 수 있는가? 그것은 마땅히 가르쳐야 할 바를 엄하게 가르쳐야 하는 것이다. 아이들이 자식을 낳아 보기 전까지는 부모의 깊은 사랑과 하나님의 헤아릴 수 없는 은혜를 이해할 수 없고, 아이들에게 그것을 논리적으로 설득할 수 있는 성질의 것도 아니다. 그리고 아이들은 인격적으로 완성된 단계가 아니며 가슴 깊은 곳에서 샘솟는 죄성 때문에 누구를 섬기기 위한 희생과 봉사의 정신을 발휘하기란 매우 힘들다. 그래서 부모의 가르침과 훈계가 필요하다.

우리는 가끔 부모가 어떤 훈계도 하지 않는데 아이가 이타심이 상당히 강하고 타인을 연민하는 마음이 깊은 아이들을 가끔 본다. 그런 아이들은 부모가 아무 것도 가르치지 않은 것이 아니라 몸소 행동으로 자식에게 보여주고 그러한 부모의 바른 삶을 아이들이 따라하는 것뿐이다. 이처럼 아버지가 할아버지를 모시는 것을 보고 자란 아이들은 자연스럽게 그것을 배우고 나중에 효심이 깊은 아이가 되겠지만, 요즘같은 핵가족 시대에 그것을 보여 주기는 구조적으로 힘들기 때문에 아이들을 엄하게 가르치고 키워야 한다는 것이다. 다른 가정을 한번 돌아보라. 이상하게도 아이들의 뜻대로 다 들어주면서 키운 집보다 엄하게 키운 집의 자녀들이 커서 부모들에게 나중에 효도하는 것을 얼마든지 볼 수 있을 것이다. 물론 다시 말하지만 아이들을 엄하게만 키워서는 안 된다. 사랑과 신뢰와 자비를 갖고 키워야 한다.

자녀들이 부모에게 깊은 애정을 갖게 하는 것이 부모 당사자 입장에서 보면 엎드려 절 받기 식으로 이상한 발상이라고 간주될 수도 있으나, 그것은 인간 대 인간의 관계를 위한 것만이 아니고 나중에 하나님에게 깊은 애정을 갖고 신앙생활을 할 수 있게 하기 위한 기본적이고 중요한 단계이다. 그래서 부모들은 본인들이 아이들이 보는 앞에서 효도하는 모습을 보여야 하며, 그런 상황이 아니라면 엄격하면서 자애롭게 성경 말씀대로 키워야 한다. 그렇게 키우는 것이 진정으로 주님이 뜻하신 대로 자녀들을 키우는 것이며, 그 아이들이 성장하며 신앙생활을 할 때 주님에게 깊은 애정을 품고, 은혜를 사모하고, 주님을 더 깊이 알고, 진정으로 예수님과 연합한 생활을 할 수 있는 초석이 되는 것이다.

당신은 얼마나 주님께 애정을 품고 일상을 살아가고 있는가? 어떤 대상을 사랑한다는 것은 남녀 간의 사랑처럼 순간적이고 단순한 것이 아니다. 끊임없는 접촉과 마음의 교류와 좌절과 고통과 이해가 함께 섞인 그야말로 어렵고 힘든 노력과 희생이 필요한 과정이다. 하나님 아버지에 대한 우리의 애정은 하루아침에 만들어지는 것도 아니고 우리의 어떤 인간적인 열심과 노력으로 가능한 것도 아니다. 다만 주님을 말씀과 기도로 가까이하는 가운데 주님을 알고, 주님의 뜻을 헤아리면서 하나하나 얻어지는 것이다. 우리가 주님을 사랑하는 마음이 생기지 않는다는 것은 주님을 가까이 하지 않았다는 증거이고 우리를 존재할 수 있도록 생명을 주신 이에 대해 관심이 없다는 표시이다. 부모님을 자꾸 찾아뵈어야 각별한 마음이 생기듯이 우리도 주님을 자주 찾고 주님의 은혜를 느끼며 주님의 말에 귀 기울이며 주님과 깊은 애정을 나누는 성도들이 되어야 하겠다.

2. 자녀에게 이기는 부모

자식에게 이기는 부모 없다

옛말에 "자식에게 이기는 부모 없다."라는 말이 있다. 자식을 키워 본 사람이라면 누구나 충분히 공감하는 말이다. 우리는 혹시나 아이들이 잘못되지나 않을까 노심초사하여 아이들의 말을 들어 줄 때가 많다. 부모와 자식 중에 상대방을 더 사랑하는 것은 부모이기 때문에 부모가 자식에게 지거나 양보하는 것은 당연한 이치이다. 요즘은 특히 아이들을 한 명, 많으면 두 명 정도 갖는 저 출산이 대세인 시대이므로 더욱 아이들을 받들면서 키우는 분위기로 가고 있어서 주위에서 자식에게 이기는 부모를 보기는 점점 어려워지는 상황이 되어가고 있는 것 같다.

기성세대만 하더라도 자신의 부모(특히 아버지)의 뜻을 거역한다는 것은 좀처럼 생각하기 어려운 것이었다. 아버지의 추상같은 명령이 떨어지면 그것은 마치 어명과도 같아서 그것을 거역할 수 있다는 생각조차 하지 못했던 시절을 기억한다. 아버지가 나이가 들고 자식이 성인으로 성장하면서 어느 정도 그 강도는 약해질지 몰라도 아버지 권위의 엄숙함과 그 말의 무거움은 본질상 변하지 않는 것이었다. 그러나 "자식 이기는 부모 없다."는 말이 아주 오래 전에 생겨난 옛말인 것을 감안한다면, 옛날 부모들도 자식에게 강하고 엄하게 보였지만 그 내면에는 자식을 향한 사랑이 흘러 넘쳐 큰일에서는 자식에게 양보를 했다는 사실을 알 수 있다.

이렇게 자식에게 이기는 부모는 예나 지금이나 드물다. 그것은 하나님도 마찬가지여서 우리를 새장 속의 새처럼 키우지 않으신다. 저 높은 나무 위로 날아오를 수 있게 하시고 수면 위를 날아다닐 수 있게도 해주신다. 단지 천적이 있는 곳은 조심하고 위험한 곳은 가지 말라고 먼저 일러 주실 뿐이다. 주님도 우리를 양육하시면서 어쩔 수 없이 우리가 하는 대로 놔둘 수밖에 없는 이유를 자식을 키워본 사람들은 전부 다 알 수 있다. 상대방에게 이길 힘이 없는 것이 아니라, 이겨야 할 이유가 사랑과 희생의 무차별적 감정보다 앞서지 않기 때문이다.

자기희생과 사랑의 오류

우리가 자녀들에게 지는 이유는 어버이로서의 순수한 사랑과 희생 때문인 것이 맞다. 자식에 대한 사랑이 너무 커서 충분히 자신을 희생하고도 박탈감이나 패배감이 남아 있지 않다. 우리가 일상생활에서 게임을 할 때 일부러 져주거나 져도 아무렇지도 않은 사람은 매우 드물다. 일상생활은 경쟁의 연속이며 거기서 탈락하거나 지면 몸서리칠 정도로 굴욕감과 열등감을 느낀다. 그러나 부모는 자식에게 지면서 살아도 상실감을 느끼지 않는다. 그래서 부모의 사랑은 숭고하고 이해하기 힘든 것이다.

그러나 우리가 자식에게 지는 이유가 하나님께서 우리에게 하시는 것처럼 순수한 사랑과 희생이 온전한 이유인지 생각해 볼 필요가 있다. 정말로 우리 부모들은 순수하게 희생적인 이유 때문에 자식에게 지는 것일까?

현대 사회를 살아가는 부모들은 순수하지 못한 몇 가지 이유 때문에 자식에게 자기 뜻대로 행하지 못하는 경우가 있다. 다시 말하면 자식을 위한 사랑과 희생의 이유 말고 다른 여러 가지 요인들 때문에 아이들에게 지면서 살아가는 부모들이 많다는 사실이다. 그 요인들은 다음과 같다.

첫째, 요즘은 맞벌이 하는 부부들이 너무 많다. 돈 버는 일에 쫓겨서 아이들을 누구에겐가 위탁하고 집으로 돌아와선 하루 종일 같이 못 있어준 미안함 때문에 아이들이 무슨 요구를 해도 거의 다 받아준다. 이것은 아이가 어린 경우에 더욱 현저하게 나타나는 현상이다. 아이들에게 항상 못해주고 있다는 생각이 행동을 지배해서 잘못한 일에 대해서 따끔하게 혼내려다가도 미안하고 불쌍한 마음 때문에 심하고 모질게 아이들을 대할 수 없을 때가 많다. 부모의 도리를 다 못한 것 같은 막연한 미안함이 아이들을 자기 주관대로 키우지 못하는 제약조건이 될 수 있다.

둘째, 요즘 부모들은 아이들 교육에 게으르다. 공부에 관한 교육에 관해서는 빈틈없고 부지런하지만, 자녀를 정신적으로 훈육해야 하는 부분은 너무 게으르고 방관적이다. 그래서 아이들을 위한 정신훈련원이나 수련회에 보내면 아이들이 좋아질 것이라고 편하게 생각하는 부모들이 많고, 누가 대신 아이들 정신교육이나 인성교육을 해주었으면 하고 생각하는 부모들도 있다. 또한 집안에서 아니면 밖에서도 아이들을 혼낼 일이 생겨도 그냥 귀찮아하는 부모들이 많다. 공공장소에 한 번 가보면 그 귀찮음 병에 걸린 부모들의 눈을 많이 발견할 수 있다. 아이들이 타인에게 피해를 주고 다녀도 초연한 듯한 눈으로 자기 자식을 바라보고 있는 부모의 눈에서 현대인들의 나태함을 읽을 수 있다.

셋째, 부모 자신의 마음이 아픈 것을 회피하기 위해서 자식에게 져주는 경우가 많다. 우리들은 아이들을 혼내고 나서 혼난 자식의 아픈 마음보다 몇백 배 이상 아픈 경험을 한다. 자식을 혼내고 쾌감을 느끼는 부모는 이 세상에 없다. 크게 혼낸 만큼 부모의 마음은 더 많이 찢어질듯 아프다. 그래서 아이들을 혼내고 나서 본인에게 찾아오는 후유증을 없애기 위해서 아이들의 잘못을 눈감아 주거나, 아이들의 요구대로 해주는 경우가 많이 있다. 혼내면 너도 힘들고 나도 힘드니까 그냥 자연스럽게 넘어가자고 생각하는 부류의 부모들이 많다는 것이다. 본인은 자식을 너그럽고 아량 있게 키운다고 생각할지 모르지만, 자신이 감당해야 할 고통을 회피하기 위한 비겁한 생활습성에서 나온 행동은 아닌지 점검해 볼 필요가 있다.

넷째, 부모의 소신대로 아이들을 통제하고 자녀에게 어떤 것을 양보를 하지 않으면 아이들이 혹시 잘못된 길로 가지 않을까 하고 걱정하는 부모들이 적지 않다. 실제로 아이들을 학원에 맡기고 절대로 아이를 혼내지 말라고 부탁하는 부모들을 의외로 많이 만났다. 그러나 부모의 요구대로 혼내지 않고 가르치는 아이들은 학원을 오래 다니지 않을 뿐만 아니라, 나중에 그런 아이들이 바람직하게 성장하는 것을 본 적이 없다. 정상적인 부모의 사랑을 받으면서 자라는 아이들은 절대로 탈선하지 않는다. 정상적인 가정에서 정상적인 가족의 화목과 단란함을 아는 아이들은 절대로 잘못된 길로 가지 않으며, 만약 집을 나가는 일이 있더라도 금방 돌아올 수밖에 없다. 아이들은 아무 이유 없이 탈선하시 않으며, 나쁜 길로 접어든 아이가 있다면 그 이유는 분명히 집안 내부에 있다. 가출을 하거나 탈선하는 아이들은 부모가 혼내서 그런 경우는 극히 드물고, 부모의 사랑이 부족해서 그런 아이들이 대부분이다.

다섯째, 이것이 가장 문제되는 요인인데, 왜 자식에게 부모가 이겨야 하는지 그것 자체를 모르는 부모가 많다는 것이다. 또 어떤 부분은 자식에게 강요를 해야 하고 어떤 부분은 자율적으로 놔두어도 되는지를 모르는 부모가 많다는 사실이 자녀 교육의 큰 문제로 대두되고 있다. 자식을 키우는 데 아무 철학도 신념도 없이 그냥 아무 생각 없이 아이들을 키우는 부모들도 적지 않다는 것이다. 이것은 젊은 부부들 사이에서 더욱 뚜렷하게 나타나는데, 아이들 키우는 것을 집안에 애완동물 키우듯 하여 아이들에게 정서적, 영적 가르침에는 별로 관심이 없고 애지중지 아이들을 먹이고, 입히고, 키우는 데만 관심이 있다. 그리고 조금 자라면 어디를 보내서 어떻게 가르칠까에 관심을 쏟는다. 성경에 근거하여 아이들을 훈육하는 일정한 규준도 없고 계획적인 시도도 없다.

자식에게 지면 가정이 망한다

우리가 아이들에게 지는 것이 하나님이 우리에게 베푸는 사랑과 희생과 같은 순수한 동인 때문만이 아니라는 것을 우리는 충분히 깨우쳐 알아야 한다. 물론 사랑과 희생이 밑바탕에 깔려있지 않은 부모는 이 세상에 없다. 어떤 행동을 할 때 그 주된 원인이 무엇이냐 하는 문제이다.

우리가 아이들을 대할 때 공적인 이유 때문에, 아니면 이타적인 이유 때문에 마음대로 못하는 경우는 거의 없다. 모두 다 개인적이고 이

기적인 이유 때문에 아이들에게 쩔쩔매고 할 말도 안 하고 또 못 하고 우리 부모들은 살아가고 있다. 하루하루를 아이들 비위를 맞추면서 그것이 마치 부모의 희생적 사랑의 위대한 발로라고 자신을 위로하면서 자식을 키우고 있다.

이상한 결과지만, 그렇게 애지중지 부모의 희생(?)의 대가로 자라난 아이들은 부모님의 은혜를 잘 모른다. 그 이유는 그것이 성경적 가르침이 아니기 때문이다. 그렇게 떠받들며 키운 아이들은 자기밖에 모르는 이기주의자요, 자기가 아파보지 않아서 남의 아픔을 모르는 비정한 인간으로 자라기 쉽다. 물론 애정결핍인 아이들보다 애정과잉이 훨씬 바람직하다. 하지만 통제되지 않은 애정의 전달은 버릇없고 이타적이지 못한, 주님이 가장 싫어하는 인간형으로 자라나게 만든다.

나중에 어떤 교육이나 물질로 이것을 회복하려고 해도 좋은 쪽으로 개선되지 않는다. 결정적 시기를 놓치면 아이들에게 주도권을 빼앗기고 그렇게 질질 끌려가다가 부모의 역할이 끝나는 경우가 대부분이다. 마치 자식 앞에서 죄인처럼 행동하는 부모들의 초라한 모습들은 그것이 순간적인 고통으로만 끝나지 않고 평생을 두고 자식이 부모의 짐이 되며, 그것은 부모의 나이가 많아지면 많아질수록 그 무거운 짐의 부담은 늘어만 간다.

이 땅에 살면서 인생의 낙이 무엇이 있겠는가? 갈수록 비정해지고 이기적으로 변해가는 자식을 보면서 어떤 부모가 인생의 보람을 느끼고, 어떤 가정이 평안을 누리면서 살 수 있겠는가? 자식들이 속 썩이는 가정에는 절대로 행복이 없고, 평안이 없고, 미래에 대한 어떤 소망도 기대할 수 없다. 그런데 보통은 아이들이 부정적인 행동성향을 보였을 때 그 이유가 부모 자신에게 있다는 생각을 하지 못하거나, 하려고 하지 않는다. 부모 본인은 아이들을 사랑으로 키웠는데 그 아이들이 왜 그런지 모르겠다는 말만 반복한다.

　자식을 혼내지 않고 칭찬만 하고 키웠다는 것은 확실히 아이들을 잘
못 키운 것이다. 예전에는 교육학에서 '칭찬'이라는 도구가 높은 가치
를 차지해 왔던 것이 사실이고, 칭찬을 하지 않는 부모나 선생은 미개
인 취급을 당해왔지만, 최근의 연구 결과들은 이 사실들을 모두 부정
한다. 칭찬을 많이 받고 자란 아이들은 그렇지 않은 아이들보다 긍정
적인 결과를 보이지 않으며, 자기중심적이고 이기적인 아이들을 양산
할 뿐이라는 결과가 계속 나오고 있다.

　앞에서도 잠깐 언급한 것이지만 이러한 모든 결과는 성경 말씀을 통
해서 예견할 수 있는 것들이었다. 새로운 것도 새삼스러운 것도 없고,
다만 무지한 우리가 우리 생각대로 판단하고 행동하다가 나온 좋지 않
은 결과일 뿐이다.

　아이들에게 지는 것은 어떤 이유로는 해악을 발생시킨다. 물론 아이
들에게 결정권을 주어야 하는 경우도 많이 있다. 그러나 여기서 부모
들이 알아야 할 사실은 자식에 대한 관심과 무책임한 애착은 다르다는
것이다. 아이들에게 진정한 관심을 갖고 있는 부모라면 어떤 것은 양
보하고 어떤 것은 절대로 양보하면 안 되는지 잘 분별하고 생각하면서
자녀를 양육해야 할 것이다. 건강하고 평안한 가정을 위하여.

자식에게 지면 사회가 망한다

　이제는 범위와 강도를 높여서 사회적인 차원에서 아이들에게 부모
가 지면 안 되는 이유를 알아보자. 심각한 주제임에도 우리가 생각을
기피하여 왔거나 그 중요성을 몰라서 외면해 왔던 것이지만 언젠가는
또 누군가는 언급을 해야 할 중요한 사회적 문제이다. 눈에 보이는 자

연재해나 증상이 보이는 질병만 우리에게 중요한 화제가 되어서는 안 되고, 눈에 보이지 않으면서도 치명적인 사회의 해악에 대해서도 관심을 가져야 한다.

자식에게 부모가 지면 사회가 망하는 첫째 이유는 앞에서 다룬 가정의 붕괴 때문이다. 가정이 망가지면 그 사회는 반드시 망가진다. 사회의 기본 구조인 가정이 온전치 못하면 그 사회는 어떤 다른 요인들이 제 기능을 발휘해도 건강하지 못하다. 사회의 기본 단위인 가정은 가장 기초적인 사회의 구성요소로 사회를 지탱하며 이끌어 가는 뿌리의 역할을 담당하고 있기 때문이다.

우리의 모든 에너지는 가정에서 얻는다고 해도 과언이 아니다. 가정이 망하면 우리는 사회를 이끌어 갈 원동력을 잃은 셈이다. 집안에 우환이 끊이지 않는 사람은 사회생활에 집중할 수 없으며, 가정에서 받은 스트레스는 고스란히 직장으로 학교로 무섭게 전파되어 사회 전체가 시름시름 앓게 된다.

가정에서 새로운 힘을 충전하지 못하고 겉도는 아이들이 사회 문제를 일으키며, 가정이 자기 기능을 하지 못하는 사회는 건전한 사회의 기능을 수행하지 못하게 되는 것이다. 그래서 자신의 가정을 건전하게 세우는 것은 그 가정만의 일이 절대 아니다. 웃음이 터져 나오는 가정이 웃음 가득한 사회를 만들고, 병든 가정이 건강하지 못한 사회를 만들 수밖에 없다.

우리나라의 문화는 자신의 가정 문제에 남이 간섭하는 것을 인정하지 않고 타인의 가정 문제에 개입하는 것을 꺼려하는 성향이 매우 강해서 자기 가정의 배타성을 주장하는 사람들이 꽤 많은데, 가정과 사회는 분리해서 생각할 수 없는 유기적인 관계이다. "내 가족의 일이니까 상관하지 말라."는 식의 이야기는 건물 아래층에 불이 났는데 위층

보고 신경 쓰지 않아도 된다고 하는 것과 같다. 자기 가정의 건전함이, 아니면 자기 가정의 불화가 사회에 얼마나 지대한 영향을 미치는지 한 번쯤은 생각해 보아야 한다.

자식에게 져서 사회가 망하게 되는 두 번째 이유는 자기 마음대로 남을 의식하지 않고 자라난 아이들은 이 사회의 범죄자가 될 가능성이 상당히 높아진다는 것이다. 어떤 개인이 사회의 범죄자가 되는 이유는 사회에 대한 적개심도 있고 경제적인 어려움도 한 몫 하지만, 기본적으로 범죄를 저지르는 사람들의 밑바탕이 되는 속성은 타인의 아픔을 모른다는 것이다. 모든 것을 자기중심적으로 사고하고 판단하기 때문에 자신이 피해를 입히는 다른 사람이 어떤 고통과 아픔을 느끼는지 관심도 없고, 그것들은 잘 느끼지 못한다.

우리가 아이들에게 져서 아이들의 이타적인 성향을 키워줄 수 없다면 그것은 사회의 범죄자가 될 확률이 높은 그런 위험한 아이들로 자식을 키우고 있는 것이라고 말할 수 있다. '범죄'라는 이야기가 나오면 누구든지 치를 떨고 자신의 아이들이 그런 나쁜 길로 접어들 것이라고는 꿈도 꾸기 싫은 일이겠지만, 자신만 알고 남의 아픔을 모르고 자란 아이들은 정도의 차이는 있겠지만 너무나 쉽게 남에게 해악을 끼치는 행동을 한다.

어떤 연쇄살인범이 자기가 흉기로 찔러 죽어가는 여자에게 "너는 왜 그렇게 인상을 쓰니? 죽는 게 그렇게 아프냐?"라고 했다고 한다. 이렇게 남을 아프게 하는 사람들은 남이 아픈지를 잘 모른다. 물론 부모님들이 혼내지 않고 길러서 버릇없게 자란 아이들이 모두 범죄자가 되지는 않는다. 그러나 그런 아이들은 눈에 보이지 않는 조그만 잘못을 저지르기 쉽게 되며, 그런 것들이 쌓이게 되면 큰 잘못을 저지를 확률이 높아진다는 것이다. 자신이 해서는 안 되는 일, 할 수 없는 일이 있다는 것을 아이들은 알면서 자라야 한다.

외국에서 교도소에 수감되어 있던 아들이 자신을 면회 온 어머니에게 달려들어 귀를 물어뜯었다는 유명한 일화가 있다. 아들이 그런 행동을 한 이유는 자신이 어려서 남의 물건을 훔치고 다닐 때 엄마가 한 번이라도 그것이 잘못된 행동이라고 혼냈으면 자기가 그런 범죄자가 되지 않았을 것이고, 그런 엄마가 너무 미워서 그렇게 했다는 것이었다. 아마도 그 어머니는 범죄자인 자기 아들을 책망만 하면서 살았을 것이다. 자기 자신이 범죄자를 길러냈다는 사실은 잘 모르고.

나이가 들어 도덕적 판단을 하게 되면, 자신의 행동이 이기적이고 남에게 해악을 끼치는 행동이 잘못되었다는 것을 알고 쉽게 고칠 수 있지만, 그전에 어렸을 때부터 잘못된 행동이 습관으로 굳어버리면 죄의식도 도덕적 판단도 흐려지는 그런 개인으로 성장할 수도 있다.

우리는 범죄라고 하면 살인, 폭행, 절도 같은 것들만 연상하기 쉽지만, 더 무서운 범죄는 남을 속여서 아니면 남을 협박하여 금품을 요구하는 사기나 유괴 같은 범죄들이다. 정상적인 가정에서 자란 아이들이 살인이나 폭행과 같은 흉악범이 되는 경우는 아주 드물지만, 요즘 유행하고 있는 사기나 유괴, 횡령, 뇌물 수수와 같은 것들은 아주 멀쩡한 사람들도 저지르는 그런 범죄들이고, 우리 아이들도 그런 범죄를 쉽게 저지를 수 있다. 많은 정치인들이 비리에 연루되어 있고, 건전한 경제인을 찾아보기 힘든 시대에 누구나 그러한 범죄를 저지를 수 있다고 생각하는 불감증이 만연해 있다. 기독교인들은 아주 작고 사소한 범죄라도 타인에게 해를 끼치는 일은 하지 않으려고 노력해야 한다.

지금까지 언급한 이야기들은 비약해서 짐작하는 일이 아니라 이 사회에서 일어나는 일이고 수많은 제자들을 가르치면서 목격한 사실들이다. 가정에서 교육과 훈련이 제대로 이루어지지 않으면 건강한 개인을 길러낼 수 없으며 그에 따라 이 사회는 건전성을 잃고 병약한 상태를 벗어날 수 없을 것이다.

자녀에게 이기는 부모

하나님께서는 외아들 예수님을 눈물을 머금고 광야에서 40일을 훈련시키셨다. 또한 예수님께서 겟세마네에서 "내 아버지여 만일 할 만하시거든 이 잔을 내게서 지나가게 하옵소서."라고 세 번을 기도드렸으나 하나님은 끝내 그 기도를 들어주지 않으셨다. 이때 주님의 심정을 우리가 한번 헤아려 보자. 그 찢어지고 쓰라린 하나님의 아픔을 우리도 공감할 수 있어야 한다.

자식을 기른다는 것이 요즘 신세대 부부들이 생각한 것처럼 그렇게 단순하고 즐거운 일만은 아니다. 자식이 올바른 길을 가게 하기 위하여 부모는 쓴 눈물을 삼켜야 할 때가 더 많고, 인내와 주님이 주시는 지혜가 가장 집중적으로 발현되어야 할 시기가 자식을 키우는 과정이라고 할 수 있다. 자녀를 키우는 것을 너무 쉽게, 또는 너무 가볍게 생각하는 부모는 그만큼 나중에 쉽게 자식들 때문에 많은 고통과 좌절을 경험하게 될 것이다. 하루하루 자녀를 대하는 것이 신중한 생각과 판단의 결과여야 하고 아이들에게 즉흥적으로 대하는 일을 되도록 삼가야 한다. 아이들을 사랑과 관용으로 넓게 안아주어야 할 때는 정말 따뜻한 가슴으로 안아주고, 하는 일을 격려해 주어야 한다. 아이들이 잘못된 길을 간다고 우기고 고집을 부리면, 그것에 절대 지거나 포기해서는 안 되고, 그릇된 행동에 대해서는 아이들에게 반드시 책임을 묻고 견책을 해야만 한다.

용서와 관용이 기독교인의 귀중한 덕목인 것 때문에 자녀 교육에서도 그것을 적용하는 사람들이 있는데 그것은 큰 오해이다. 우리가 용서와 관용을 베풀어야 할 대상은 우리의 마음을 아프게 하고 힘들게 한 사람들이고, 자식에게는 용서와 관용이 오히려 독이 된다. 용서와 관용과 칭찬으로 자란 아이들은 수족관에서 자란 물고기나 온실에서 자란 화초와 같다. 보기에는 그럴듯해 보이지만 그 알맹이는 튼실하지 못하다. 자기가 자란 환경에서 벗어나면 적응을 못 하고 곧 죽는다. 정말로 자식을 사랑한다면 "No"라고 말해야 할 때는 과감하고 단호하게 "No"라고 말하고, 그 뜻을 바꾸지 않아야 한다. 그리고 혼내고 훈계해야 할 때는 아주 확실하게 잘못을 바로잡아 주어야 한다.

하나님이 예수님에게 그러셨던 것처럼, 또 우리들에게 지금 하고 계시는 것처럼, 우리도 자녀들에게 가장 깊은 사랑을 전달하면서도 가장 아픈 훈련과 연단을 시킬 수 있는 지혜를 주님께 간구해야 한다. 아이들을 두둔하고 격려하면서 키우는 것이 결코 성경적이지 않다. 그런 아이들이 창의적이고 진취적인 능력을 발휘해서 세상에서 성공한 아이들이 될 수 있을지는 몰라도 하나님의 눈에는 건방지고 무례한 버릇없는 아이, 감사할 줄 모르고 겸손할 줄 모르는 교만한 아이로 자랄 뿐이다. "훈계를 저버리는 자에게는 궁핍과 수욕이 이르거니와 경계를 지키는 자는 존영을 얻느니라."(잠 13:18)

3. 가난한 아이들이 성공한다

젊어서 고생은 사서도 한다

"젊어서 고생은 돈을 주고 사서라도 한다."라는 말이 있다. 참 좋은 말이다. 어릴 적 고생은 돈을 주고 사서라도 해야 할 가치가 있는 것이다. 그만큼 그것은 귀하고, 나이가 들어서 하기에는 너무 늦거나 그만한 대가를 더 지불해야 한다는 의미도 포함되어 있다. 그러나 문제는 나이가 중년은 지나야 이 속담의 의미를 제대로 알 수 있다는 것이다. 실제로 젊은 사람들을 위한 말이지만 젊을 때는 도저히 그 말을 이해할 수가 없다. 그렇다면 이 속담의 효용성은 전혀 없다는 말인가? 아니다. 나이가 들어 그 진리를 깨우친 사람들이 어린 아이들이나 젊은 사람들에게 이것을 가르쳐야 한다.

하지만 실제로 아이들에게 이 진리를 설득하는 것은 여간 어려운 것이 아니다. 내가 어릴 적 우리 부모님께서 보릿고개 이야기를 하고 6.25전쟁 때 고생하셨던 이야기를 하시던 것을 들었을 때처럼, 아이들에게는 어렸을 때 고생을 해봐야 한다는 이야기가 자신과 관계없는 전설처럼 들리기 때문이다. 그래서 내가 학원 아이들에게 요셉의 일대기를 쭉 이야기하면서 그가 아무 죄도 없이 애굽으로 팔려가고, 감옥에 갇히고 하는 고생을 겪어야 했는가를 설명을 하면 내내 관심이 없다가, 나중에 요셉이 애굽의 국무총리가 되어 나라를 통치하고 자신을 팔아먹은 형들을 위에서 바라보는 위치에 앉게 되었다는 이야기를 할 때만 아이들의 눈이 반짝거린다.

편안함을 추구해 온 기성세대의 노력이 아이들에게 육체적이고 정신적으로 편안한 상태를 추구하려는 자연스러운 결과를 발생시키고 있고, 이 사회의 귀차니즘(귀찮음 중독증)은 아이들의 과잉보호와 어우러져 그 증상이 더욱 심각해지고 있다.

요즘 아이들이 정신적으로 나태한 또 한 가지 이유는 컴퓨터 사이버 환경에 아이들이 익숙해져 있다는 것이다. 컴퓨터 가상공간에서는 무엇이든 가능하고, 익명성이 보장된 사이버 환경에서 자신을 나타내는 것이 현실 세계보다는 쉽기 때문에 그것에 몰두한다. 모든 것이 쉽게 이루어지는 사이버 공간을 경험하면서 그것을 대리 만족적 차원에서 끝내야 하는데 그렇지 못하고, 현실 세계와 혼동하면서 자신의 정체성을 찾지 못하고, 어렵고 빡빡한 현실 세계보다는 편하고 서로 대우받는 사이버공간에 더 삶을 의존하면서 현실세계에는 점점 재미를 못 느끼고, 삶이 나태해지고 무기력해지는 청소년과 청년들이 늘어나고 있다.

자녀들의 나태한 병은 이렇게 여러 가지 환경적 요인이 복합적으로 작용하면서 머지않아 심각한 사회문제를 일으킬 것이 충분히 예상되고 있지만, 이 병을 고칠 묘약은 없다. 사회 전체의 환경을 바꿀 수 없는 노릇이고, 다만 방법이 있다면 자신의 자녀들에게 직접적인 또는 간접적인 어려운 경험을 통해서 스스로 느낄 수 있도록 유도하고, 세상(현실)을 바로 볼 수 있는 시각을 바로 잡아주는 것이 무엇보다 시급하다.

그래서 부모의 자식 교육이 중요하다. 교회나 다른 기관에서 하는 교육은 힘을 발휘하지 못한다. 집에서 부모가 어렸을 때부터 성경의 인물들이 왜 그런 고생을 감당해야 했나, 예수님이 왜 피할 수 있는 고통을 몸소 당하셔야 했나에 대해 아이들에게 가르칠 수 있어야 한다. 고통이 없이는 얻을 수 있는 것이 아무것도 없다는 것이 일반인들이 만든 진리가 아닌 성경에서 일관성 있게 제시하는 주님이 가르치시는 진리라는 것을 우리 아이들에게 인식시켜야 한다. 그리고 우리가 걸어가야 할 현실이 아스팔트가 깔린 탄탄대로만 있는 것이 아니고, 자갈길도 있고 진흙탕도 있다는 것을 알게 해야 한다.

가난한 아이들이 성공한다

'성공'이라는 단어에 눈길이 쏠리는 사람들도 있겠으나, 여기서 말하는 성공은 아쉽게도 세상적인 성공이 아니다. 물론 성공한 인물들의 많은 공통분모에 그들이 가난하고 어려운 시절을 보냈다는 것도 사실로 나타나지만, 여기서 얘기하는 성공은 세상적인 성공이 아니고 기독교인으로서 성공한 삶을 말하는 것이다.

기독교인으로서의 삶은 그리 평탄하지만은 않다. 평탄한 삶을 살고 있는 성도가 있다면 정말 흠 없고 완벽한 사람이거나, 신앙생활을 잘못하고 있는 것이다. 신앙의 삶은 고통과 고단함의 연속이며, 순간적인 즐거움이 우리를 위로하며 주님께서 보내신 성령님의 따뜻한 도움으로 살아가고 있을 뿐이다. "예수 믿으면 복 받아요."라는 전도용 말을 믿고 교회에 등록하신 많은 분들은 예수님을 영접한 기쁨과 감격도 잠시이고, 또 다시 현실의 어려움들이 고개를 들고 성도들의 마음을 엄습함을 누구나 경험하게 될 것이다.

주님을 영접한 우리 기독교인들은 절대로 편안하고 즐거운 생활만으로 인생을 채울 수 없다. 왜냐하면 우리는 조상 때부터 갖고 있는 죄성을 품고 태어나서 한시도 죄를 짓지 않고는 살아갈 수가 없고, 주님께서는 우리를 자녀로 인정한 이상 절대로 나쁜 길로 가는 것을 원치 않으시기 때문이다. 그래서 주님은 끊임없이 우리를 훈련과 연단으로 이끄시고 그것은 우리에게 고스란히 역경과 고통으로 다가오게 된다. 우리는 평생을 두고 이 고통과 싸워야 하며, 그럴 때마다 우리의 신앙은 점점 성숙해지는 것이다. 우리의 악한 본성은 고통의 훈련과 연단을 통해 조금씩 제어될 수 있게 되며, 우리는 그때야 비로소 선한 열매를 더욱 많이 맺을 수 있는 성품을 갖추게 된다.

우리가 감당해야 할 훈련과 연단의 이 고통들은 물론 개인차도 있고 주님께서 주관하시는 것이어서 어느 정도까지라고 수치로 나타낼 수는 없다. 그렇지만 그리스도의 품격에까지 우리가 자라나기 위해서 일생을 통해서 어느 수준까지 이르러야 한다면 어렸을 때부터 많은 고통을 겪고 자란 사람들은 주님이 주시는 연단의 시간을 감내하면서 먼저 성숙해지고 기독교인으로서 성공한 삶을 살 수 있는 확률이 더 많은 사람이라고 볼 수 있다.

물론 그것을 위하여 일부러 가난해질 필요는 없지만, 어린 시절에 또는 지금의 생활이 가난하다고 느끼는 사람들은 신앙인으로서의 생활에 더욱 큰 자신감과 소망을 갖고 살아도 된다는 얘기다. 가난하다는 것은 생활의 고통과 불편이 있을 따름이고 그것을 감내하고 신앙생활을 한다는 것은 나쁘거나 잘못된 것이 절대로 아니다.

어떤 기독교인들은 가난함을 신앙적인 나태나 열심의 부족으로 원인을 삼아서 가난한 성도들을 믿음이 부족하거나 잘못된 신앙생활을 하고 있는 것으로 매도하여 몰아붙이는 경우가 있는데, 그렇게 흑백논리로 몰아붙이지 말아야 한다. 주님의 자녀로서의 충실한 삶이 가난할 수도, 부요하게 채워질 수도 있고 그것은 전적으로 주님의 소관이다. 신앙의 열정이 부족해서 가난한 것은 절대 아니다. 교회를 다니지 않는 사람들도 아니고 성도로서 함께 신앙생활을 하는 사람들이 가난하게 사는 성도들에게 색안경을 끼고 바라보는 추태는 빨리 사라져야 할 기독교 생활양식이다.

가난한 삶이 부끄러움이 될 수 없으며, 고난과 우환이 끊이지 않는 것이 절망이 될 수 없다. 어떤 목사님들은 구약의 인물들을 내세우면서 말년에 그들이 받은 물질적 축복이 우리에게도 약속될 것이라고 설교하는데, 그 인물들의 인생의 결말을 보지 말고 살아간 과정을 주시해야 한다. 그리고 우리의 성경에서 롤 모델은 예수님이다. 예수님은 부요하게 살지 못하셨으며, 흠 없는 분이 이유도 없이 고난을 받으셨고 우리를 위해 십자가의 고통까지 겪으셔야 했다. 말로만 "예수님을 닮고 싶어요. 예수님 사랑해요."라고 얘기하면서 무엇을 닮고 싶어 하는 것인지 알 수가 없다. 그리고 신약 속의 사도들을 보라. 누가 부요한 생애를 살았으며 편안한 인생을 살았는가. 그들의 고통으로 얼룩진 삶과 비참한 최후를 보지 못하는가.

마치 물질적 풍요를 위해서 교회에 출석하고 있는 것 같은 요즘 기독교인의 생활 풍토 속에서, 가난함의 미학이 설득력 있게 들릴지 모르겠지만, 가난한 생을 살았고 현재 물질적으로 풍요롭지 못하게 살고 있는 성도들은 참다운 기독교인으로서 성공할 빠른 길에 있다는 것을 잊지 말아야 할 것이다.

지금 집안이 물질적으로 풍족하지 못해서 아이들에게 해주고 싶은 것 다 못해주는 것이 마음에 항상 부담이 되고, 아이들에 대한 미안한 마음이 떠나지 않는 부모님이 계시다면, 마음속으로 이렇게 아이들에게 얘기해 보라. "사랑하는 아들(딸)아, 이 아빠(엄마)는 주님의 자녀로서 이 땅에 살면서 하늘을 우러러 부끄러움 없이 살려고 노력하고 있단다. 지금 우리가 처한 현실이 다소 불편하고, 다른 사람이 보기에 부족해 보일지 몰라도 우리가 할 수 있는 일은 주님을 믿고 그 분이 원하시는 대로 살려고 노력하는 것 외에는 없다. 다른 아이들처럼 너에게 풍족하게 해주지 못해서 마음이 너무 아프지만, 너희가 일생 동안 주님을 모시고 살면서 너의 지금의 경험들이 좋은 약이 되고 좋은 가르침이 된다고 믿는다. 그리고 네가 겪는 고통이 성장해서 훌륭한 신앙인으로 자라나는 데 좋은 밑거름이 될 거다. 힘들어도 같이 참아내고 이겨내자."

게으르고 나태한 현대 시대

현대과학은 모든 것이 편안함을 목적으로 발전해 왔다. 그래서 현대를 사는 우리들은 과거와 비교할 수도 없이 편안함을 만끽하고 있다. 이러한 세태 때문에 요즈음은 편안한 환경이 세련된 것이고 지성적인 것으로 치부되어 마치 불편한 생활을 하는 사람을 전근대적이고 시대착오적인 사람으로 간주하는 경향이 강하다. 물론 문명의 혜택을 버리고 산 속에 들어가 살거나, 휴대전화가 뭔지 인터넷이 뭔지 모르고 살아가라는 것은 아니다. 이렇게 편안함만을 추구하다 보면 사람들은 자연스럽게 나태해질 수밖에 없다는 것이다.

앞에서 잠깐 언급했듯이 요즘 아이들은 너무 게으르다. Y세대, 또는 G세대라고 불리는 아이들은 당차고 자기표현을 잘하는 특징이 있지만 생각이 게으르고 그에 따른 행동이 게으르다. 여기서 생각과 행동이 게으르다는 것은 자기가 좋아하는 것만 생각하고 행동하며 다른 것에는 관심도 없고 다른 사람의 힘을 쉽게 빌리려 한다는 것이다. 그래서 요즘 아이들이 적극적이고 진취적인 것처럼 보이지만 실은 그렇지 않다. 자기 자신이 흥미 있는 일에만 몰두하는 아이들을 우리는 부지런하다고 얘기하지 않기 때문이다. 이들은 가면 갈수록 더욱더 자신의 일만 관심을 갖게 되고, 나머지 일들에 대해서는 점점 나태하게 된다. 마땅히 해야 할 다른 공부나 가정에서의 역할을 최소화하여 편하게 사는 것이 이들의 꿈이다. 이런 아이들이 자라나면 은둔형 외톨이가 되고 취업 의사가 없는 니트족이 되고 만다.

자신의 생활에 부지런하다는 것은 자기가 하기 싫은 일을 열심히 하는 것이다. 자기가 하고 싶은 일만 열심히 하는 사람을 보고 우리는 근면한 사람이라고 하지 않는다. 자기가 하기 싫은 일을 억지로 참고 고통을 감수하면서 해내는 사람이 근면, 성실한 사람이다. 그냥 자신이 좋아하는 TV 프로에 몰두하거나 PC에 빠져있는 것은 부지런한 것이 아니다.

지금 우리 사회에는 1년 이상을 집 밖에 나가지 않고 자신의 공간에서만 생활하는 은둔형 외톨이가 10만 명이 넘고, 취업 적령기에 들어섰으나 취업의사가 전혀 없는 니트족이 40만 명이 넘고 있다. 정말 심각한 사회적 현실이 아닐 수 없다. 우리 사회의 젊은이들이 이렇게 정신적으로 육체적으로 병들게 된 것은 우리 기성세대의 탓이다. 특히 부모의 책임이 가장 크다. 인간은 태어날 때부터 편안함을 추구한다. 아이들을 비위를 맞추며 키운 부모들이 이러한 병약한 아이들을 양산했다고 볼 수 있다.

다시 말하지만 우리가 아이들을 건강하게 키워야 하는 이유는 결코 개인의 문제가 아니고 사회적이고 국가적인 문제이다. 사회에서 자신의 능력을 발휘하며 살아갈 젊은 나이에 일자리를 구할 의사가 없이 살아가는 청년들이 많아진다는 것은 국가 존립의 위기로 볼 수도 있는 심각한 문제이다. 특히나 요즘 같은 저 출산 시대에 누가 이 사회를 지탱해 나갈지 의구심이 앞선다.

다리를 한 달만 편하게 쓰지 않고 누워 있으면 다리 근육이 퇴화되어 걸을 수 없게 된다. 편안함이 우리에게 갖다 주는 것은 패악과 절망 밖에는 없다. 우리는 아이들을 키울 때 부지런하라고 가르쳐야 한다. 자신이 하고 싶지 않은 일에 특히 나태하지 않도록 가르쳐야 한다. 편안함이 우리에게 갖다 주는 것은 우리를 썩게 만들고 사회를 썩게 만드는 것이라고 꼭 가르쳐야 한다.

자녀와 함께 불편한 연습을 같이 해보는 것은 어떨까? 눈을 안대로 가리고 걸어 보기도 하고, 자동차를 타고 가면 쉬운 길을 아이들의 손을 잡고 걸어 보는 것도 좋다. 같이 걸으면서 자녀들에게 이런 이야기를 들려주면 더욱 좋을 것이다. "이렇게 걸어 보니까 이마에 땀도 나고 참 힘들지? 하나님이 우리를 처음 만들었을 때 우리는 이렇게 늘 걸어 다녔지. 지금처럼 좋은 신발도 없고 자동차 같은 것도 없이. 그런데 우리 인간들이 너무 편하고 싶어져서 자동차라는 것도 만들게 된 거야. 그래서 인간의 욕심이 만든 자동차 때문에 매일 교통사고로 많은 사람들이 다치게 되고, 운동을 안 하게 돼서 옛날에는 걸리지 않는 질병들에 우리들이 고통을 받고 있는 거란다. 이처럼 우리가 욕심을 부려서 자꾸 편하게 살려고만 하면, 우리 몸은 점점 병약해지고 우리 사회도 건강하지 못하게 될 거야. 편안한 시대에 우리가 살고 있지만 우리가 가끔은 불편한 연습을 해야 우리가 또한 우리 사회가 건강해지지 않겠니?"

어떤 사람들은 문명의 이기들도 하나님이 주신 우리 능력으로 만든 것이기 때문에 마음껏 향유해도 된다고 믿는 사람들이 있는데, 얼빠진 생각이다. 하나님께서는 우리에게 편하고 나태함을 추구하라고 한 적이 없다. 하나님이 주신 창조 질서를 어지럽히고 수많은 부작용으로 인류를 위협하는 현대과학이 어떻게 하나님이 주신 선물이라고 생각할 수 있는가?

불편함의 미학

아이들에게 불편함의 미학을 가르치는 것은 쉽지도 어렵지도 않다. 교회를 안 다니던 사람이 교회에 처음 다녔을 때를 상상해 보라. 새로운 환경에 적응해야 하는 스트레스 말고도 불편해지는 것이 한두 가지가 아니다. 일단 주일에 피곤한 몸이 늦잠을 못 자고, 교회에서 하라고 요구하는 것이 많다. 여기 저기 봉사에 참여해야 하고, 무슨 기도회와 예배는 그렇게 많은지 한시도 몸을 가만두지 못한다. 그리고 교회 생활은 차치하고라도 주님을 영접하는 순간 우리의 사고와 행동에 많은 제약이 따른다. 주위 사람의 눈을 의식하지 않을 수 없고, 주님의 이름에 누를 끼치지나 않을까 많은 불편함을 감수하고 살아야 한다.

그래서 기독교인의 삶은 세상적인 눈으로 보면 불편하기 그지없다. 실제로 그런 이유로 교회 문에 들어서지 못하는 사람들도 많다. 그런데 어느 순간부터 교회가 또 성도들이 믿지 않는 사람들보다 더 탐욕적이고 세상적인 편안함을 추구하고 그것을 서로 권장하는 시대가 되었는지 잘 모르겠다. 그 이유가 교회에서 전도하는 수단으로 이용되는 "예수 믿으면 만사가 형통하고 모든 문제가 해결된다."는 식의 이벤트성 홍보 문구가 성도들 사이에 보편화된 생각으로 널리 퍼져 있는 것 때문이라는 것은 다소 이해하겠으나, 신앙생활을 꽤 오래 한 성도들까지 생각 없이 편안함을 추구하며 살아가는 것은 참으로 답답한 현실이 아닐 수 없다.

기독교인들의 삶에 세상적인 가치의 편안함이 연속될 수는 없다. 또 그것을 추구하며 살아도 안 된다. 불편을 감수하고 어려움을 감내하면서, 세상적인 편안함이 아닌, 주님이 주시는 진정한 평안에 거하며 사는 것이 신앙인의 삶이다. 이것은 지나친 성결주의나 경건주의를 주장하는 것이 아니다. 그리스도인으로서 본연의 자세를 말하는 것이다.

요즘 아이들에게 불편함의 미학에 대해서 이야기하면 멍하니 이해를 못 하는 표정이 역력하다. 편한 것이 좋은데 왜 불편하게 살아야 하는지 이해를 하지 못한다. 교회를 다니거나 안 다니거나 편안한 삶은 우리를 좌절과 고통과 불행으로 이끈다. 하물며 십자가를 지고 살아가야 하는 우리 기독교인의 삶이 편안함을 추구하는 여정이 되어서 되겠는가?

가난한 사람을 주님이 쓰신다

교회는 언제부터인가 편안한 상태를 유지하기 위한 기도와 신앙 행위를 하고, 인생에 고난과 불편함이 다가오면 하나님이 자신을 미워한다고 생각하는 이상한 이분법적 사고와 행동을 하는 성도들이 많다. 그것은 하나님이 어떤 분이신지 전혀 모르는 무지에서 나온 심각한 오류이다. 물론 하나님은 우리 편이고 우리의 생애를 책임지고 계시지만 우리를 미워하셔서 어렵고 불편한 길로 이끄시는 것이 아니다. 주님께서 우리를 편안하게 놔두지 않는 이유는 우리를 사랑하셔서 주님과 우리가 아름다운 관계를 유지할 수 있는 기본적인 과정과 전제를 제공하기 위해서이다.

로마서에 "환난 중에도 즐거워하나니 이는 환난은 인내를, 인내는 연단을, 연단은 소망을 이루는 줄 앎이로다."(롬 5:3,4)라는 말씀처럼 주님은 우리가 하나님의 자녀로서 원하시는 품격에까지 자라나가기를 원하시고, 그 단계에 이르러 진정한 사랑의 교제를 나누고 부모와 자식 간에 아름다운 관계를 유지하기를 바라신다.

그리고 하나님은 세상에서는 미천하지만 주님께서 자격을 갖추었다고 생각하는 그런 자식을 엄중히 택하셔서 하나님의 일에 일꾼으로 쓰신다. "그러나 하나님께서 세상의 미련한 것들을 택하사 지혜 있는 자들을 부끄럽게 하려 하시고 세상의 약한 것들을 택하사 강한 것들을 부끄럽게 하려 사시며, 하나님께서 세상의 천한 것들과 멸시 받는 것들과 없는 것들을 택하사 있는 것들을 폐하려 하시나니."(고전 1:27,28)

주님의 자녀가 되기 위해서 일부러 고행을 하고 전 재산을 매각해서 가난해질 필요는 없다. 그러면 또다시 자신의 행위로 주님께 강요하는 이상한 신앙에 빠지게 된다. 그냥 주님이 주시는 은혜 안에서 풍성한 복을 누리고 주님께서 무엇을 칭찬하시는지 무엇을 혼내시는지 분별 있게 알아차리고, 아침에 눈을 떠 '오늘은 주를 위해 무엇을 할까?'하고 살면 그만이다. 사람들이 만들어 놓은 여러 가지 조건들로 주님을 충족시키려고 애쓰지 말고, 로마서에서 바울이 말한 '내가 완전히 주님의 것이라는 확신에서 오는 소망'을 갖게 되기까지 모진 고통을 감수하겠다는 신앙인으로서의 고백이 필요할 뿐이다.

가난한 사람들을 주께서 쓰신다는 또 한 가지 근거는 가난한 사람이 가난한 사람의 마음을 안다는 것이다. 고통을 겪어보지 못한 사람은 고통당하고 있는 사람들의 마음을 모른다. 고난을 겪어보지 않은 사람이 고통 중에 있는 사람들을 위로할 때 눈가에 눈물을 보이며 그들을 위로할 수는 있겠지만, 그것은 연민 때문에 나오는 눈물이지 아픔을 공감하는 눈물은 아니다.

이렇게 남의 아픔을 같이 나누지 못하고 분위기 때문에 함께 어울려 울거나 연민을 갖고 어려움에 처한 사람을 대하는 것은 진정한 사랑이기보다는 고압적이고 자비를 베푸는 듯한 태도로 할 때가 많다. '자비'는 기본적으로 위에 있는 사람이 아래 있는 사람에게 아량을 베푸는 것이다. 주님께서는 우리에게 이웃을 사랑하라고 했지, 자비를 베풀면서 살라고 하지는 않으셨다. 그런데 요즘 성도들은 자신이 돈을 많이 벌어서 여기저기 선교하고 구제하는 꿈을 꾸는 사람이 많다. 그런 높은 위치에서 낮은 위치에 있는 사람들에게 자비를 베풀듯 하는 선교나 구제는 주님께서 원하시는 것이 아니다. 예수님께서 이 땅에 오셔서 어떻게 살다 가셨는지 생각해 보라. 가장 높은 자가 가장 낮고 천한 자리에 오셔서 우리를 위해 살고, 우리를 위해 돌아가셨다. 사랑의 실천은 가장 낮은 곳에서 시작해야 한다. 가장 낮은 삶을 살아보지 않으면 진정한 사랑이 무엇인지 알기 어렵고, 그것을 실천하기는 더더욱 어렵다.

연말마다 구세군 모금함에는 사랑의 손길이 모이는데, 어떤 사람이 성금을 내는 사람들을 옆에서 관찰해 본 결과 그들의 대부분은 부유해 보이지 않는 사람들이라는 것이다. 없는 설움과 고통을 겪어본 사람들이 자기보다 못한 사람들을 위해 돈을 기부하는 것이지, 돈이 많은 사람들이 많은 성금을 기부하는 것이 아니다. 없어 본 경험이 있는 사람이 없는 사람의 고통을 알고 진정한 사랑을 실천할 수 있는 것이다. 정부에서 내놓는 서민정책들이 아무 효과를 발휘하지 못하는 이유도 같은 맥락에서 이해할 수 있다.

가난하게 산다는 것이, 또한 가난하게 아이들을 키운다는 것이 얼마나 어려운지는 당해보지 않는 사람은 실감하기 어렵다. 확실히 그것은 세상 어떤 것들보다 이겨내기 힘든 고통이며, 가능하다면 없애버리고 싶은 멍에이다. 그러나 그런 힘들고 고단한 과정이 주님의 사랑을 좀 더 잘 이해할 수 있는 과정이라면, 주의 일을 더 멋지게 해낼 수 있는 자격 요건이라면 참아내고 기쁨으로 받아들일 수 있지 않을까? 주님으로부터 진정한 축복을 받았다는 것은 바로 이같이 나를 들어 쓰시려는 주님의 사랑 가득한 의도를 느꼈을 때가 아닐까? 그러니 이 또한 축복이 아니겠는가? 그래서 가난은 축복이다.

그리고 그것이 우리의 아이들을 주님의 자녀로 키우는 데 있어서도 거쳐야 할 하나의 필수적인 과정이라면 흔쾌히 감내하면서 받아들여야 할 것이다. "환난의 많은 시련 가운데서 그들의 넘치는 기쁨과 극심한 가난이 그들의 풍성한 연보를 넘치도록 하게 하였느니라."(고후 8:2)

4. 하나님이 원하는 우리 자녀

우리는 누구인가

"우리는 누구이며, 어디에서 비롯되었는가?"하는 질문은 수많은 철학자들과 역사학자들의 한결같은 질문이었으며 과학의 이름으로 그것을 연구하는 사람도 적지 않다. 그래서 그들은 뜨거운 열정으로 그 해답을 찾기 위해서 기꺼이 자신의 일생을 바치기도 한다. 지금까지 많은 학자들이 또 지금 현재도 자기 자신의 인식과 이성으로 우리 존재의 근거를 찾아보려는 노력은 계속되고 있다.

그러나 기독교적 인간관, 세계관이 결핍된 가운데 우리의 근거를 찾으려 애쓴다는 것은 마치 컴퓨터를 처음 보는 원시인이 그 용도를 알아내려고 평생을 만지고 분해하고 생각하는 것과 같다. 컴퓨터의 올바른 쓰임새는 그것을 만든 사람의 의도와 신념을 모르고 이해할 수는 없다. 지금 우리들도 마찬가지다. 컴퓨터를 매일 사용하고 있지만 그 내부 구조와 원리를 자세하게 이해하고 있는 사람은 드물다. 현대인들이 옛날 사람들보다 컴퓨터에 대해서 많이 알고 있다고 하나, 그것은 만들어진 기능을 사용하는 것뿐이고, 전문가가 아닌 다음에야 그 기계의 만들어진 원리나 의도를 정확하게 이해하지 못한다.

옛날 사람들은 컴퓨터의 용도 자체를 몰라서 그것을 이해할 수 없으며, 현대인들은 자기 자신이 컴퓨터 전문가라고 섣부르게 자랑하지만 정확한 알고리즘은 그것을 만든 사람만이 알고 있다. 그래서 우리가 어떤 사물이나 현상에 대해서 이해했다고 할 때, 본질이 빠진 피상적인 이해가 대부분이고, 눈에 보이는 것에만 집착하기 나름이며, 자신의 과학적 지성에 많은 부분을 의뢰한다. 수박의 본질은 검은 줄무늬가 있는 동그란 모양이 아니라 여름에 청량감을 주는 시원하고 달콤한 과일이라는 것이다. 그런 사람은 없겠지만 수박으로 축구를 하고 있다고 가정하자. 얼마나 우스운 광경인가? 가장 중요한 본질과 근거를 빼놓은 채로 우리 인간을 연구한다는 사람들이 내 눈에는 그렇게 우스꽝스럽게 보인다.

우리가 존재하는 근거는 하나님이다. 모든 것이 그분에게서 왔다. 우리의 지각, 인식, 통찰의 능력도 주님께서 주신 것이다. 우리가 할 수 있는 모든 것은 우리에게서 비롯된 것이 없다. 애니메이션의 주인공이 만화 속의 이야기를 만들어 간다고 착각하면서 우리가 만화영화를 보고 있는 것과 마찬가지다. 그림에 생기를 불어넣어 움직이게 만든 것은 만화작가이며 모든 것이 그의 의도와 판단에 따라 결정될 뿐이다.

우리의 근원을 우리의 부모에서 찾는 것은 틀린 것이 아니다. 그래서 우리는 육친의 부모에게 효도해야 하며, 주님께서도 그렇게 하라고 명령하셨다. 그러나 더욱 근원적으로 들어가서 우리의 부모님을 포함하여 내가 지각할 수 있는 모든 우주 만물을 지으신 우리 하나님을 아버지라고 부를 수 있는 믿음과 통찰이 먼저 필요하다. 하나님을 빼고 이 땅에 설명할 수 있는 것은 아무 것도 없으며, 주님을 진정한 아버지로 생각하지 않고는 다른 어떤 의미 있는 결과도 이 세상에서 얻어낼 수 없다. 그래서 크리스천의 가장 기본적이고도 중요한 우선순위는 하나님의 자녀로서 자신의 정체성을 찾는 것이다.

하나님의 자녀

지금까지 부모로서 자녀를 잘 키우는 방법에 대해 주로 고찰해 왔으나, 이보다 더 중요하고 근원적인 것이 우리 모두 주님의 자녀로서 어떻게 살아야 하는가 하는 문제이다. 이것은 우리가 자녀를 가르치기 전에 앞서야 할 문제이며, 이것이 선행되지 않으면 자녀에 대한 모든 노력이 전혀 의미가 없다.

그러면 어떻게 사는 것이 주의 자녀답게 사는 것인가? 그것에 딱 떨어지는 정확한 답은 없다. 주님만이 정답을 알고 계실 뿐이다. 그래서 교회에 다니는 성도들이 가장 알고 싶어 하고, 답답해하는 것이 "주님의 자녀로서 이 땅에 일어나는 모든 상황을 어떻게 해석하고 어떻게 대처하면서 바르게 살아갈 수 있을까?"일 것이다. 다시 얘기하지만 그 답은 없다. 평생을 두고 자신이 찾아 가는 것이다. 주님이 주신 진리의 말씀을 근거로 끊임없는 정신활동을 통해 이해하고 해석하고 적용하면서 살아가는 것이다.

현대인들은 연역적 사고에 익숙하다. 학창시절에 공부도 그렇게 해왔으며, 사회 활동도 연역적 논리를 근거로 한다. 남들이 만들어 놓은 법칙과 공식에 자신의 사례를 대입하여 아주 쉽게 답을 추론하고 그것을 일반화하여 자기 생활에 적용한다. 이렇게 모든 것을 타인이 먼저 만들어 놓은 것을 이용하여 살다보니 정작 자신의 판단력과 통찰력은 간 곳이 없다. 그래서 애석하게도 교회를 다니면서 신앙생활을 할 때도 누가 방법을 가르쳐 주면 쉽게 따라 하고, 방법을 가르쳐주지 않으면 생각할 시간을 갖지 않는다. 우리 기독교 문화에 간증이 그렇게 성행하는 이유도 쉽게 대입할 공식을 찾는 데 사람들이 관심을 많이 갖기 때문이다.

우리가 주님의 자녀로서 어떻게 살아가야 하는지, 또는 기독교의 참진리가 무엇인지를 바로 알기 위해서는 엄청난 개인의 노력이 필요하다. 이 세상에 공짜로 얻어지는 것은 아무 것도 없다. 현대인의 나태한 정신과 태도가 자판기에서 커피 뽑아먹듯이 쉽게 신앙생활을 하게 만들고 있지만, 주님을 바로 알고 주님의 의지를 생활에 적용하며 살아가는 것은 하루아침에 깨우치는 것이 아니고 우리 인생을 걸고 숨 쉬는 순간순간마다 고민하고, 좌절하고, 또 연구하는 과정 속에서 천천히 이루어지는 고단하지만 즐거운 작업이다.

우리가 하나님을 그리고 우리를 포함한 이 세계를 이해하기 위한 텍스트는 성경밖에 없다. 물론 성경을 모르던 시대에도 일반계시로 주님의 창조의 섭리와 세상에 대한 이해를 할 수 있으나, 지금은 성경을 누구나 볼 수 있는 은혜의 시대이다. 하나님이 우리에게 성경을 남긴 이유는 우리가 그것을 읽고 이해할 수 있다고 판단하고 그렇게 하신 것이다. 우리는 주님의 말씀을 읽고 이해할 충분한 능력을 주님께서 주셨다는 것을 알아야 한다. 그러나 현대인들은 여러 가지 이유로 성경을 읽을 여유를 갖지 못한다. 읽어도 자기에게 유리하고 익숙한 부분만 보고, 자의적으로 해석하기도 한다. 성경은 총체적으로 일관성을 찾아가며 읽어야 하며, 보물을 찾는 흥미와 관심으로 대해야 한다. 만약 지금 당신이 생활에 쫓겨서 성경을 읽고 이해할 시간이 없다면, 자신의 생활을 한 번쯤은 정리할 시간을 가져야할 것이다.

  그렇게 시간을 갖고 성경을 읽고 연구하고 고민해야 하는 이유는 그 것이 자기 자신의 신앙생활에서 지표를 설정해주는 중요한 일이기도 하지만, 자신의 사랑하는 자녀를 위한 것이라는 것을 잊지 말자. 자녀에게 "나는 대충 살아 갈 것이니까 너는 열심히 주님 잘 모시면서 복 많이 받고 살라."고 권면 아닌 권면을 하는 것을 본 적이 많은데 그런 이치는 기독교에서는 없다.

  하나님의 진리를 아는 것에 소홀히 하는 모든 부모들은 자신의 신앙 생활도 문제가 되겠지만, 자녀의 신앙생활과 인생살이에 문제를 발생 시키고 있다는 것을 명심해야 한다. 부모의 신앙생활이 자녀에게 유전 되며, 자녀들은 다른 곳에서 미처 배우지 못한 것을 부모에게서 배울 수는 있어도 부모에서 배우지 못하면 다른 어느 곳에서도 배우지 못하 는 것이 세상에는 너무 많다. 물론 우리 자녀들이 교회나 학교에서 주 기적으로 많은 것을 배우고 있지만 목사님의 열 마디 설교보다, 선생 님의 백 마디 가르침보다 자신을 가장 사랑하고 자기가 가장 존경하는 부모의 진정 어린 한 마디 가르침이 더욱 위력 있고 효과가 있다는 사 실을 알아야 한다.

  우리가 하나님의 자녀로 살아간다는 것은 하나님을 알고 예수님을 배워가면서 산다는 것이다. 우리는 진리를 알려고 애쓸 뿐이며, 예수님 을 따라 살려고 열심히 흉내를 낼 뿐이지 결코 완전한 인격체로 이 땅 을 살아갈 수가 없다. 모두가 부족하고 원죄를 갖고 이 세상에 나와서 그런 결핍한 인생을 살아가는 것이다. 신앙생활을 더 잘하는 사람도 없고 더 못하는 사람도 없다. 그냥 주님께서 주신 삶을 충실히 살려고 애쓸 따름이다. 나와 내 자녀를 위해서. 그리고 우리의 연약함을 항상 돌봐 주시는 하나님을 위해서.

인간이기 이전에 크리스천

우리는 흔히 사회적으로 어떤 인물이 큰 실수를 하면 "그도 ○○이기 전에 사람이다."라는 말로 교묘하게 범죄자의 모습에서 인간적인 모습을 찾아냄으로써 자기 자신도 그럴 수 있고, 자기가 실수해도 그렇게 이해를 해달라는 탈출구를 용의주도하게 만들어 내는 대중들의 심리적인 의도를 충분히 읽을 수 있다. 이 말이 크게 틀린 말은 아니다. 태어날 때부터 품고 나온 우리 악한 죄의 뿌리가 언제라도 우리를 나쁜 행동을 하게 만들 수 있으며, 그것을 완전하게 통제할 수 있는 사람은 아무도 없다. 그러나 그러한 사회의 너그러운 통념이 기독교인의 신앙생활까지 파고들면 다시 우리는 본질을 잊고 사는 어리석은 인간으로 추락하고 만다. 예전에 가까운 교회 목사님이 성도와 부적절한 관계가 생겨서 꽤 큰 교회가 다 흩어져 파산하는 것을 보았다. 그것을 두고 성도들과 주민들의 설왕설래가 많았는데 보통은 그 목사님을 연민하는 쪽의 입장이 많은 것을 보았다. 그때 역시 나온 말이 "그도 ○○이기 전에 인간이다."라는 상투적인 표현이다.

우리는 도덕적 문제가 있는 어느 누구도 다른 사람을 정죄할 권한이 없다. 그것은 하나님의 전적인 권한이고, 어떤 심판의 권한도 우리에게는 없다. 또한 기독교인들은 죄를 짓지 말고 살아야 한다고 말하는 기독교인의 윤리에 대해서 강조하는 것도 아니다. 우리가 인간다운 것이 먼저인지, 주님의 자녀다운 것이 먼저인지를 생각해보자는 것이다.

인간 사고의 출발은 현상에 대한 인식에서 시작된다. 그리고 인지와 인식의 과정은 감각과 지각에서 출발한다. 보고, 듣고, 만지는 과정을 통해 인간은 세상을 인지하고 해석한다. 태어나기 전부터 엄마 뱃속에서 주위의 소리를 듣고, 태어나서는 온갖 환경의 자극으로부터 지각하고 반응한다. 인간이 생각할 수 있는 모든 것은 여기에서 출발한다. 그래서 사람은 성장하면서 자신의 지각을 통해 얻은 체험을 소중히 여기고 그것에 근거하여 다시 세상을 인식하고 해석한다.

이러한 철학적 인식론의 전통은 지금 우리 기독교 문화에서도 역동성을 발휘하여 자신의 체험을 강조하는 기독교의 주류가 이 사회에 정착되었다. 인간의 눈과 귀와 다른 감각기관으로 지각하지 않은 것은 실체로 인정하지 않는, 진정한 의지가 결여된 인간의 의지는 현대인의 자아도취와 자기만족만을 이끌어내고 있을 뿐이다. 또한 반대로 관념적 인식론에 빠진 사람들은 아무것도 없는 허공에 진리가 있다고 남을 설득하고, 그 보이지 않는 진리를 찾다가 아무 것도 찾지 못하고 말도 안 되는 역설을 뱉어내면서 자기 자신만이 만들 수 있다는 괴이한 탑을 쌓고, 후대는 또 그것을 기념하고 순종한다.

이와 같이 인간의 경험과 이성은 오만한 우상만을 만들어 왔으며, 인간의 인식적 한계를 극명하게 보여줄 뿐이다. 그래서 진정한 인식론의 출발은, 우리가 인식할 수 있는 능력은 누구에게서 왔는가? 누구 때문에 '나'라는 존재가 생겨났고 내가 지금 어떻게 숨을 쉬고 살아가고 있는가? 하는 문제이다. 인류역사상 '왜?'라는 질문만을 해왔던 우리 인류가 인간에 대해 알아낸 것은 아무 것도 없다. '누가?'라는 질문을 하지 않으면 우리는 잘못된 관념론에서 벗어날 수가 없다.

'누가' 우리를, 또 보이는 모든 것을 만들었을까? 바로 창조주 하나님이시다. 작품을 만든 작가의 의도와는 전혀 상관없이 우리는 지금까지 작품을 진정으로 이해하고 해석할 수 있다고 생각해 왔던 것이다. 모든 우주만물과 나는 치밀한 계획과 사랑으로 주님께서 만드셨다.

그래서 '나'라는 존재는 자연인으로서 한 부모의 자식이기 전에 주님의 피조물의 일부이고, 귀중한 자녀이다. 주님으로부터 나의 생명이 시작되었으며, 우리의 근원과 정체성은 하나님으로부터 출발한다. 그래서 우리는 한 명의 자연인이기 전에 크리스천일 수밖에 없고, 또 그렇게 살아야 한다. 기독교인이기 전에 인간이라는 말은 기독교나 하나님을 인간이 만들었다는, 마치 아들이 아버지를 만들었다고 생각하는 이상한 모순에 빠진 것과 같다.

우리 인간을 포함한 모든 만물은 주님이 계셨기 때문에 창조된 것이고, 주님의 선한 의도와 계획이 있었기 때문에 만들어진 것이다. 우리 인간의 힘으로 된 것은 아무것도 없다. 주님의 권위와 생각은 우리가 헤아릴 수 있는 수준 이상의 것이며, 주님은 이 세상을 만들고 다스리시는 유일한 주권자이다. 그래서 우리가 존재하는 근원과 이유와 가치는 여기서부터 찾아져야 하고, 지금 우리가 살아가고 있는 삶과 세계 이유와 해석도 이것에서 출발해야 한다. "깊도다. 하나님의 지혜와 지식의 풍성함이여, 그의 판단은 헤아리지 못할 것이며 그의 길은 찾지 못할 것이로다. 누가 주의 마음을 알았느냐. 누가 그의 모사가 되었느냐 .누가 주께 먼저 드려서 갚으심을 받겠느냐. 이는 만물이 주에게서 나오고 주로 말미암고 주에게로 돌아감이라."(롬11:33~36)

내 자식이기 전에 하나님의 자식

우리가 인간이기 전에 크리스천이라는 명확한 진리 때문에 같은 논리로 우리 자녀들 역시 우리의 자식이기 전에 하나님의 자식이라는 사실을 명심해야 한다. 자녀들의 생사화복의 주권은 하나님이 다 갖고 계시고, 우리는 양육을 위탁받았을 뿐이다. 자기 자식을 자기가 만든 작품이라고 오해하게 되면 앞에서 언급한 오류를 우리는 또 범하게 된다.

내 자식이 하나님의 자식이라는 것은 주님께 아이들을 바쳐서 목회자로 또는 선교사로 키우라는 얘기가 아니다. 부모(인간)로서의 의지보다 하나님의 의지로 아이들을 양육해야 한다는 것이다. 주님의 선하신 뜻과 계획을 우리가 간파하여 그 원하시는 의도대로 아이들을 길러야 하고, 우리의 자녀로서가 아니고 먼저 주님의 자녀로서 아이가 바르게 성장해나갈 수 있도록 돌보고 가르치는 것이 그리스도인들의 또한 가지 중요한 사명이라는 것이다.

그러나 우리 인간의 의도와 계획은 항상 악하고 자기중심적이다. 아이들에 대한 사랑이라는 말로 포장된 부모들의 열의와 노력들은 모두 하나님의 뜻과는 거리가 먼 우리들의 탐욕과 이기심으로 가득 차 있을 뿐이다. 얼마 전 게임 중독에 걸린 젊은 부부가 어린 아이를 방치하여 죽게 만든 사건은 모든 사람들에게 큰 충격을 주었다. 물론 극단적인 사례이기는 하지만 현대 사회 부모들은 자녀에 대한 헌신과 희생보다는 탐욕과 이기적인 강요가 앞서는 것이 사실이다.

기독교인들의 자녀교육 방침과 철학은 남달라야 한다. 하나님이 우리에게 하셨던 것처럼 자녀들을 위한 헌신과 사랑이 앞서야 하고, 말씀으로 우리에게 지시한 방법대로 아이들을 가르쳐야 한다. 그러한 노력이 없는 부모는 자녀에게서 어떤 열매도 얻을 수 없으며, 그들이 생각하는 다른 어떤 신앙적 열성도 크리스천 자녀의 부모로서의 자격과 조건을 회복하지 못한다. 자녀를 위해 열심히 새벽예배를 드리고 작정기도를 올리는 것이 부모로서의 모든 의무라고 생각하면 큰 오해이다. 물론 자녀를 위한 부모의 간절한 기도만큼 중요한 것은 없다. 하지만 "우리 자녀를 어떻게 해 주세요."라고 간구하는 것보다 자녀를 주님의 자녀답게 키우려는 노력이 훨씬 더 중요하다.

어떤 젊은 국회의원의 이야기가 요즘 인구에 회자되고 있다. 잘생긴 외모에 뛰어난 학벌, 요즘 말로 완벽한 엄친아(엄마 친구의 아들)로서 출마 지역의 유력한 후보를 제치고 당당히 국회의원에 당선되었다. 그래서 그를 키운 부모의 양육법이 화제가 되었고, 철저한 신앙교육(성경을 과외공부까지 시킬 정도로)을 통한 성공신화의 간증은 모든 크리스천 부모의 마음을 매료시키기에 충분했다. 그러나 지금 그 국회의원은 선거법 위반으로 조사받고 있으며, 학벌 위조 등 여러 가지 부정으로 추문을 달고 다니고 있다. 그리고 낙선한 그 지역 국회의원 후보는 아직도 지역사회를 위해 봉사하고 있는 모습을 매체를 통해 확인한다.

부모의 이기적인 기도가 성공한 사회인을 만들어 낼 수는 있어도 위대한 크리스천을 만들어 낼 수는 없다. 자식이 잘되게 해달라고 열심히 기도하면 그것을 주님이 안타까워 들어주실지 몰라도 그 결과가 다시 어떤 결과를 낳는지를 똑바로 지켜봐야 한다. 오직 하나님의 자녀답게 아이들이 살아갈 수 있도록 간구해야 하고 가르쳐야 한다. 왜냐하면 우리 아이들은 우리 자식이기 전에 하나님의 귀한 자녀이기 때문이다. 가장 주님의 자녀답게 바로 자란 아이들이 나중에 사회에서 존경받는 이 사회의 유력한 인물로 성장한다는 확신을 갖고 자녀를 키워야 한다.

평생을 떠돌이 생활로 일관했던 아브라함이 믿음의 조상이 된 이유는 그의 영웅적인 어떤 행동이 있었기보다는 백세에 얻은 아들 '이삭'을 자신이 만든 아들이 아니고 하나님이 주신 아들로 알고 기꺼이 바칠 수 있었던 그의 믿음에 있었다. 우리도 아브라함과 같은 믿음의 신앙인이 되기 위해서는 자녀를 자신의 작품이라고 인정하기 전에 주님이 만들어 주신 고귀한 선물이라고 간주할 수 있는 성숙한 믿음이 필요하다 할 수 있겠다.

성속 이원론이 부른 위기

　현대를 살아가는 대부분의 크리스천들은 신앙생활과 사회생활이 분리되어 있다. 마치 따로국밥을 시켜 먹듯이 성과 속을 분리하여 생각하는 요즘 기독교인들은 철저한 교회생활과 완벽한 사회생활을 하려고 애쓰지만 그것들을 이어주는 연결고리도 없고, 우리가 살아가는 이 사회의 문화 전체를 통합하여 생각할 수 있는 세계관을 갖고 있지 못하다.

　직업을 선택할 때도 믿음이 좋으면 신학을 공부해서 주의 종을 하고 그렇지 않으면 그냥 아무 직종이나 또는 아무 사업이나 돈벌이를 하면 된다는 생각이 지배적이다. 그리고 직장 생활을 할 때도 신우회 같은 것을 조직해서 신앙적인 삶을 사는 것 같아 보이지만 그 조직을 이끌고 영향력을 갖고 있는 신앙인의 참 모습을 보이지는 못한다. 어떤 우리나라 대통령 후보에게 기자가 물었다. "당신은 기독교 신자로 모든 사람이 알고 있는데, 여러 가지 비리 문제로 양심의 가책은 없나요?" 대답은 간단했다. "정치와 종교 문제를 연관시키지 마시기 바랍니다." 이 대답은 나에게 크나큰 충격이었다. 우리나라 기독교인들의 현주소를 보는 듯 했고, 지도자의 위치에 있는 사람의 그 말에 심한 절망감도 느꼈다.

　우리 기독교인들의 생활은 이렇게 직업뿐만 아니라 모든 사회생활 전반에 걸쳐서 성속이 분리되어 있다. 교회에서 열심이고 존경받는 사람이 사회에서 대접을 받지 못하고, 교회에서 갖고 있던 뜨겁고 순수한 열정이 사회에 녹아들지 못하며, 교회에서 배운 성경적 세계관으로 이 사회를 해석하지도, 살아가지도 못하고 있다. 사회생활을 하다보면 피치 못하게 이웃사랑의 실천을 위해서 믿지 않는 사람들과 동화되어 살아가야 할 때도 있고, 세상과 타협 아닌 타협을 하면서 살아가야 할 때도 물론 있다. 그러나 우리는 성경적 세계관을 이 땅에 실천하는 기독교인으로서 모든 생활에 전인격적인 삶을 살아가야 한다.

그리스도의 각 지체로서 우리는 사회 전체에 유익과 화평을 주기 위해 부름 받았고, 그 역할을 각각 다른 배역으로 감당하며 살아야 한다. 교회의 가르침이 조용히 교회 문을 넘어서 자기가 딛고 있는 자리에서 은은한 빛을 발하는 삶에 충성해야 한다. 우리 크리스천들은 언제나 주님께서 주시는 진리가 이 사회의 모든 영역과 요소를 지배하고, 또한 하나님의 진리가 모든 사회의 주제를 해석하는 가장 필수적인 도구라는 점을 명심하며 살아야 한다.

우리가 살아가는 모든 자연계도 주님의 통치권 안에 있으며, 우리의 사회생활 역시 초월적인 것과 분리되어서 생각하면 안 된다. 예수님이 빛으로 이 땅에 오셨으되 어둠인 우리가 몰랐듯이, 창조주의 위대한 사역의 결과를 종교적인 영역으로만 축소시켜 생각하는 사고의 편협한 경직성을 현대인들이 심각한 병으로 간직하고 있는 것이다. 눈에 보이는 것도, 보이지 않는 것도 주님이 창조물이고 주님의 통치 영역이다. 기독교인은 사고하고 움직이는 모든 생활에서 주님을 인정하고 주님 말씀을 따라야 한다.

자녀를 양육하는 것도 마찬가지다. 자신의 의지대로 아이들을 키운다는 것은 성속을 분리해서 생각하는 이 사회에서는 당연하게 여겨질 수도 있으나, 그것은 성경적 터를 기초로 하여 이 땅을 살아가야 할 진정한 기독교인의 역할과는 완전히 대치되는 것이고, 성경적 세계관이 그대로 성경적 자녀교육관으로 나타나야 한다. 자녀를 낳고 양육하고 하나님의 사람으로 세우는 모든 일들이 하나님이 원하시는 의지와 질서 안에서 이루어져야 하며, 가장 성경적인 것이 이 땅에서 가장 보편성과 포괄성을 갖고 있다는 신념으로 아이들을 가르쳐야 할 것이다.

성속이 분리된 이 사회에서 주님의 말씀대로 아이들을 키우는 것은 생각보다 많이 힘들고, 고통과 인내를 수반한다. 그래서 조금 의욕적으로 시작했던 부모들도 다른 사회생활에서 그렇게 했듯이 금방 사회와 타협하여 자의적으로 아이들을 가르치고, 그러한 자신의 행동을 합리화시키며 주님과도 멀어지게 된다. 그러나 주님과 우리의 사고를 절대 분리해서 생각해서는 안 된다. 우리의 사고는 전적으로 주님의 지배를 받아야 하며, 여기서 벗어나려고 애쓰기 시작하면서 우리의 죄는 싹을 틔우기 시작하는 것이다. 우리의 사고와 행동은 절대로 주님의 의도에서 벗어날 수 없다. 손오공이 부처님 손바닥을 벗어나지 못하듯 우리의 모든 삶의 영역은 주님의 자비롭고 전지전능한 손에서 벗어날 수가 없다. 그래서 이 땅에서 살아가고 자녀를 양육하는 일들이 주님의 손길에서 벗어날 수 없다고 빨리 자각하는 것이 가장 기본적인 신앙인의 자세이고, 깨달은 바를 일관성 있게 행동으로 옮기는 것이 가장 지혜로운 신앙인이라고 할 수 있다. 인간의 고귀한 이성과 명철만으로 살 수 없으며, 그것들 또한 주님이 주신 것들이다. 주님께 충성을 맹세하는 모든 성도들은 우리가 만든 사회와 가정이 우리가 만든 것이 아니라는 것을 빨리 지각해야 하며, 사회에서도 가정에서도 주님의 아름다운 섭리를 따라 살아가려는 노력이 필요할 뿐이다.

현대 다원주의가 부른 위기

이성과 과학의 힘을 맹신하던 합리주의와 계몽주의는 현대에 들어와서 과학이 절대로 인류에게 행복을 줄 수 없다는 자각과 함께, 인간의 정신에 유익을 줄 수 있는 것을 찾기 위한 노력이 시작되었다. 그러나 그것은 하나님에게로의 회귀가 아니라, 오히려 근대사회보다도 더욱 위험하게, 일원화된 권위를 무시하고 다양하게 만들어 놓은 자신들의 가치를 존중하는 다원화 사회가 현대의 주류를 이루어 가고 있다. 다원주의 사회에서는 절대적 기준을 인정하지 않고 자유로운 비판정신으로 남의 영역을 공격하고, 자기 자신은 근원을 알 수 없는 낙관론에 빠져서 무엇이든 열심히 적극적으로 하면 할 수 있다는 사고가 현대인들에게 뿌리 깊이 심어져 있으며, 이것은 기독교인들에게도 예외는 아닌 것 같아 심각한 우려를 낳고 있다.

기존의 가치는 부정하고 비판하면서, 자기 자신이 열심히 하고 노력하면 무엇이든지 이룰 수 있다는 새로운 인본주의가 판을 치는 현대사회의 병폐는 기독교인들의 신앙생활에도 깊이 침투하여 하나님의 절대적 진리에 의심을 갖고, 의지적으로 주님께 대항하는 세력이 나타나기도 했다. 그렇지 않은 성도들도 물질이 주는 풍요 앞에 삶의 구심점이 흔들리고 위치를 상실하게 되어 결국은 아무 생각 없이 세상의 흐름에 표류하고 있다.

다양성을 보장하는 현대사회는 그야말로 다양한 정보와 볼거리를 제공하여 조금만 정신을 차리지 않으면 지체되고, 그것을 따라가다 보면 하루가 간다. 다분히 쾌락적이고 말초적인 정보와 볼거리에 하루 종일 노출되어 있다 보면, 자기가 무엇을 생각하고 있는지 조차도 모르고, 본인은 지성을 강조하면서도 머리와 몸은 지적 활동에 점점 둔감해진다. 그러면서 점점 생각하는 능력이 없어지고, 사고의 영역은 편협해지고 경직되어 간다. 기계적인 행동에 익숙해지면서 기계적인 사고를 하고, 진리를 찾는 일은 귀찮은 일이라 남에게 맡기고, 남들이 찾은 진리에 대해서는 강한 비판을 한다.

현대의 무신론적 지성이라는 것이 기독교를 머리는 비어 있고 신념이 강한 사람들이 모여서 추종하는 종교집단으로 매도하는 정도이고,

그 안에 위대한 진리가 있다고는 상상하기조차 꺼리고, 골라 먹는 아이스크림처럼 종교도 선택할 수 있고 필요하면 만들 수도 있다는 생각까지 하고 있다. 그리고 기독교인들이 실수하면 자신들이 정죄하기 위해 달려든다.

이렇게 다양한 가치가 공존하고 비판적인 시각이 날카로운 포스트모던 사회를 살아가는 우리들은 그 어느 때보다 더 위기감을 느끼게 되고, 크리스천으로서의 본질에 충실한 삶을 살아야 한다는 사명감을 느끼지 않을 수 없다. 우리가 기독교 본질에 충실한 삶을 산다는 것은 사회를 개선시키고 무지한 사람들을 깨우치는 것도 물론 중요한 일이지만 그전에 그리스도인으로서 우리의 자세를 확립하는 것이 가장 급선무이고 우선되어야 한다. 기독교인이 사회운동을 하는 것이 나쁜 것은 아니나 그것은 또 다른 안티세력을 낳고, 자신이 하는 일에 의미를 부여하기 시작하면서 자기 합리화에 자신도 모르게 빠지며, 한 가지 이슈에만 몰입해서 명분만 남고 기독교인의 정체성을 잃어버리기 쉽기 때문이다.

기독교인의 사회정의 실현은 자신의 돌봄에서 시작되어야 한다. 자기가 맡은 자리에서 소금과 빛이 되기 위하여 주님의 자녀답게 살아가는 것이 가장 중요하고 시급한 일이다. 작은 소금이 세상의 부패를 막고, 희미한 빛이 사회의 어두운 곳을 밝힌다. 주님을 위해 무엇을 할까 생각하기 전에 주님의 온전한 자녀가 되기 위해 노력하는 것이 가장 강력한 사회운동이고 가장 영향력 있는 전도가 된다. 물론 사회의 약자를 위한 활동과 돌이킬 수 없는 문제(예를 들어 환경문제)에 대해서는 우리 기독교인들이 발 벗고 나서야 한다. 그러나 그것이 주(主)가 되고, 자신을 돌보지 못하고 가정을 온전하게 이끌지 못하면, 자신은 큰일을 하고 있다고 생각하나, 나중에는 주님이 원하지 않는 더 큰 문제를 가져올 수도 있다. 그래서 기독교인의 사회 정화와 정의의 실현은 기본적으로 자신을 주님의 자녀답게 세우고, 자신의 가정을 주의 가정답게 건설하고 난 다음에 이루어져야 할 일이다. 본질적이지 않은 다른 일들이 자신과 가정을 돌보는 일에 앞서거나, 다른 일을 도모한다고 주의 자녀로서의 본분을 망각하게 되면, 이 사회는 정의가 안주하지 못하는 악순환만 되풀이 될 것이다.

다원화 사회에서 기독교인들의 역할은 다른 것이 아니다. 신앙인으로서 중심을 잡는 것이다. 세태가 헷갈리게 할수록 본질에 우선해야 하며, 아무리 어렵더라도 주님의 진리를 놓치면 안 된다. 그렇게 하는 것이 이 사회에 공헌하는 것이요, 가정을 살리는 일이다. 가정의 평안과 화목이 이 사회의 행복지수이며, 건강한 사회를 구축하는 초석이 된다. 그래서 그리스도를 모시고 사는 우리 가정은 다른 가정의 모범이 되어야 하며, 누가 뭐라고 해도 주님의 말씀으로 아이들을 양육해야 한다.

너무나 혼란스러운 다원화 시대에 아이들을 건강하고 바르게 키울 수 있는 처방전은 하나님의 말씀 외에는 없다. 그것이 세상 이치에 걸맞지 않는다고 고민할 필요도 없고, 그 약효를 의심할 필요도 없다. 의사의 처방을 의심하며 약을 먹는 환자가 없듯이, 주님께서 주신 말씀은 복잡한 현대인의 몸과 마음을 바로잡아 줄 유일한 영약이며, 우리가 먹고 자라야 할 양식이기도 하다. 이 말씀을 통해서 우리가 건강을 회복하고, 우리 가정이 바로 서고, 우리 사회가 복된 세상이 될 것이다.

우리 자녀 - 빛의 자녀로 키워라

하나님이 원하는 우리 자녀는 고귀한 직분과 사명을 원하시는 것이 아니다. 믿음이 좋은 가정의 모든 자녀들이 모두 신학을 공부해야 한다는 것이 아니라 하나님이 자녀들과 항상 동행하고 자녀를 통해 주님의 주님다우심을 역사하려고 애쓴다는 사실을 잊지 말고 살아가면 된다. 그래서 주님의 권능을 전적으로 의지하며, 생활하는 모든 공간에서 하나님의 놀라운 은혜를 느끼며, 빛의 자녀답게 살아가기를 주님은 원하고 계신다. "너희가 전에는 어둠이더니 이제는 주 안에서 빛이라 빛의 자녀들처럼 행하라."(엡 5:8)

현대사회의 특징인 다양성과 분주함으로 현대인들은 "총명이 어두워지고 그들 가운데 있는 무지함과 그들의 마음이 굳어짐으로 말미암아 하나님의 생명에서 떠나 있다."(엡4:18) 자극의 홍수 속에 삶의 좌표와 감각을 잃어버리고 더욱 더럽고 추악한 것으로 자신의 욕심을 채우기 바쁘다. 우리의 자녀들은 이러한 썩어 가는 구습에서 벗어나야 한다.

유일한 돌파구요, 해결책은 그리스도이다. 주님께서 주시는 지혜로 마땅히 해야 할 바가 무엇인지 알아야 하며, 가르침을 받은 대로 시간을 아껴서 실천하도록 자녀를 가르쳐야 한다. "그런즉 너희가 어떻게 행할지를 자세히 주의하여 지혜 없는 자 같이 하지 말고 오직 지혜 있는 자 같이 하여, 세월을 아끼라 때가 악하니라. 그러므로 어리석은 자가 되지 말고 오직 주의 뜻이 무엇인가 이해하라."(엡 5:15~17)

지금 우리가 살고 있는 세상은 너무 흉악하다 보니 무사안녕이 삶의 목표가 되어버린 지 오래고, 예전처럼 전쟁과 질병에 대한 공포는 많이 없어졌지만 이 사회를 엄습하는 막연한 정신적 불안은 씻을 수 없는 현대인의 지병이 되어 버렸다. 또한 현대사회의 곳곳에 숨어있는 유해한 세력들을 보면서 어른들은 우리 자녀들이 그것에 붙들리거나 오염되지 않는 것만으로 만족을 하고 살아가야 한다. 세상이 이렇게 험악한 지경에 이른 것은 어느 한 개인이나 조직의 문제가 아니라 우리 인류 전체의 문제요, 잘못이다. 편하게 살고자 하는 욕망이 물질의 풍요를 불러 왔고, 그것이 정신적인 행복을 보장하지 못한다는 것을 알게 된 현대인들은 지금 매우 불안하다. 어떤 것을 목표로 살아야 하는지, 어느 것을 의지하고 살아야 하는지 모르고, 또 그런 것을 생각할 여유도 없는 생활의 연속이다. 그냥 하루를 열심히 긍정적으로 살면 된다는 자기 위안과 만족을 갖고 살아가는 것이 포스트모던 사회를 사는 우리들의 자화상이다.

이러한 어둠의 사회를 밝혀줄 것은 '빛' 밖에는 없다. 빛을 이기는 어둠은 없다. 아무리 희미한 빛도 어둠을 몰아낸다. 우리 크리스천은 어둠을 깨치는 빛이 되어야 한다. 예수님이 빛으로 오신 것처럼 이 세상의 빛이 되어야 한다. 저 멀리 오지에 가서 빛을 비추는 것도 좋으나 자신이 지금 있는 곳에서 빛을 발해야 한다. 지금은 어느 곳이든 어둡지 않은 곳이 없고, 작은 빛들이 모여 큰 어둠을 몰아낼 수 있기 때문이다.

우리 인간이 인공적으로 만들어 낸 빛으로 현대 도시는 그야말로 화려하다. 밤을 낮으로 바꾸어 놓은 인간의 과학은 현대 사회를 낙원인 것처럼 생각하게 만들지만 그 별천지 낙원 안에는 더러운 것들이 썩고 있으며, 추악한 것이 득실거리고 있다. 인간이 만들어 낸 밝은 빛은 이 사회를 밝게 만들었다고 자부하겠지만 아무 것도 해낸 것이 없고, 미래에도 아무 것도 해낼 수 없다. 이 사회를 깨끗하게 만들고, 이 사회를 치유하고, 이 사회에 새로운 생명을 불어넣을 수 있는 것은 그리스도의 빛 밖에는 없다. 그 빛을 우리가 받들어 꺼지지 않게 하고, 더 밝게 만들어야 한다. 바울이 에베소 교회에 권고한 것처럼 우리는 열매 없는 어둠의 일에 참여하지 말고 빛의 열매를 맺기 위해 노력해야 한다. 자기가 속한 모든 사회의 공간 안에서 우리 자녀들이 선하고, 의롭고, 진실한 빛의 열매를 맺는 아이들이 될 수 있도록 가르쳐야 한다. 그것이 주님의 자녀로서 우리가 감당해야 할 작은 사명이요, 주님과 우리가 동행하고 있다는 부인하지 못할 확신의 표현이다.

IV

무엇을
물려줄 것인가

1. 모든 것이 유전한다

자녀만 잘 키우면 된다?

우리 사회는 교회에 다니지 않는 일반 사람들도 기독교인들에 대해서 나쁜 감정보다는 호감을 갖고 있는 사람들이 더 많다. 물론 언론이나 일각에서 기독교인들을 잡아먹을 것처럼 비판하는 사람들도 적지 않으나 그런 경우는 보통 기독교나 기독교인들이 사회적으로 잘못된 말이나 행동을 보였을 때이고, 우리나라 사람들은 대부분 크리스천들이 조금은 무력해 보이기는 해도, 착하고, 희생적이고, 선한 일을 도모하는 사람들이라는 인식이 강하게 뿌리잡고 있다. 그 이유는 기독교가 구한말 우리나라에 전파될 때 선교사들과 기독교인들의 삶이 그렇게 보였기 때문이다. 처음에 그리고 지금까지 우리나라에 하나님의 사랑을 뿌리내린 많은 사람들의 공로로 우리 사회에서는 아직도 기독교인에 대한 감정은 좋은 쪽이 더 많이 남아 있게 된 것이다.

그래서 교회를 다녀 본 적이 없는 사람들도 자신의 자녀들을 교회에 보내는 일에는 관대한 편이다. 교회에 다녀서 나쁜 것을 배울 일이 없고, 너나 잘 믿고 잘 다녀서 천국에 가서 잘 살라는 식의 태도를 보이는 부모들을 교회 주변에서 우리는 흔히 볼 수 있다. 믿지 않는 부모들의 교회에 대한 이런 호의적인 태도의 저변에는 어느 정도 기독교를 인정하는 마음이 깔려 있으며, 자식만은 잘되기를 기원하는 부모로서의 애틋한 사랑이 있다. 기독교 교리는 잘 모르지만 본인은 선하게 살아오지는 못했어도 자식만은 착한 길로 가게 키우고 싶은 것이 부모의 마음이다. 이러한 부모들의 행동은 얼핏 보면 방관자적 입장으로 보일 수도 있지만, 자신이 교회를 다니지 않으면서도 아이들을 교회를 보낼 수 있다는 것은 부모로서 힘든 결정이며, 사랑과 희생이 없이는 할 수 없는 판단이다. 왜냐하면 끝까지 교회에 보내지 않으면서 믿는 사람들을 핍박하는 부모들도 적지 않기 때문이다.

그런데 놀랍게도 자신이 교회를 다니면서도 자녀들에게 방관자적 태도를 보이는 부모들이 적지 않다는 사실이다. 이것은 교회를 다니지 않는 부모가 자녀들에게 너라도 잘 살아야 한다는 희생과 사랑이 기본이 된 행동과는 차원이 다른 것이다. 자신도 교회를 다니면서 '너나 하나님 잘 믿어라'는 식의 방관자적 태도를 보이는 것은 기독교인의 자세가 아니며 자신은 신앙생활에 소홀히 하면서 자식이 잘된다는 것은 기독교 진리 안에서는 불가능한 일이다. 부모의 모든 것이 자녀에게 유전하며 부모의 모든 사고와 행동을 아이들이 모방하기 때문이다.

모든 것이 유전된다

어떤 외국 스포츠 과학자가 우리나라 양궁 선수들이 왜 그렇게 탁월한 기량을 발휘하는지를 연구하고 연구하다가 결국은 우리 조상의 역사에서 그 해답을 찾았다고 한다. 역사적으로 중국은 창, 일본은 도, 한국은 활을 잘 다루는 민족이었다는 것이다. 고구려를 세운 주몽이나 조선을 건국한 이성계 모두 활의 달인이었으며, 활을 만드는 기술 또한 타의 추종을 불허한다. 물론 어떤 과학자들은 문화적이고 사회적인 것이 어떻게 유전될 수 있는지 의문을 던지는 사람도 있으나, 그런 관점으로 보면 우유를 먹어본 적이 없는 우리 민족이 우유를 먹으면 배탈을 하고, 아프리카 케냐인들이 달리기를 잘하고, 몽골인들이 태어날 때부터 시력이 좋은 것을 설명할 길이 없다.

생득적이고 선천적인 것만 유전하는 것이 아니라 후천적이고 학습된 것들도 유전된다. 자식에게 전해지는 유전자 안에는 생물학적 인자만 있는 것이 아니고 사회문화적 요인 그리고 개인의 노력에 의해 얻어진 것들도 유전인자로 형성된다. 이것은 하나님이 우리들에게 열성으로 태어났어도 자기 자신을 개발하고 노력하도록 기회를 주시는 것이라고 생각할 수 있다. 이러한 현상을 진화론자들은 유전적 진화론이라고 말하고 있지만 인간이 스스로 진화하는 것이 아니고 천지와 만물을 창조하신 하나님께서 인간이 발전하고 노력하도록 특별한 배려를 해 주신 것이다.

이렇게 우리가 사회문화적으로 개인적 경험을 통해 체득한 모든 것들이 자손에게 유전된다는 것은 바꿔 말하면 자녀들에게 좋은 것을 전하려면 우리가 좋은 경험만을 해야 한다는 결론이 나온다. 물론 아이를 낳은 다음에 얻은 경험이 바로 자녀에게 유전될 수는 없지만, 부모의 경험과 행동을 아이들이 바로 따라 하게 되고, 아이들의 체득된 행동들은 다음 세대에 유전하게 되는 것이다.

우리의 행동과 태도는 이처럼 아이들에게 유전으로 모방학습으로 그대로 전달된다. 그래서 부모는 자녀의 거울이 되는 것이며 부모의 일거수일투족이 온전하게 아이들에게 전달된다는 것을 의식하며 부모들은 행동을 해야 할 것이다.

믿음과 축복의 유전

신명기 28장에는 여호와의 말씀을 청종하는 백성에게 주시는 축복과 순종하지 않는 자들에 대한 저주의 말씀이 잘 기록되어 있다. 그 말씀 안에는 자녀에 대한 것도 당연히 포함되어 있다. 주님의 말씀을 잘 지키는 의인은 자녀까지 축복이 내려가고, 명령을 어기는 사람은 그 자식에게까지 저주가 유전된다. 그래서 앞에서 언급했던, 자기는 교회를 안 다니거나 열심히 다니지 않으면서 자녀에게만 교회 다니면서 잘 살라는 말은 기본적으로 앞뒤가 맞지 않는 모순이라는 것을 쉽게 알 수 있을 것이다. 부모가 하나님께 잘 못하면 자식이 저주를 받는데 어떻게 아이들이 축복받기를 바랄 수 있겠는가?

모두가 하나님의 말씀을 깊이 이해하지 못하고, 신뢰하지 못하는 이유에서 발생한 결과라고 볼 수 있다. 자식을 위해서 열심히 기도하는 부모는 많으나, 자식을 위해서 열심히 말씀을 이해하고 주님을 진정으로 섬기는 신앙생활을 하는 부모는 드물다. 물론 기도만 열심히 해도 주님께서는 아이들을 잘 키워주신다. 그러나 그렇게 성공한 사람들은 세상적으로는 좋아 보일지 몰라도 신앙인으로서의 본모습을 보여 주지 못한다. 왜냐하면 하나님 입장에서 보면 자꾸 달라고 하면 주시기는 하지만, 진정한 축복이 보장된 그런 응답이 아니다. 주님은 우리처럼 말씀을 번복하거나 약속을 저버리는 분이 아니시기 때문이다. 여러 가지 형태로 주님께 간구했더니 내 자식이 어떻게 성공했다는 간증은 더 이상 부러워하지 않아야 한다. 그 대신 사람들에게 잘 안 보이는 곳에서 아무 표시도 보이지 않고 묵묵하게 주님을 섬기면서 사는 아름다운 의인들의 자녀들이 어떻게 제대로 성장하는지 그것에 주목하고 관심을 가져야 한다.

내가 주님 앞에 바로 서서, 바른 신앙생활을 하지 않으면 절대로 자녀들이 축복의 길로 갈 수 없다. 물론 자녀들을 위해서 신앙생활을 하는 것은 아니지만, 우리 생활에서 자식이 차지하는 비중은 어마어마하게 크다. 평생을 자식 때문에 울고, 자식 때문에 웃다가 간다고 해도 과언이 아니다. 부모의 속성이 그런 것이다. 주님께서 우리 때문에 기뻐하시고 속상하신 것처럼 우리도 자녀들의 행복과 불행에 무감각할 수 없으며, 자녀를 위해서라면 무엇이든 할 수 있다는 책임감으로 살아가고 있다. 이러한 생각이 강한 우리나라 부모들은 나는 못해도 자식만은 잘 키우겠다는 신념이 다른 어느 나라보다도 강하다. 그러나 기독교 안에서는 그런 일이 일이 있을 수 없다. 부모 본인이 신앙적으로 올바로 서지 못하면 자식에 대한 기대는 안 하는 것이 좋다. 반대로 상황은 힘들어도 어려움 속에서 말씀대로 살려고 애쓰면 자식은 덤으로 축복을 받게 되는 것이다.

신앙생활을 하는 주위의 가족들과 본인의 가족 친척들을 유심히 관찰해 보라. 신앙의 열매는 보통 예수님을 믿은 첫 세대가 아니라 그 다음 세대에서 나타나는 경우가 대부분인 경우를 발견할 것이다. 첫 세대는 믿지 않는 부모에서 태어나서 그 부모의 유전 때문에 신앙생활을 하기가 너무 힘들지만, 그 노력과 인내의 결과는 다음 세대인 자녀에게서 나타나게 된다. 믿지 않는 가정에서 태어나 열심히 믿음 생활을 하는 사람들이 왜 그렇게 힘든 과정을 거치는지, 그리고 믿음이 좋은 가정에서 태어난 사람들이 어렵지 않게 신앙생활을 해갈 수 있는지는 모두다 영적인 유전과 축복의 대물림으로 설명할 수 있다.

지금도 본인은 신앙생활을 잘 못하고 있어도 내 자식만은 잘되기를 기원하고 있는 부모가 있다면, 생각을 바꾸어야 할 것이다. 믿지 않은 조상들 때문에 받게 되는 저주를 끊고, 자식에게 축복을 물려줄 수 있는 것은 부모 자신밖에 없다. 자식을 진정으로 사랑하고 자식이 축복을 받기를 기원한다면 부모가 열심히 신중하게 주님의 말씀에 청종하며, 주의 자녀로서 정체성을 찾으며 살아가는 길 외에는 다른 길이 없다.

물론 자녀들이 받게 되는, 성경이 보장하는 축복의 약속은 우리가 생각할 수 있는 것이 전부가 아니다. 아이들이 얻게 되는 축복은 하나님을 더 경외하며, 내가 주님과 함께 인생을 동행하고 있다는 끝없는 확신을 갖게 되며, 하나님의 영광을 드러내는 일에 내가 쓰이고 있다는 뿌듯한 존재감을 느끼고, 매일 살아가는 순간마다 주님이 주시는 영적인 기쁨을 만끽하고 살아가게 해주는 것이다.

우리 아이들이 이런 축복된 생활을 하며 살아간다고 한번 상상해 보라. 부모로서 얼마나 마음이 감격스럽고 행복하겠는가? 자녀들이 진실로 하나님이 주시는 아름다운 축복을 누리며 이 세상을 살기를 원한다면 우리 부모들은 지금 있는 자리에서 주님을 향한 열심을 더욱 경주해야 한다. 요즘 사람들이 원하는 것처럼 바로 효과가 나타나고 결과를 볼 수 있는 것은 아니지만, 이것은 주님께서 약속하신 진리이고 거부할 수 없는 명령이다. 또한 자녀의 축복을 위해 부모가 열심히 신앙생활을 하는 것은 부모로서 가장 기본적인 역할이자 도리인 것이며, 다른 어떤 행동으로 주님의 사랑을 아이들에게 물려줄 수 있다는 착각은 되도록 빨리 우리의 사고에서 깨끗하게 없애야 한다. 자녀를 위한다면 방향을 바로잡고, 네가 들어와도 복을 받고 나가도 복을 받고, 네 몸의 자녀가 복을 받을 수 있는 일에 우리는 시간과 땀과 노력을 투자해야 한다.

2. 눈으로 배운다

아이들은 눈과 귀로 배운다

우리 자녀들은 모든 것을 눈과 귀로 배운다. 말이나 글이 주는 간접 경험보다는 눈으로 확인한 것을 신뢰하고, 그것을 긍정적으로 생각하든 부정적으로 생각하든 관계없이 따라 배운다. 아이들 입장에서 보면 TV 속의 인물들을 보고 배우기도 하고, 친구를 보고 배우기도 하며, 선생님을 보고 배우기도 한다. 그래서 TV를 가려 볼 필요가 있고, 좋은 친구나 좋은 선생님을 만날 필요가 있다.

그러나 아이들이 가장 많이 배우고 따라 하는 대상은 가족이며, 그 중에서도 부모이다. 아이들의 모방행동은 조건적인 것이 아니며, 부모의 행동과 말은 그대로 아이들의 뇌리에 박혀서, 나중에 의식적, 무의식적으로 부모의 행동을 따라 한다. 부모의 행동에 반감을 갖고 있는 자녀들도 욕하면서 배우고, 배운 대로 따라 한다. 성역할의 문제 때문에 남자 아이는 주로 아빠를, 여자 아이는 주로 엄마를 그대로 배우고 따라 한다. 학자 집안에 학자가 나오고 도둑 집안에 도둑이 나올 수밖에 없는 이유가 바로 그것이다.

아이들의 열린 눈을 통해 비춰지는 우리들의 모습은 과연 어떤 모습일까? 요즈음은 어디를 가도 CCTV가 우리를 관찰하고 있어서, 감시를 받고 있다고 생각하면 그리 썩 좋은 기분이 아닌데, 어쩌면 우리는 우리 자녀들에게 일거수일투족을 감시받고 있는 것이라고 할 수도 있다. 엄마와 아빠가 대화를 나누는 모습, 누워서 TV를 보고 있는 모습, 요리하고 있는 모습, 운전하다가 화내는 모습, 누군가와 전화로 대화하고 있는 모습, 남을 칭찬하는 모습, 이웃을 욕하는 모습 등 모두가 여과 없이 아이들의 눈을 통해 기억 속에 저장되고, 나중에 아무런 제재도 없이 그대로 부모를 모사한다.

부모의 작은 몸짓, 억양, 버릇도 아이들의 눈에 섬세하게 포착되고 복사기처럼 그것들을 따라 한다. 예전에 내가 중학교 시절에 어린 두 아이가 길가에서 흙을 만지며 소꿉장난을 하던 것을 본 기억이 잊히지 않는다. 남매인 것 같은 두 아이 중에 남자 아이가 소꿉놀이하던 장난감들을 집어던지면서 화를 내니까 여자 아이가 "이 웬수야! 나가서 돈을 잘 벌어오던가, 고분고분 밥을 주는 대로 먹던가, 니가 나가라 이 웬수야!"라고 말하는 것이었다. 학교에서 돌아오는 길에 내내 이 여자 아이의 멋진 대사가 뇌리를 떠나지 않으며 웃어야 할지 울어야 할지 몰랐던 기억이 아직도 새롭다.

엄마와 아빠는 가장 확실한 아이들의 역할 모델이다. 말이나 글로 학습을 하기 아주 오래 전부터 아이들은 눈으로 귀로 부모를 배운다. 엄마의 자궁 안에 있을 때부터 아이들은 부모의 호흡과 소리에 귀 기울인다. 태어나면서 환한 빛과 함께 엄마의 얼굴, 아빠의 미소에 반응하고 행복을 배운다.(물론 신생아는 처음부터 사물을 보지 못한다.) 자라면서 엄마, 아빠의 일거수일투족을 관찰하며 열심히 배우고 따라 한다. 그래서 우리 부모들은 아이들 앞에서 숨도 제대로 쉴 수가 없고, 눈짓 하나 마음대로 할 수 없다. 노여운 마음이 생겨도 참아야 하며, 부부간에 언쟁이 있다가도 아이들이 들어오면 멈추어야 한다. 어떻게 하나하나 아이들을 의식하며 행동을 할 수 있느냐고 반문하겠지만, 이 것은 부모들의 역할이자 의무이고, 다른 것들로 아이들에게 열심인 그 부모의 정성을 이쪽으로 조금만 할애하면 된다. 물론 실제 생활에서는 말처럼 쉽지가 않고 많은 노력이 필요하지만, 아이들을 위한 다른 어떤 교육이나 훈계보다도 부모의 행동과 말 그 자체가 가장 강력하고 확실한 영향을 미친다는 것을 알아야 한다.

부부의 생활

그렇다면 자식들에게 우리는 어떤 부모의 모습을 보여 주어야 할까? 가장 중요한 것은 부부간의 생활이다. 부부간의 아름다운 관계가 아이들 정서에 가장 긍정적인 영향을 미치며, 반대인 경우 가장 부정적인 영향을 끼친다. 엄마와 아빠가 함께 살아가는 삶 속에서 아이들은 살아가는 데 가장 중요한 사랑과 관계를 배운다.

우리가 매일 경험하는 각본 없는 드라마의 두 주인공은 엄마와 아빠이며, 아이들은 성인이 될 때까지 함께 연기에 참여하는 조연이라기보다는 관객의 입장이 되어 남녀 주인공의 연기를 감상하고 그것을 평가하기도 한다. 우리들은 매일매일 자신의 역할에 충실하게 연기를 하고 살지만 자기 자신의 연기력보다도 훨씬 중요한 것이 엄마와 아빠의 호흡이며 서로를 배려하는 마음이다.

부부간에 사랑이 넘치고, 서로 주고 싶어서 어쩌지 못하는 환경에서 자란 아이들은 자연스럽게 그들의 이타적인 모습을 배운다. 부부간에 항상 다툼과 불협화음이 그치지 않는 분위기에서 자란 아이들은 정서적으로 상당히 불안하며, 공격적 성향이 강하고, 다른 사람을 이해할 수 있는 마음의 준비가 항상 부족하다.

부부는 수십 년 동안 다른 경험을 하고 살아온 두 성인 남녀가 결합한 공동체이기 때문에, 항상 합일점만을 갖고 살아간다는 것은 어떻게 보면 불가능한 것일 수밖에 없다. 그래서 부부는 각자의 짐을 나누어 질 수 있어야 하고, 이해와 양보가 관계에 우선해야 한다.

부부 관계가 또는 부부로서의 생활이 원만치 않은데 자녀들이 잘 성장할 거라고 기대하는 것은 아이들의 눈과 귀를 막기 전에는 불가능한 것이 사실이다. 부부간에 아름다운 사랑이 넘칠 때 그 사랑을 아이들이 가슴 깊이 받아들이고 그 사랑으로 이 세상을 살아간다. 이 '사랑'이야 말로 크리스천의 가장 강력한 무기요, 삶을 살아가는 가장 확실한 도구이다. 만약에 이렇게 성공적으로 아이들에게 사랑을 보여 주고 가르칠 수만 있다면 우리 아이들의 신앙생활은 반 이상이 성공한 것이라고 볼 수 있고, 우리는 가장 중요한 유산을 삶을 통해서 아이들에게 물려준 것이다.

성경이 말하는 부부 관계

이 부분은 여성들이 오해할 소지가 너무 강해서 하고 싶지는 않지만 언젠가는 꼭 생각해 봐야 할 과제이기 때문에 진정으로 편견 없이 이해하기를 바란다.

성경에서는 사람과 사람 간에 위계질서를 강조한다. 자녀들은 주 안에서 부모에게 순종해야 하고, 종들은 육체의 상전에게 순종하기를 그리스도에게 하듯 해야 하고(엡 6:1~5), 아내들은 자기 남편에게 복종하기를 주께 하듯 하라.(엡 5:22)고 강조한다. 골로새서 3장에서도 크리스천 가정을 위한 지침으로 이와 같이 말씀이 똑같이 반복되는데 여성들이 싫어하는 '복종'의 의미에 대해서 성경적인 의미를 상고해 볼 필요가 있다.

마태복음에서 예수님은 제자들에게 세상의 잘못된 권세를 비판하시면서 다음과 같이 말씀하신다. "너희 중에 누구든지 크고자 하는 자는 너희를 섬기는 자가 되고, 너희 중에 누구든지 으뜸이 되고자 하는 자는 너희의 종이 되어야 하리라. 인자가 온 것은 섬김을 받으려 함이 아니라 도리어 섬기려 하고 목숨을 많은 사람의 대속물로 주려 함이니라."(마 20:26~28) 이 말씀과 같이 기독교에서 누구에게 복종하고 누구를 섬긴다는 것은 이 세상에서 가장 으뜸이 되고 가장 큰 사람의 행동을 하는 거룩함의 표현이지 열등하기 때문에 그렇게 한다는 세속적이고 유치한 표현이 아니다. 누구에게 복종한다는 것은 예수님을 닮아서 적극적이고 주도적으로 봉사한다는 표현이지 자신이 부족하기 때문에 누구 밑에 종속된다는 생각을 갖는다면 그것은 하나님의 의도와 성경을 잘못 이해하는 것이다.

또한 아내가 남편에게 복종한다는 것은 남편에게 대한 적극적인 배려이자, 남편의 역할과 은사에 대한 존중을 의미한다. 이와 마찬가지로 남편도 역시 주도적으로 아내를 사랑해야 하며, - "남편들아 아내 사랑하기를 그리스도께서 교회를 사랑하시고 그 교회를 위하여 자신을 주심같이 하라."(엡5:25) - 아내에게 자신을 온전히 내어 줄 수 있는 애정을 보여 주어야 한다.

어떤 관계이든 주고받는 관계이지 일방적인 관계는 없다. 남편이 의무를 다하지 않는데 아내에게 복종만 강요해서는 안 되고, 남편이 자신의 위치에서 최선을 다해 아내와 가정을 위해 헌신할 때 아내도 남편을 믿고 의지하며 그 뜻을 따라가는 것이다. 부부 관계는 서로가 본분을 다해야 이루어지는 아름다운 작품이다. 부족한 부분은 서로가 격려하며 함께 갈 수 있으나, 자신의 본분은 잊은 채 상대방의 의무만 강조한다면 순조로운 부부 생활은 어려울 것이다.

요즘은 연상연하 커플도 많고, 양성평등이 대세인 것 같은 분위기여서 아내가 사람들이 많은 장소에서도 경어를 사용하지 않고, 남편 또한 뭐가 뭔지 모르고 부부 생활을 하는 부부들이 많다. 그런데 기본적인 위계질서를 깨는 행동은 하나님의 질서를 무시하는 행동이며, 위계질서 안에 어떤 개인이 있다고 해서 누가 우등하고 누가 열등하다는 표현도 역시 아니다. 부부는 주님 앞에서 평등하며, - "주 안에는 남자 없이 여자만 있지 않고 여자 없이 남자만 있지 아니하리라. 이는 여자가 남자에게서 난 것 같이 남자도 여자로 말미암아 났음이라. 그리고 모든 것은 하나님에게서 났느니라."(고전11:11~12) - 똑같은 권리를 갖고 이 세상에 태어났다. 그러나 모든 인간이 평등하다는 것과 주님이 만드신 질서를 자기 마음대로 해석하는 것은 하나님에게 왜 남자를 여자보다 먼저 만들고, 성(性)을 두 개밖에 만들지 않았냐고 따지는 무례를 범하는 것과 같다.

하나님의 신실하신 의도와 계획은 우리가 이해할 수준이 아니며, 주님께서는 가장 최선의 방법으로 이 세상의 모든 것을 지으셨다. 부부 관계에서 위계질서가 의심스러운 사람이 있으면 주위의 부부들을 살펴보라. 어떤 부부들이 주변 사람들에게 인정을 받으며 행복하게 살아가는지를. 행복한 가족은 가족 내에 위계질서가 똑바로 서 있으며, 그 위에서 부부는 서로 존중하며 돈독한 사랑을 쌓아나간다.

예전에 TV에 어떤 가정주부가 나온 적이 있었는데, 그 여성은 자신이 어렵게 아이를 출산했기 때문에 육아와 가정 살림을 모두 남편한테 맡기고 자기는 컴퓨터로 쇼핑이나 게임만을 하면서도 주위 사람들이 모두 자기를 부러워하고 있고, 남편도 자기 생활에 만족한다고 했다. 그러나 방송 마지막에 남편이 울면서 자신의 고통을 이야기하는 것을 보고 아내가 참회의 눈물을 흘리는 것을 보았다. 극단적인 예이기는 하지만 요즘 여성들은 어느 정도 평등한 관계에서, 아니면 우월한 관계에서 부부 생활을 하고 싶어 한다. 특히 한국 여성들은 전통적으로 약자였다는 피해의식이 있어서, 위계질서를 깨고 싶다는 욕구가 강한 것은 이해할 수 있으나, 평등과 질서의 개념을 혼동하고 성경적인 부부관을 갖지 못하면 부부간에 진정한 애정과 신뢰를 구축하기가 힘들다.

부부 관계는 어느 쪽이든지 주종관계가 아니라 상호 존중하는 관계이다. 주님이 만드신 질서 안에서 이해와 사랑을 키워나가는 관계이다. 그 사랑이 전파되어 아이들이 사랑을 나누는 방법을 모방하고, 자연스럽게 몸으로 체득할 수 있도록 해야 한다. 아이들에게 백 번 사랑에 대해 설명하는 것보다 한 번 부부의 사랑을 보여주는 것이 더 중요하다. 그리고 사랑은 강요나 설명으로 이해하고 익힐 수 없는 속성을 갖고 있으며, 자연스럽게 부모의 따뜻한 애정이 아이들에게 그대로 유전되는 것이다. 사랑을 만들어 가르치려고 할 필요가 없고, 있는 그대로 아내나 남편에게 서로 사랑을 베풀려고 애쓰면 된다. 그러면 우리 아이들은 사랑을 가장 잘 표현하고, 다른 사람을 가장 잘 배려하는 예수님을 닮은 아이로 성장해 갈 것이다.

부모로부터 사회적 관계를 배운다

아이들은 부모들의 행동을 그대로 모사하여 살아가는 거의 모든 방법을 배운다. 사랑하는 방법, 증오하는 방법, 배려하는 방법, 해를 끼치는 방법, 사람을 웃기는 방법, 울리는 방법, 양보하는 방법, 빼앗는 방법 등 인생을 살아가는 많은 방법들을 부모로부터 배운다. 어떤 발달심리학자들은 이러한 사회적인 요소들을 아이들의 또래 집단에서 배운다고 한정하지만, 그것은 일시적인 것이고, 전인적인 아이들의 사회적인 모델은 부모이다. 부모가 가정에서 하는 역할의 비중에 따라 그 정도가 다르지만 아이들의 사회성 발달에 부모의 역할이 절대적인 부분을 차지한다.

더욱이 요즘은 자녀를 하나만 낳는 가정이 많기 때문에 아이들의 사회성을 키워 주는 데 부모의 역할이 한층 더 커졌다. 예전에는 형제자매들과 어울리면서 사회적 관계를 자연스럽게 학습했는데, 지금은 형제 없이 자라는 아이가 많아서 수직적인 관계를 가정에서 보여 주기가 힘들다. 바로 그때 부모의 위계질서가 아이들에게 상하 관계를 보여주는 좋은 모델이 된다. 그래서 아이가 어려서 "엄마, 우리 집에서 누가 제일 어른이야?"라고 물었을 때 서슴지 말고 "우리 집안의 가장 어른은 아빠야."라로 말하는 것이 결코 아내의 열등감의 표현이 아니며, 아이들에게 상하 관계를 보여 주는 중요한 가르침이 된다. 그렇게 배운 아이들이 밖에 나가서 자기의 위치를 제대로 찾고 그 위치에 맞는 행동을 하게 된다. 그래서 요즘같이 외아들 외동딸이 많은 시대에는 부모의 위계질서가 더 중요하게 그 의미가 부각된다고 할 수 있다. 아이들을 가르치다 보면 어른들이나 선생님을 친구처럼 대하는 학생들이 가끔 있는데 그 아이의 부모를 만나보면 부부가 마치 친구처럼 지내는 것을 볼 수 있다. 부부간에 그리고 아이들과 막역하게 애정을 나누는 것이 나쁜 것일 수는 없지만, 버릇없고 자신의 위치를 못 찾는 아이들로 자식을 키울 수 있다는 가능성을 염두에 두어야 한다.

우리가 살아가는 인생은 관계에서 시작해서 관계로 끝난다고 해도 과언이 아니다. 수많은 수평적, 수직적인 관계를 만들어 가면서 사람들은 성장하고 그 관계 안에서 인생의 즐거움과 보람을 찾는다. 이렇게 중요한 관계를 얼마나 잘 맺고 유지하느냐는 개인의 능력보다는 가정에서 사회적으로 관계를 맺는 방법을 얼마나 잘 배우고 발전시키느냐가 더 중요한 열쇠이다. 아이들이 사회적 관계의 중요성이 뭔지도 모르는 시점에서 관계는 학습되기 시작하며, 가정에서 배운 것이 학교로, 학교에서 사회로 전이되는 것이다. 가정에서 부모의 조화롭고 질서 있는 관계만이 아이들에게 좋은 관계를 배우고 유지할 수 있는 기틀을 제공한다.

3. 물려줄 유산 – '경건'

부모의 확실한 신앙고백

신앙은 물질적인 재산처럼 아이들에게 물려주기가 쉬운 것이 아니다. 부모가 안 쓰고 안 먹고 돈을 모아 자식에게 줄 수만 있다면 그것을 마다할 부모가 없겠지만, 아이들에게 신앙을 물려준다는 것은 생각만큼 쉬운 일이 아니다. 돈을 모으는 것보다 더 계획적이어야 하고 더 많은 인내와 고통을 수반하는 작업이다. 물질적인 것은 단순한 목표와 습관적인 행동으로 얻어질 수 있는 것이지만, 신앙이란 온몸과 언어를 통한 모든 삶을 통해 전해지는 것이기 때문에 자식에게 비춰지는 자신의 전인적인 삶을 통제하고 절제하며 살아간다는 것은 보통 어려운 일이 아니다.

우리 중에 누구도 예수님처럼 완벽한 삶을 살아갈 수는 없다. 매일매일 실수하고, 회개하고, 또 그 실수를 반복하는 흠집투성이의 삶을 살아가고 있다. 그러면 우리는 아이들에게 경건한 신앙을 물려줄 수 없는 것인가? 아니다. 우리 아이들도 아빠, 엄마가 완벽하지 않다는 것을 안다. 그리고 부모를 사랑하는 아이들은 그런 부족한 부모의 모습에서 더 큰 애정을 느끼며 친밀한 유대감을 느낀다. 우리 부모들은 주님 앞에서도 그렇듯이 자녀 앞에서도 완벽하게 보일 필요가 없다. 아니 완벽하게 보일 수도 없다. 중요한 건 자꾸 실수를 해도 고치려고 노력하는 진지하고 신중한 모습을 보여주며 사는 것이다. 부모가 고민하고 고뇌하는 모습은 아이들에게 긍정적인 역할을 하며, 생각 없고 즉흥적인 행동은 나중에 아이들에게 상당히 부정적인 결과를 불러온다. 유머 감각을 잃지 않으면서도 행동할 때는 항상 신중하고, 원인과 결과가 뚜렷한 태도를 보여 주는 것이 아이들에게는 매우 중요하다. 우리도 부족한 인격체이지만 부족한 상태에서 아이들에게 어떻게 신앙을 물려줄 수 있을까를 고민해야 하는 것이다.

아이들에게 우리가 경건한 신앙을 물려주기 위해서 할 수 있는 첫째 단계는 우리 삶 속에서 확고한 신앙고백을 하며 살아가는 것이다. 다른 건 몰라도 우리 엄마, 아빠의 하나님에 대한 태도는 하늘이 두 쪽이 나도 확고하다고 아이들이 느낄 수 있게 생활 속에서 자주 신앙고백을 해야 한다. 하나님이 우리를 포함한 모든 세계를 창조하셨다는 것과, 창조의 질서가 하나님의 섭리 가운데 아직도 유지되고 있다는 것과, 우리 죄를 속하기 위해서 예수님이 이 땅에 오셔서 십자가에 돌아가셨다는 것과, 우리에게 진정한 생명을 주시기 위해서 부활하셨다는 것을 시간 날 때마다 고백하고, 아이들에게도 그것을 고백하게 해야 한다. 사도신경으로 신앙고백을 한다면 그것을 아이들에게 꼭 이해시켜야 한다. 신앙고백은 부모가 아이들에게 가르쳐야 하며, 부모 외에 다른 사람이 그것을 하면 의심을 갖게 되고 확고하게 받아들일 때까지 많은 시간이 필요하다. 그래서 부모의 신앙교육이 중요한 것이다.

이런 신앙고백이 조금 어렵거나 복잡하다고 느끼는 부모는 여호수아가 유언으로 남긴 신앙고백을 인용해도 좋을 것이다. "그러므로 이제는 여호와를 경외하며 온전함과 진실함으로 그를 섬기라. 너희 조상들이 강 저쪽과 애굽에서 섬기던 신들을 치워 버리고 여호와만 섬기라. 만일 여호와를 섬기는 것이 너희에게 좋지 않게 보이거든 너희 조상들이 강 저쪽에서 섬기던 신들이든지 또는 너희가 거주하는 땅에 있는 아모리 족속의 신들이든지 너희가 섬길 자를 오늘 택하라. 오직 나와 내 집은 여호와를 섬기겠노라."(수 24:14~15)

여호수아의 고백처럼 여호와 하나님만을 섬기겠다는 신앙고백은 아이들의 뇌 속 깊이 자리 잡아 평생 동안 신앙생활 하는 데 주춧돌의 역할을 할 것이다. 쓰러지고 좌절하고 어떤 고난이 닥쳐도 이 신앙고백만 변치 않는다면 우리 신앙생활도 그렇게 어려운 항해는 아닐 것이다.

경건한 삶

우리가 경건한 삶을 살아야 하는 이유는 하나님의 은혜로 이미 우리가 거룩하게 되었기 때문이다. 우리는 새로운 경건과 거룩을 만들어 가는 것이 아니라 변화된 실체와 본분을 지키려고 애써 노력할 뿐이다. 그러나 현대와 같은 다원화된 물질만능시대에는 아이들에게 경건한 삶을 요구하는 것이 보통 힘든 일이 아니다. 그 이유 중에 가장 심각한 것은 다원화사회 속에서 '물질'이라는 괴물의 존재다. 이것은 독보적으로 그 힘이 너무 막강해서 현실적으로 돈으로 안 되는 일을 찾아보기 힘들 정도이다. 아이들도 그 돈의 위력을 일찌감치 간파하여 자신의 가치관 서열에 우선순위로 두고 있는 경우가 점점 많아지고 있다. 그 유혹과 매력에 한번 빠지면 성인, 아이 관계없이 그 단 맛에 길들여져 빠져나오기가 매우 힘들며 인생을 걸고 그것만을 추구하는 사람도 적지 않다.

이러한 환경 때문에 조바심을 갖고 아이들에게 경제 교육을 따로 할 필요는 없다. 그냥 물질보다 더 고급스럽고 귀한 가치가 따로 있다는 것만 반복해서 가르치면 된다. 성경 안에 흘러넘치는 귀중한 가치들(예를 들어 사랑, 겸손, 양선, 화평, 자비, 온유, 절제)을 열심히 설명하고 가르치면 자연스럽게 물질적인 욕심은 없어지게 된다. 그래도 물질적인 욕심이 많은 아이가 있다면 이런 식으로 설명을 해도 된다. 이 세상에는 돈으로 살 수 없는 것이 세 가지 있단다. 하나는 주님의 자녀로서의 권리를 사는 것이고, 또 하나는 천국 시민권을 사는 것이다. 그리고 마지막 한 가지는 위에서 말한 성경에 나오는 귀중한 열매들은 돈을 주고 절대 살 수 없는 것이라고.

바울은 디모데에게 보내는 글에서 경건에 대해 다음과 같이 가르치고 있다. "누구든지 다른 교훈을 하며 바른 말 곧 우리 주 예수 그리스도의 말씀과 경건에 관한 교훈을 따르지 아니하면 그는 교만하여 아무것도 알지 못하고 변론과 언쟁을 좋아하는 자니 이로써 투기와 분쟁과 비방과 악한 생각이 나며, 마음이 부패하여지고 진리를 잃어 버려 경건을 이익의 방도로 생각하는 자들의 다툼이 일어나느니라. 그러나 자족하는 마음이 있으면 경건은 큰 이익이 되느니라. 우리가 세상에 아무 것도 가지고 온 것이 없으매 또한 아무 것도 가지고 가지 못하리니, 우리가 먹을 것과 입을 것이 있은즉 족한 줄로 알 것이니라. 부하려 하는 자들은 시험과 올무와 여러 가지 어리석고 해로운 욕심에 떨어지나니 곧 사람으로 파멸과 멸망에 빠지게 하는 것이니라."(딤전 6:3~9)

이처럼 주님의 말씀을 따르지 않고 경건의 훈련을 하지 않는 성도들은 악한 세력에 사로잡히게 되고, 세상적인 욕구를 채우려고 애쓰다가 결국은 아무 열매도 맺지 못하고 파멸로 빠지는 비극을 맛볼 수밖에 없다. 주님의 진리에서 떠난 삶은 어떤 의미도 없으며 아무리 자신이 스스로 만족한 삶을 산다고 해도 그것은 허상이며, 인생의 말년이 왔을 때 자기가 다른 길로 왔다는 것을 직감하지만, 그때는 이미 늦었다. 경건으로 이르는 길은 좁고 어려우며 온통 가시밭으로 이루어진 길이다. 우리는 그 길을 걸어가야 한다. 자신을 위해서 그리고 자녀들을 위해서.

경건의 훈련

우리 기독교인들은 모두가 경건한 삶을 살고 있다. 교회 안에서는 성도들 간에 이해하고 배려하려 애쓰면서 살고 있으며, 일상생활에서도 자신이 크리스천이라는 것을 의식하면서 매사에 삼가는 생활을 하려고 노력하고 있다. 이렇게 자신의 정체성을 알고 삼가는 생활을 하는 것이 경건한 삶을 사는 것이다. 교회 다니는 사람이라면 누구나 어느 정도 삼가고 절제하는 생활을 하고 있기 때문에 일반 사람들이 우리를 볼 때 뭔가 속세를 조금은 벗어난 아니면 벗어나려고 애쓰는 사람들로 비춰지곤 한다.

하지만 기독교인들이 실제로 여러 가지 절제하는 생활을 하는 것이 사실이지만, 일반인들과 크게 다르지 않은 것이 있는데 그것은 물질이나 경제에 대한 관념이다. 물질에 대한 관심과 집착은 경건의 훈련에서 제외된 항목처럼 공공연하게 기독교인들도 경제에 많은 관심을 갖고 있고 또 그것을 직업으로 택하는 사람도 많다. 이렇게 기독교인들이 자신 있게 경제활동을 통해 재산을 모으고, 부를 축적하려고 애쓰는 이유는 칼뱅의 직업 소명관도 많은 영향을 미쳤고, 포스트모던 사회의 물질 지향적인 분위기도 무시하지 못할 사회적 압력으로 작용하고 있다. 그러나 무엇보다도 기독교인들의 인식의 부족이고 통찰의 부족이다. 아니면 인식하고 통찰하기도 귀찮은 상태가 빚은 어이없는 기독교 풍토가 아닐 수 없다. 구역예배에 모인 성도들의 화제에 재테크가 나오고 아파트 평수가 나오는 것을 예배의 주인인 하나님이 좋아하실지 생각해 보아야 한다. 물론 공통 관심사가 그런 것 밖에 없고, 성도 간에 원활한 교제를 위해 필요한 것이기는 하지만 지나치지는 않은가 생각해 보아야 한다. 이런 분위기로 가는 데 일조를 하는 것이 일부 교회들의 설교 주제가 성공과 관련된 것이 점점 많아지고 있다는 사실도 부인할 수 없다.

물론 기독교인이 가난하고 초췌한 모습으로 살아가야 할 의무는 전혀 없다. 주님이 주시는 축복은 그것이 물질적인 것이든 정신적인 것이든 받아 누리면서 살아가야 한다. 예수님께서 복음서를 통해 부자가 천국에 들어갈 수 없다고 한 것은 어떤 현상적인 이야기가 아니라 그 청년 부자의 마음 상태를 보고 가르침을 주신 것이다. 자신이 부자라고 해서 천국에 못 들어갈 이유가 없고, 기독교인이 부자가 되지 못할 이유도 없다. 그러나 신앙생활을 조금이라도 진지하고 신중하게 하는 성도라면 주님을 섬기는 일을 하면서 물질적인 관심을 갖는 것이 얼마나 어려운 일이라는 것을 실감했을 것이다. 예수님께서는 바로 그러한 취지에서 하신 말씀이다. 하나님의 일에 열심인 사람은 물질에 관심을 둘 시간도 없으며, 애착도 관심도 조금씩 멀어져 간다. 목표와 지향점이 달라지기 때문이다.

하지만 저절로 물질에 대한 관심이 없어지는 것은 아니다. 물론 주님의 일에 힘쓸수록 성령님이 계속 도와주시지만, 자기 자신의 뼈를 깎는 고통이 수반된다. 현실적이고 세상적인 것에 애착이 없는 사람이 어디 있겠는가? 우리가 예수님을 따라 하려 애쓰지만 결코 예수님처럼 될 수는 없다. 우리 안에 있는 깊은 죄성과 우리를 유혹하는 수많은 마귀들 때문에 세상 것을 외면하면서 사는 것은 보통 어려운 일이 아니다.

그래서 우리는 내려놓는 연습을 해야 한다. 자신의 개인적인 애착, 신념, 관심, 자랑 등을 매일 매일 내려놓는 연습을 해야 한다. 이것이 바로 경건의 훈련이다. 경건하게 살려고 애쓰는 사람은 현실의 무겁고 더러운 돌을 하나하나 주워서 그것을 깨끗이 씻어 주님의 보좌 앞에 아름다운 제단을 쌓는 돌로 하나하나 쌓아가는 작업을 한다. 이것은 말처럼 쉽지 않으며 온 몸이 부서지는 고통을 수반하는 괴로운 작업이다. 이러한 괴로운 작업을 아이들에게 훈련시켜야 한다. 하나님이 눈물을 머금고 예수님을 광야에서 40일 동안 훈련시키셨던 것처럼 사랑하는 자녀들을 훈련시켜야 한다. 아이들이 생활하는 환경도 어른들과 크게 다르지 않기 때문에 경건의 훈련을 시키는 일이 녹록하지는 않겠지만, 아이들은 성인보다는 세상에 덜 물들어 있기 때문에 조금씩 가르쳐 나가면 어른들보다는 훨씬 쉽게 작업을 할 수 있게 된다.

경건의 훈련에서 무엇보다도 중요한 것은 자신이 개인적인 의지로 무엇을 삼가고 절제하기 전에, 주님에 대한 경외심과 말씀에 대한 깊은 이해가 선행되어야 한다는 것이다. 경건이라는 단어가 경(敬: 주님에 대한 공경)과 건(虔: 삼가는 것) 이라는 한자어가 합성된 모습처럼 먼저 주님에 대한 공경과 이해가 우선되어야 자연스럽게 삼가는 자세가 나올 수 있다. 그래서 아이들에게 경건의 훈련을 하는 첫 번째 단계는 말씀을 잘 가르치는 것이다. 주님이 어떤 분인지 잘 가르쳐야 하고, 어떤 말씀을 우리에게 하셨는지 잘 가르쳐야 한다. 말씀이 빠진 경건의 훈련은 계룡산 바위 위에 앉아서 도를 닦는 사람과 별반 다를 것이 없다. 말씀을 통해서 역사하시는 하나님의 진리 위에 바로 서고 나서 행동강령을 가르쳐야 한다. 내가 말씀을 잘 모르는데 어떻게 아이들을 가르칠까 고민하지 않아도 된다. 부모가 열심히 말씀을 공부하고 연구하면서 아이들을 가르치면 된다. 그때부터는 성령님께서 음으로 양으로 도와주신다. 주님께서는 우리가 부족한 것을 잘 알고 계시기 때문에 우리가 선한 의도를 갖고 어떤 일을 하면 안 보이는 곳에서 도와주신다. 자기 자식이 옳은 일을 한다는데 그것을 방해하거나 안 되기를 바라는 부모는 이 세상에 없다. 주님도 마찬가지다. 주님을 믿고 아이들에게 경건의 훈련을 시작해보라. 그것이 아이들에게 부모가 물려줄 수 있는 가장 큰 유산 중의 하나가 될 것이다.

4. 정직과 성실

정직한 사람

우리는 아이들에게 정직한 생각과 행동을 유산으로 물려주어야 한다. 그러면 정직한 사람은 어떤 사람일까? 정직하다는 것은 우선 거짓이나 꾸밈이 없다는 것이다. 그렇다면 우리 모두는 정직하기를 포기해야 한다. 우리는 하루에도 수없이 자신을 꾸미고 거짓말을 밥 먹듯이 하기 때문이다. 그렇다면 어떻게 아이들에게 거짓말을 하지 말라고 가르칠 수 있을까?

거짓말에는 두 가지 종류가 있다. 하나는 다른 사람을 살리는 거짓말이 있고, 다른 하나는 다른 사람을 속이고 해를 끼치는 거짓말이 있다. 일제 강점기에 교회로 숨어든 독립군을 일본 경찰이 들이닥치자 목사님이 순순히 숨은 곳을 일러 주어서 죄 없는 독립군을 잡아가게 했다는 일화가 있다. 그 목사님은 자기 자신이 의롭다고 생각했을지 모르지만 생명을 살리는 일이 어떤 것인지 모르는 행동을 한 것이다.

엄마를 찾는 어린 아이를 달래며 우리는 수도 없이 거짓말을 한다. 엄마가 곧 올 것이라고. 이렇게 남을 살리는 거짓말은 우리가 거짓말이라고 하지 않는다. 우리가 거짓말이라고 하는 것은 남을 속이기 위한 악의적인 행동을 말한다. 남을 이용해서 자신의 이익을 구하려 하는 모든 생각과 행동이 거짓말이며, 이것은 인간이 저지를 수 있는 가장 흉악한 범죄이다. 타인을 자신의 이익을 구하는 수단으로 이용한다는 것은 주님이 가장 싫어하는 인간의 죄악이기 때문이다.

남에게 해를 끼치는 거짓말을 아무 거리낌 없이 하며 혀를 길들이지 못하는 사람은 자신을 폐망으로 빠지는 길로 스스로 인도하고 있는 것이다. "혀는 곧 불이요 불의의 세계라. 혀는 우리 지체 중에서 온 몸을 더럽히고 삶의 수레바퀴를 불사르나니 그 사르는 것이 지옥 불에서 나느니라."(약 3:6)

그래서 무엇보다 아이들에게 남을 속이는 것이 큰 죄라는 것을 인식시켜야 한다. 그것이 남에게 상해를 입히거나, 남을 물건을 빼앗는 것보다 훨씬 더 나쁜 것이라는 것을 주입시켜야 한다. 남을 속인다는 것은 먼저 자신을 속이는 것이고 하나님을 속이는 행위이다. 속임을 당한 사람은 그 배신감과 무너진 신뢰감으로 엄청난 스트레스를 받게 되며, 정신적 외상으로 남아서 끝까지 부정적인 영향을 미치게 된다. 인간관계에서 신뢰를 무너뜨리는 행위가 가장 큰 범죄이자 인간이 할 수 있는 가장 잔인한 악행이라는 것을 아이들이 깨달아 알아야 한다. 그래서 작은 거짓말에도 왜 그것이 잘못되었는지 바로잡아 주어야 한다. 조그만 거짓말을 했는데도 아무 일 없이 지나가면, 아이들의 행동이 부정적으로 강화되어 더 큰 거짓말쟁이가 된다. 그런 아이들이 자라면 남을 속이면서도 아무런 죄책감이 없고, 아이들 먹을 과자에 유해물질을 넣거나, 부실공사를 해 놓고도 뻔뻔한 파렴치한 같은 사회인으로 커나갈 수밖에 없다.

정직이라는 개념을 자기 자신의 기준에 맞추어 생각하다 보면 이기적이고 추악한 결과를 낳을 수밖에 없다. 자기 자신이 정직하게 살아가는 것이 나쁜 것일 수는 없지만, 정직한 생활이라는 것이 타인과의 관계 속에서 만들어지는 우리의 일상이기 때문에, 정직이라는 개념을 의논할 때는 나보다 다른 사람이 우선되어야 한다. 타인에게 유익을 주는지 아닌지를 판단하여 자신의 정직성 여부를 판단해야 하는 것이다.

정직한 사람은 나보다 남을 위한 이익에 관심이 많고, 내가 조금 손해를 보더라도 양보할 수 있고 그런 일을 즐기는 사람들이다. 다시 말해서 정직한 성도는 자기 자신에게 정직한 사람이 아니라 다른 사람과 하나님에게 정직하려고 애쓰는 사람을 말한다. 만나는 모든 사람과 하나님을 속이지 않으려고 노력하는 사람이 바르고 곧게 살아가는 사람이며, 우리 아이들도 그렇게 키워야 할 것이다. "여호와께서 보시기에 정직하고 선량한 일을 행하라. 그리하면 네가 복을 받고 그 땅에 들어가서 여호와께서 모든 대적을 네 앞에서 쫓아내시겠다고 네 조상들에게 맹세하신 아름다운 땅을 차지하리니 여호와의 말씀과 같으니라." (신 6:18-19)

정직한 삶은 크리스천이 주를 모르는 자녀들에게 보여줄 수 있는 가장 강력한 전도의 도구 중 하나이며, 주님의 자녀로서 나타낼 수 있는 가장 아름다운 품격 중 하나이다. 주님께서 정직한 사람들에게 누리게 해주는 기쁨 충만한 삶을 우리 아이들에게 향유할 수 있게 하고 싶지는 않은가?

성실한 사람

우리는 우리 자녀들이 머리가 좋고 모든 면에서 뛰어난 영재 또는 천재로 자라나기를 갈망하지만, 주님께서 우리에게 주신 가장 고마운 은사는 성실성이다. 창세기에서 하나님도 "네가 흙으로 돌아갈 때까지 얼굴에 땀을 흘려야 먹을 것을 먹으리니"라고 우리에게 성실해야 할 의무를 강조하고 있고, 성실한 자세는 실제로 우리가 세상을 살아가고 신앙생활을 하면서 가장 중요한 실천 덕목이 아닐 수 없다. 머리가 좋고 재주가 뛰어난 사람이 잘못되는 것은 많이 보았어도, 성실한 사람이 생활과 신앙에서 실패하는 경우는 본 적이 없기 때문이다. 우리는 아이들에게 성실성과 노력의 중요성을 유산으로 물려주어야 한다.

그러나 현대사회에서 성실한 사람은 뭔가 은사나 능력이 부족한 사람이고, 게으르게 움직이지 않고 머리로 무엇이든지 해결하려는 사람들이 세련되고 우월한 사람으로 평가되는 일이 자주 발생한다. 청년층들이 직업을 선택하는 것을 보더라도 몸으로 하는 일보다는 머리로 하는 일을 선호하는 것이 확연히 드러난다. 어떻게 하면 몸이 편할 수 있을까 하는 그 생각만으로 머리가 복잡하고 분주하다.

주님 안에서 성실한 사람은 몸과 머리가 모두 바쁘고 분주하다. 남의 유익을 구하는 일을 시작하다 보면 한도 끝도 없다. 그리고 하나님은 성실한 사람에게 많은 일을 주신다. 그래서 성실함의 은사야말로 가장 축복이라고 생각한다. 왜냐하면 우리는 주님의 일에 우리가 쓰이고 있다고 느낄 때 가장 축복의 충만함을 느끼기 때문이다. 성실하게 노력하는 사람은 축복받을 자격이 넘치고 축복을 누리고 있는 사람이 분명하다.

그런데 방향을 잘못 잡은 성실성은 그것 자체가 큰 문제가 되고, 죄악이 될 수 있다. 무엇이든지 열심히 한다는 것은 결코 좋은 태도가 아니며, 주님이 기뻐하실 일을 가려서 열심히 해야 한다. 이슬람교도들은 기독교인들보다 훨씬 더 선교에 열심이며, 이단적 교파 신도들이 전도에 더 열심이다.

또한 방법론적으로도 많은 생각과 고민을 한 뒤에 자신의 성실성을 발휘해야 한다. 사람 많은 곳에서 "예수천당 불신지옥"을 외치고 다니면서 전도하는 방법은 이제 지양해야 하며, 자신의 신앙심을 내세우기 위해 이웃에 무례하게 왕래를 하는 일이나, 찾아가서 실질적인 도움을 주지도 않으면서 보육원 같은 곳을 선심 쓰듯이 봉사하러 다니는 것도 우리가 다시 생각해봐야 할 행동들이다. 우리 기독교인들은 가끔 자신의 선행을 위해서 남에게 해를 끼치는 이상하고 이기적인 신앙생활을 하는 경우가 있는데, 자신의 무분별한 성실과 노력이 남에게는 어처구니없는 피해를 입히는 경우가 의외로 많다는 것을 알아야 한다. 주님이 원하시는 것은 자신의 신앙적 자랑이나 만족이 아니라 타인에게 유익을 주고 다른 사람을 진정으로 배려하는 행동과 마음을 기뻐하신다.

그래서 모든 행동이 성실과 노력이라는 모범적인 덕목으로 치장할 수 있는 것은 아니고 그것이 주님 안에서 발휘될 때 진정한 가치가 있다는 것을 아이들에게 잘 가르쳐야 한다. 그래서 자녀들이 진리를 분별할 수 있는 지혜를 주님께 간구해야 하며, 항상 하나님의 말씀에 귀를 기울여서 주님이 원하시는 행동에 성실과 땀과 혼을 보여줄 수 있는 성도로 커갈 수 있도록 부모가 노력해야 한다.

이 세상을 살아가는 모든 피조물들이 하나님을 믿든 안 믿든 간에 주님의 진리 밖의 것에 자신의 인생을 걸고 성실과 성의를 다하며 살아간다는 것이 종국적으로 얼마나 허망하고 헛된 것인지를 아이들에게 바로 깨우쳐 주어야 한다. 인간은 누구나 자신이 하고 있는 일에 애착을 보이며, 자신의 과업을 합리화하려는 못된 버릇이 있어서 잘못된 길로 한번 접어들면 좀처럼 벗어나기가 보통 어려운 것이 아니다. 성실함을 일러주기 전에 주님의 진리가 무엇인지를 가르쳐주는 것이 훨씬 더 중요한 이유가 바로 그것이다.

인간은 성실해야 한다. 항상 근면하며 매사에 노력하는 자세를 보여야 한다. 게으르면 정신이 썩고, 몸이 건전치 못하다. 게으름은 귀차니즘을 낳고, 귀차니즘은 불평을 낳고, 불평은 독선을 낳고, 독선은 주님의 진리를 부인하는 최악의 결과를 낳을 수 있다. 그러나 가장 중요한 것은 성실함과 근면함이 어떤 기준과 목표를 갖고 있느냐이다. 과거 엽기적인 희대의 연쇄살인범이 약한 여성들만을 골라 살인을 주도면밀하게 계획하고 아주 잔혹하고 성실한(?) 범행을 하는 것을 보고 우리는 그 살인마를 성실한 인간이라고 말하지 않는다. 주님의 진리 밖에서 열심을 추구하는 모든 사람은 주님의 눈에는 위의 살인범과 다르지 않게 보일 수 있다. - 율법과 행위에 열심이었던 바리세인들을 주님께서 어떻게 대하셨는지를 기억하라! - 무엇이든지 개념 없이 열심히 한다는 것이 얼마나 무서운 행동인지 아이들에게 똑바로 가르쳐야 하며, 주님을 알려는 열심과 주님의 일을 하려는 열심이 균형을 이룰 때만이 진정으로 성실한 크리스천으로서 자격을 부여받을 수 있다는 것을 아이들이 깨우쳐 알 수 있게 해야 한다.

선지자 이사야는 메시아가 오셔서 다스릴 나라를 다음과 같이 묘사하고 있다. "공의로 가난한 자를 심판하며 정직으로 세상의 겸손한 자를 판단할 것이며, 그의 입이 막대기로 세상을 치며 그의 입술의 기운으로 악인을 죽일 것이며, 공의로 그의 허리띠를 삼으며 성실로 그의 몸의 띠를 삼으리라."(사 11:4,5) 예수님이 만드시는 세상은 이와 같이 정직과 성실이 지배하는 사회이다.

우리가 주님의 정직과 성실한 지배 원리에 순종하고 사는 길은 우리 자신이 생각하고 만들어낸 정직과 성실이 아니라 주님이 만들어 낸 아름다운 질서에 순종하고 따르는 일을 하는 것뿐이다. 자신의 의를 세우기 위한 그것들이 아니라 주님의 공의를 빛내기 위한 그것들이어야 한다. 그러기 위해서는 주님의 생각과 공의가 무엇인지 아는 일이 급선무이며, 그것을 아이들에게 가르쳐야 한다. "내 거룩한 산 모든 곳에서 해 됨도 없고, 상함도 없을 것이니 이는 물이 바다를 덮음같이 여호와를 아는 지식이 세상에 충만할 것임이니라."(사 11:9)

약속을 지키는 사람

정직하고 성실한 사람이 지켜야 할 행동규범의 중요한 덕목 중 하나가 약속이다. 보통 정직하고 성실한 사람은 약속을 잘 지키지만, 약속의 의미를 잘 몰라서 너무 안일하게 생각하는 사람도 적지 않다. 특히 우리나라 사람들은 코리언타임이라는 말이 생겨날 정도로 약속에 대단히 둔감하다. 모든 일에 "빨리빨리"를 좋아하지만 약속 시간에 우리나라 사람들처럼 늑장을 부리면서도 여유를 부리는 민족은 드물다. 아랫사람이 먼저 기다리고 있고, 지체가 높은 사람이나 주인공은 늦게 나타나야 한다는 사회문화적 관념이 약속 안 지키는 선진국으로 키웠는지도 모른다. 게다가 문화인류학적으로 정확한 시간에 관심이 없었던 과거 평민들의 생활과, 양반은 절대로 서두르지 않는다는 고상한 지식인들의 사고방식이 시간 약속에 정확하지 못한 국민성을 만들어내는 데 일조를 했다.

이러한 한국인들의 흐릿한 시간약속 개념은 생활 전반에 파급되어 어떤 약속도 쉽게 하고 쉽게 어기는 것을 사회 이곳저곳에서 아주 쉽게 볼 수 있다. 선거철이면 남발하는 공약은 물론이고, 사적인 약속들을 무시하고 잊어버리는 경우가 너무 많아서 약속이라는 단어의 존재 가치가 있는지 의심을 할 때도 많이 있다. 그러나 약속은 지키기 위해 만들어진 것이고, 지키기 위해 선언하는 것이고, 지키기 위해 목숨을 걸만한 가치가 있는 것이다.

하나님은 약속을 철저히 지키시는 분이다. 창세 이후부터 지금까지 한 마디의 말씀도 지키지 않거나, 변경하는 일이 없었으며 그것이 축복의 약속이든 저주의 약속이든 주님은 우리들과 맺은 많은 약속을(예를 들어 신명기 28장의 말씀들) 식언하시는 분이 아니다. 성도 자신이 축복을 받고 있지 못하다면 주님이 원하시는 조건을 충족하지 못하기 때문이요, 저주받을 만한 행동만 하는데 저주를 받지 않고 온전하게 생활하고 있다고 느껴진다면 그것은 주님께서 우리를 사랑하셔서 오래 참고 계시는 것이다. 그것이 어떤 약속이든 간에 주님이 우리와 세우신 언약은 변함이 없건만 우리 못난 인간들 스스로가 죄를 짓고, 핑계를 대고, 자신에게 유리하게 생각하고 판단할 뿐이다. 우리는 혼자 기준을 정해놓고 북 치고 장구 치고 하다가 자기 마음대로 안 되면 하나님을 약속을 안 지키는 분이라고 매도하는 어리석음을 반복하고 있다.

또한 하나님께서는 우리를 사랑하셔서 그리스도의 약속을 지키셨다. 이 약속은 주님께서 얼마나 약속을 소중히 여기시고 신중하게 그것을 수행하시는지 보여 주는 단적인 예다. 창세기에서 하나님은 아브라함에게 다음과 같은 약속을 하신다. "롯이 아브람을 떠난 후에 여호와께서 아브람에게 이르시되 너는 눈을 들어 너 있는 곳에서 북쪽과 남쪽 그리고 동쪽과 서쪽을 바라보라. 보이는 땅을 내가 너와 네 자손에게 주리니 영원히 이르리라."(창 13 14-15) 여기에서 '네 자손'이란 복수의 개념이 아니며 '예수 그리스도'를 지칭한다. - "이 약속들은 아브라함과 그 자손에게 말씀하신 것인데 여럿을 가리켜 그 자손들이라 하지 아니하시고 오직 한 사람을 가리켜 네 자손이라 하셨으니 곧 그리스도라."(갈 3:16)

우리는 오늘 아침에 한 약속도 까맣게 잊어버리는데 주님께서는 아브라함에게 하신 약속을 수천 년 후에 지키셨다. 그리고 선지자들을 통해서 하신 모든 약속의 말씀도 정확하게 하나하나 이루어졌다. 약속에 충실한 하나님을 보면서 그저 우리는 경탄하는 것 외에는 달리 주님의 신실하심을 표현할 말이 없다.

우리도 주님처럼 약속을 지키기 위해서 노력해야 한다. 특히 어린 아이들과의 약속은 지구가 조각나도 지키려고 애써야 한다. 요즘처럼 바쁜 시대에 일일이 아이들과의 약속을 다 지킬 수 있냐고 반문할 수 있겠지만, 그렇다면 약속 자체를 하지 말아야 한다. 지킬 자신이 없는 약속은 하지 않는 것이 지혜로운 것이며, 약속을 했으면 무조건 지키려는 의지를 아이들에게 보여 주어야 한다. 약속이란 인격 대 인격의 신뢰를 바탕으로 한 것이어서 자녀들과의 약속을 식은 죽 먹듯이 쉽게 어기는 부모가 있다면 그것은 부모에 대한 신뢰감이 무너지는 것은 물론이고, 아이들이 만나는 모든 사람과의 관계에서 신뢰감의 중요성을 무시하게 되며, 더 나아가서는 하나님과의 관계에서도 믿음과 신뢰가 바탕이 된 신앙생활을 하지 못하게 만들 수 있다.

약속을 지키지 않으면 약속한 상대방에게 크나큰 피해를 끼친다. 시간 약속을 안 지킨다는 것은 남의 귀중한 시간을 뺏는 몰염치한 행동이며, 사회적 관계에서 맺은 여러 가지 약속을 어긴다는 것은 그것이 개인이든 단체이든 관계없이 심대한 물질적 피해와 더 큰 정신적 피해를 입히게 된다. 그래서 약속을 안 지키는 것은 남에게 해악을 끼치는 죄악이라는 인식을 해야 한다.

우리는 아이들을 키우면서 또 사회생활을 하면서 피치 못하게 약속을 어겨야만 할 때가 많이 있다. 그럴 때는 변명이 아닌 용서를 반드시 구해야 한다. 그리고 상대방의 피해를 최소화할 수 있도록 최선의 노력을 해야 한다. 그것이 자녀와의 약속인 경우에는 더욱 그러하다. 자녀에게 약속의 중요성을 가르치는 것은 그 아이가 인간관계를 만들어 갈 때 타인과 신뢰를 구축하고, 진실을 공유할 수 있는 기반이 되며, 신실한 신앙생활을 할 수 있는 초석이 되는 귀한 것이다. 그래서 성실한 약속의 이행이 아이들에게 마땅히 물려주어야 할 훌륭하고 중요한 유산이라는 것을 명심해야 한다.

5. 통찰과 성경적 세계관

통찰력을 키워라

누가 나에게 그리스도인의 생활 자세 중에 무엇이 가장 중요하냐고 묻는다면, 나는 서슴지 않고 '통찰과 인내'라고 말할 것이다. 앞에서도 언급한 많은 귀중한 가치들을 우리 자녀들에게 가르치고 물려주어야 하지만, 이 두 가지를 가장 중요하게 여기는 이유는 이것들이 없이는 하나님을 제대로 알 수 없으며, 주님에 대해 알게 된 내용을 우리 생활에 뿌리내릴 수 없기 때문이다.

이 중에서도 '인내'는 개념 전달이 쉬운 보편화된 인간의 덕목이고, 혼자 연습을 통해서도 얻을 수 있는 것이기 때문에 아이들에게 가르치는 것이 어렵지 않지만, '통찰'은 그것이 자신의 노력에 따라서 얻어지는 것이 아니기 때문에 설명하기도 어렵고 가르치기도 난해한 개념이다.

통찰이란 예리한 관찰력으로 사물이나 현상을 꿰뚫어보는 것을 말한다. 사물이나 현상의 피상적인 모습을 보는 것이 아니라 그 안에 깊은 본질과 원리를 찾아내는 것을 통찰이라고 하는 것이다. 왠지 과학자들이나 철학자들의 전유물일 것 같은 이 단어는 그렇게 어려운 것이 아니고, 이것이 꼭 신앙생활에 필요한 것이라면 우리도 과학자나 철학자의 사고와 자세를 배울 필요가 있다. 교회는 다니고 있지만 '예수 믿으면 복 받는다.'는 일념으로 죽을 때까지 초지일관하는 성도를 만들지 않으려면 무엇보다도 중요한 것이 성경을 꿰뚫어 보고 자연과 모든 현상을 꿰뚫어 볼 수 있는 통찰력을 키우는 것이다.

통찰력을 키우는 데 첫 번째 중요한 것은 성경을 가까이 하는 것이다. 성경을 읽되 매일 보는 구절만 보지 말고, 말씀이 주는 일관성을 생각하면서 앞뒤로 읽어야 하며, 성도들 모두가 신학자가 될 수는 없지만 어느 정도 신학적인 기반 위에서 읽어야 한다. 그러기 위해서 교회에서 실시하는 성경 공부에 열심히 참가하기도 하고, 진리를 알기 위한 이런저런 수고를 아끼지 않아야 한다. 이렇게 열심히 연구하는 자세로 성경을 공부하다 보면 자기도 모르게 조금씩 통찰력이 생겨나게 된다. 그래서 어느 정도 성경 말씀이 진리로 다가오기 시작할 때 배우고 익힌 말씀을 생활 속에서 적용하는 연습을 하나하나 해 나가야 한다. 말씀이라는 색안경을 끼고 우리의 삶을 관찰하면 그 안경이 무서운 통찰력을 발휘하여 모든 생활에서 성경적 원리를 발견하는 기쁨을 누릴 수 있게 된다.

두 번째 통찰력을 키우기 위한 방법은 주님께 깨달음의 은사와 지혜를 간구하는 것이다. 주님이 주신 아름다운 말씀들을 읽고 이해하고 깨우칠 수 있는 은사와 세상에서 만나는 모든 사물과 현상을 성경적인 근거로 해석하고 적용할 수 있는 지혜를 달라고 주님께 간구해야 한다. 열심히 기도하다 보면 성령님께서 오셔서 하나하나 가르쳐 주시기 시작하고 그때부터 성경이 달라 보이고, 온 세상이 달라 보인다. 말씀

하나하나가 살아 움직이는 생동감을 맛보게 되며, 산에 피어 있는 이름 모를 야생화를 보면서도 주님의 사랑을 느끼는 감동을 체험하기 시작한다. 이러한 감동 속에서 살아보면 지금까지의 자신의 신앙생활과 개인적 사생활이 얼마나 무미건조했는가를 알게 된다. 이렇게 통찰력을 갖고 생활을 하다 보면 어느 때는 현실과의 괴리감 때문에 좌절도 하고 다른 사람과 충돌을 할 때도 있지만, 주님께서 채워 주시는 만족감은 이루 형용할 수 없고 다른 고통들을 덮고도 남음이 있다.

주님을 믿는 우리 성도들은 나를 태운 배가 어디를 향하고 있는지 항상 점검해야 한다. 좌표도 없는 바다에서 내가 어디로 가고 있는지, 평안과 희락의 길로 가고 있는지 절망과 타락의 길로 가고 있는지 알 수 있는 것은 주님이 주시는 통찰력에 의존하는 것 외에는 없다. 통찰력을 잃었거나 통찰력을 갖고자 하는 의욕이 없는 크리스천은 결국 나침반도 지도도 없이 항해하는 배와 다를 것이 없다. 바람 부는 방향대로 이리저리 바다를 헤매다가 인생을 마감하게 된다.

현대인들은 많은 생각을 하면서 살아간다. 다원화된 사회 환경이 이것을 더욱 부추기고 있고, 눈에 보이는 정보를 다 처리하면서 살아나가기도 힘든 시대에서 살고 있다. 그러나 이러한 시대일수록 우리의 통찰력은 더 빛나야 한다. 무엇을 하고 무엇을 하지 말아야 하는지 숨 쉬는 순간마다 올바르게 판단하면서 살아야 한다. 통찰력을 갖고 살다 보면 이 세상은 좀 더 단순해지고, 가치가 있는 살만한 영역으로 바뀌어 갈 것이다.

그래서 우리는 아이들에게 통찰력을 심어주어야 한다. 이것은 인생을 바로 살아가는 방향키를 제공하는 중요한 작업이며, 주님과 가까워질 수 있는 통로의 역할을 수행하게 해줄 것이다. 교회에서 성실히 봉사하고 전도와 구제에 열심이고 성경을 암송하고 다니면서도 통찰과 지혜가 없으면 주님의 뜻을 바로 알 수 없고, 따라서 주님과 가까이 할 수가 없다. 요란하고 분주하게 신앙생활을 하는 것 같지만 주님의 뜻을 헤아리는 것보다 중요하고 급한 일은 없다. 우리 아이들을 주님의 뜻을 모르고 자기 뜻으로 아버지를 기쁘게 하려는 자식으로 키우면 안 된다. 아버지의 깊으신 사랑과 의지를 이해하고 그 뜻대로 실천하려고 애쓰는 자녀로 키워야 한다. 그것이 주님 자녀로서의 신성한 의무이며, 우리가 이 땅을 살아가는 이유이다.

우리나라 기독교의 위기

현대사회 기독교의 가장 두드러진 특징 중 하나가 신앙이 생활과 점점 뚜렷하게 분리되어 가고 있다는 것이다. 고대 제정일치 사회가 아니더라도 종교는 생활과 분리되어 생각하는 사례가 드문데, 지금 기독교의 현주소는 예배당 안에서만 신앙인이고 공적 영역에서는 힘을 발휘하지 못하는 절름발이 신앙생활을 하고 있다.

기독교는 우리나라의 토속종교가 아니고 서구의 문물과 함께 들어온 외래 종교이기 때문에 현대 기독교의 이분법적 사고를 서양 기독교 역사의 맥락에서 판단하여, 플라톤의 이원론부터 시작해서 아퀴나스의 이원론, 종교개혁, 르네상스, 계몽주의, 데카르트, 칸트 등의 이론을 서양의 역사와 함께 짚어보고 답을 찾는 것이 올바른 일이다. 그렇지만 우리나라에 국한시켜서 현대 기독교의 문제를 다루어 볼 때 현재 우리나라의 기독교가 특이한 우리만의 특수성을 갖게 된 연유에는 우리의 전통 종교와 사상도 큰 변인으로 작용했다는 것을 아는 것도 매우 중요하다. 왜냐하면 역사적 맥락 없이 종교관, 세계관 운운하는 것은 마치 수학적 이론을 애써서 배제하고 자연과학을 설명하려는 시도와 같다고 볼 수 있기 때문이다.

우리나라는 동북아시아 국가와 종교를 공유해 왔지만 우리만의 독특한 종교적 전통이 내려왔다. 전통적으로 우리 민족은 샤머니즘에 바탕을 두고 그 위에 유, 불, 선 세 가지 종교가 우리의 정신세계를 지배해 왔다. 그러나 이중에 유교는 그 윤리적인 사상이 기독교와 만났을 때 잘 융합되어 긍정적인 요인으로도 작용하였으나, 불교나 무(巫)교, 도교사상은 우리나라 기독교의 형성에 부정적 영향을 더 많이 끼쳤다.

샤머니즘의 초월적 의타주의와 현실주의는 우리 기독교 부흥에 지대한 영향을 미친 건 사실이지만, 반대로 너무 쉽게 복음을 받아들인 나머지 철저한 신앙고백이 없고, 믿고 복 받으려는 의지가 너무 강해서 신앙의 역동성은 부여했지만 기독교의 본질을 망각하기가 쉬웠다. 그리고 거저 얻은 복음을 이용하여 현실적 효과를 봤으면 다시 쉽게 버릴 수 있다는 도구적 사고도 저변에 깔려 있는 것이 사실이다.

도교는 원래 무위자연을 강조하는 사상이지만 그것이 우리 민족에게는 열심히 도를 닦으면 신선이 될 수 있다는 사상으로만 인식되어서, 기독교를 믿을 때도 자기 자신의 어떤 노력이 원인이 되어 구원을 얻을 수 있다는(이것은 불교의 '성불'도 관련이 깊다) 부정적인 관념으로 작용했고, 불교는 인본주의적이고 윤회적인 사상 때문에 기독교의 신본주의적이고 직선적인 세계관과 아직도 많은 마찰을 일으키고 있다.

이러한 우리의 전통적 정신세계는 사회와 문화가 급변한 현대사회에서 아직도 부정적으로 힘을 발휘하고 있으며, 그것이 현대사회의 실용주의와 얽혀서 기독교는 성공을 위한 수단이거나 죄를 용서받기 위한 최소한의 사적인 공간으로 전락하고 말았다. 다원화된 사회에서 개인이 여러 가지를 취사선택하듯이 기독교도 그 선택사항 중의 하나가 되고 만 것이다. 그래서 모든 현대인들은 자신의 관심영역에 몸과 마음과 시간을 바쳐서 일하고 피곤한 심신을 회복하기 위해서 교회에 간다. 복을 받아야 하는 지상 과제가 너무 뚜렷하기 때문에 그것과 관련 없는 진리는 멀리 하고, 세속적인 목적에만 관심이 있다.

또한 현실적인 제약을 요구하는 기독교는 율법적인 것으로 치부하고, 우리 현실과 어울리지 못하고 실제 생활에 만족과 쾌락을 주지 못하는 기독교적 압력들(절제, 온유, 겸손 등)에 대해서는 소극적인 신앙인들의 볼품없는 신조들이라고 폄하하고 있다. 이렇게 진리를 모르고 현실적이고 몰지각한 잣대를 가지고 신앙생활을 하는 기독교인들이 늘면서, 최근 몇십 년 동안 개신교 성도들이 천주교로 유입되는 인구가 점차적으로 늘고 있다. 이것은 천주교가 현실적인 제약(예를 들어 술과 담배, 제사 등)에 관대한 것이 크게 작용하고 있는 것 같다. 물론 그 중에는 개신교의 세속화에 염증을 느껴서 그러한 경우도 있지만, 기독교 안에 일원론적 다원론이 확산되고 있는 것만은 사실이다.

주님은 한 분이시며 주님께서 요구하시는 말씀도 한 가지다. 이 세상을 포괄할 수 있는 진리는 오직 한 가지이며, 우리가 만드는 것이 아니라 우리가 찾아야 하는 것이다. 말씀에 대한 이해 없이 신앙생활을 하려는 기독교인들이 늘면서 우리 기독교의 기반은 점점 취약해져만 가고 있다. 이것은 우리를 태운 배가 연료통에 결함이 있는 것을 모르는 채 항해를 하고 있는 것처럼 위험천만한 모험이 아닐 수 없다. 주님께서 전해 주시는 지혜와 지식과 명철로 우리는 그 고귀한 진리를 이해해야 한다. 그 진리는 단순하지도 난해하지도 않으며 우리가 깨우쳐 알도록 질서 정연하게 준비해 놓고 손님이 올 때만을 기다리고 있는 인내심 많은 주인과 같다고 할 수 있다. 다만 초청받은 우리가 외면하고 있을 뿐이다.

빼앗긴 영토를 찾아서

주님께서는 이 세상과 우리를 함께 지으셨다. 그래서 우리의 현실과 역사와 미래를 주관하는 하나님이 지으신 이 세상은 신앙과 분리해서 생각할 수가 없다. 우리 눈에 보이는 것은 모두 주님이 창조하신 것이고, 우리가 만들었다고 생각하는 모든 과학의 산물들도 하나님의 정성 어린 작품이다. 그러나 우리가 살고 있는 이 세상은 세속적인 욕심과 불의와 거짓에게 점령당해 가고 있다. 이 땅이 하나님의 영역인데 피조물인 인간이 자기를 만든 창조주의 공간을 더러운 것으로 오염시키고 있는 것이다. 우리는 우리가 더럽힌 주님의 아름다운 세상을 정화시켜야 하며, 우리의 더러운 욕망과 무지가 빼앗은 하나님의 복된 영토를 되찾아야 한다. 우리의 모든 통찰과 지혜를 동원해서 하나님의 영토를 되찾기 위한 일을 해야 한다. 무엇보다도 나라의 주권을 빼앗긴 백성들이 살 수 없다는 인식을 하기 전에 우리가 나쁜 죄성 때문에 살아갈 터전을 상실하고 있다는 자각이 먼저 필요하다. 현재 물리적인 자연환경도 그 공간은 계속 유지된다 해도, 심각하게 환경이 오염되면 우리가 이곳에서 살 수 없듯이 세속화로 타락하고 있는 현실세계가 너무 오염되면 일반 사람들은 쾌락을 향유하며 더욱 살기 좋겠지만, 기독교인들은 실제로 숨이 막혀 살 수가 없다. 현실과 세상을 분리해서 기독교인이 계속 살아간다면 이렇게 숨 막히는 날이 올지도 모른다. 아니, 그때가 되면 기독교인들도 같이 동화되어서 함께 세속적으로 즐거운 나날을 보낼지도 모를 일이다.

주님께서 우리에게 허락하신 시간과 공간은 그것 자체가 귀한 선물이며, 아끼고 소중하게 다루어야 할 이유와 가치가 있는 것이다. 우리 기독교인들이 교회에서 하는 열심과 열정을 생활 속에서 발현할 때가 되었다. 더 이상 우리가 공존하는 세상이 썩어가는 것을 막기 위하여 빛과 소금의 역할을 우리가 감당해야 한다. 이 세상의 부패와 타락을 막는 길은 주님의 선한 생명 밖에는 없다. 주님이 주신 생명의 갑옷을 입고 빼앗긴 영토를 되찾는 전쟁에 나가야 한다.

다니엘과 그의 친구들이 바벨론에 포로로 끌려갔을 때 그들의 신앙적 전쟁에서 사용한 전술은 역시 성결이다. 우리도 현실세계에서 만나게 되는 여러 가지 전쟁에서 승리하는 길은 조그맣고 사소한 일에서 주님의 자녀답게 성결하고 충실하게 살아가는 것이다. 기독교인임을 내세우며 믿지 않는 자들을 정죄하는 것이 아니라, 자신이 있는 자리에서 예수님의 향기가 풀풀 퍼져 나오게 행동하면 되는 것이다. 주위 사람들이 자신을 아름답게만 보아줄 수 있다면 그는 매일 전투에서 승리하고 있는 사람임에 틀림없다. 이렇게 한 사람 한 사람이 작은 전투에서 승리하는 삶을 산다면 주님이 허락하신 이 땅의 신성한 주권을 회복하는 길도 멀지 않을 것이다. 사랑과 희락이 넘치는 하나님 나라의 완전한 도래를 위해서 우리는 현실 속에서 오늘 하루도 또 어려운 그러나 즐거운 몸짓을 계속해야만 한다.

성경적 세계관을 심어주자

우리가 엄마 뱃속에서 태어나 흙으로 돌아갈 때까지 우리의 인격과 사고와 행동은 전적으로 하나님의 지배를 받고 있다. 하나님을 제외한 어떤 것도 그 존재의 존속을 주님께 의존하지 않은 것은 없으며, 역사의 기원과 전환과 발전 모두가 주님의 계획과 의지 안에 있다. 그 분의 오묘하신 말씀의 섭리는 이 세상에 창조하신 그대로 질서와 메커니즘을 유지하고 있다.

그러나 이러한 진리에도 불구하고 현대 기독교인들은 신앙생활을 개인적인 영역에 가두어 두고 실제 생활에서는 자기가 크리스천이라는 사실을 망각하고 일에 몰두하여 살거나, 다른 종교에 대해 배타적인 행동이나 발언으로 주위의 빈축을 사는 양극화된 사회생활을 하고 있다. 그래서 기독교인의 사회생활은 항상 과감하거나 유약한 인상으로 남을 때가 많다.

아이들에게 항상 받는 질문이 사회에 나가서 부딪히는 음주 문화에 관한 것이다. "선생님 교회 다니니까 절대로 술을 먹으면 안 되겠죠?" 이 질문을 받을 때마다 아이들의 세계관 교육이 얼마나 중요한가를 절실하게 느낀다. 아이들은 어떤 것이 사회에 굴복하는 것이고 어떤 것이 주님을 높이는 것인지 전혀 정리가 되어 있지 않다. 그런데 더 중요한 것은 그것을 가르치는 곳이 없다는 것이다. 물론 교회에서 학생부 담당 교사들이 아이들에게 생활 속의 크리스천의 역할에 대해 가르치고 있다고 생각한다. 그러나 아이들이 대학 생활부터 만나게 되는 수많은 문화적 양상들을 얼마나 잘 해석하고, 주도적으로 문화를 창조해 나가는 하나님의 대리인으로서의 역할을 감당할 수 있는지, 더 나아가서 직업을 선택힐 때 삶의 상당한 시간을 투자할 직장을 어떤 관점에서 선택해야 하는지, 직장 생활에서 기독교인들은 어떤 생각을 할 수 있고, 해야만 하는지에 대해 가르치는 곳이 없다. 이제 이것은 부모의 몫이다.

일단 아이들에게 기독교인의 사회생활을 가르칠 때 자신이 포함되어 있는 조직에 다른 사람들과 조화를 이루어야 한다고 강조해야 한다. 믿지 않는 사람들과 최대한 마찰을 피하고 다른 사람을 도와줄 것을 찾아서 하며, 매사에 정직과 선함으로 일처리를 하도록 가르치면 된다. 자신이 신앙인이라는 이유로 너무 배타적인 태도를 보여도 안 되고, 다른 종교도 받아들일 수 있다는 지나친 포용주의도 금물이다. 자신의 신앙을 굳게 지키면서 남을 배척하지 않는 자세를 견지하며 온유함과 준비된 마음으로 자신을 설명할 수 있어야 한다. "너희 속에 있는 소망에 관한 이유를 묻는 자에게는 대답할 것을 항상 준비하되 온유와 두려움으로 하고, 선한 양심을 가지라."(벧전 3:15-16)

이제 더 이상 우리 아이들에게 성경적 직업관을 갖도록 하는 것이 선택 사항이 아니다. 직업을 선택할 때는 그 직종이 성경적 원리에 어긋나는 것은 아닌지 신중한 검토가 필요하다. 열심히 기도하고 응답받았다고 하고는 대부업계에 취직하거나 유전자 변형물질로 만든 음식을 만드는 회사에 취직하는 어처구니없는 일도 주위에서 흔하게 일어나기 때문이다. 성인이 되어 자는 시간을 제외하고 활동하는 시간 중 가장 많은 시간을 직업과 함께 하는데도 우리들의 직업관은 아직도 사회적 명성이나 대우에 모든 초점이 맞추어져 있는 것이 사실이다. 그러나 직업은 단순히 돈과 명예를 얻기 위한 하급의 활동에 불과한 것이 아니라, 자신이 받은 달란트와 모든 재능을 이용하여 하나님의 창조사역을 자신이 이어서 해나간다는 아주 고급스럽고 뚜렷한 우리의 소명인 것이다. 주님의 문화 명령을 따라서 하나님이 만들어 놓은 아름다운 창조 질서를 유지하고, 창조된 세상을 아름답게 일구어 나가는 것이 바로 직업의 목적이고, 우리의 본분이다.

아이들이 성경에 위배되지 않는 직업을 선택했다면 이제는 직장 생활을 어떻게 영위해야 하는가가 가장 궁금할 것이다. 먼저 얘기하지만 이것은 그렇게 간단하지만은 않다. 직장 생활이나 사회생활을 해 본 사람이라면 공감할 것이다. 매일 똑같은 일이 반복되는 것같이 보여도 모든 상황과 사건이 매번 다르며, 그것들을 한 번에 풀어낼 일반화된 공식은 없다. 그럼에도 불구하고 청소년들을 위하여 두 가지 기독교인의 사회생활 원리를 제공하고자 한다.

첫째는 "일에 몰두하지 말라."는 것이다. 언뜻 들으면 직장의 목적과는 완전 대치되는 개념으로 보일지도 모른다. 그러나 이 문장은 반어적인 뜻이 아니다. 그냥 일에 몰두하면 안 된다는 것이다. 흔히 사회적인 통념으로는 남자는 일에 살고 어쩌고저쩌고하고, 열심히 일하는 당신의 모습이 가장 아름답다고 하면서 열심히 일하는 사회인을 부각시키고 있지만, 직장에서 열심히 일하면 절대로 안 된다. 열심히 일 안하면 바로 회사에서 압력이 들어오는데 누구 밥줄 끊을 일 있냐고 반문하겠지만 여러분을 일로 너무 몰아세우는 회사가 있다면 과감하게 그만두어도 괜찮다.

모든 회사는 영리를 목적으로 운영되기 때문에 사원들이 노는 꼴을 못 본다. 그러면 기독교인은 회사 다니는 것을 포기하고 모두 자영업을 하거나 학자의 길을 걸어가야만 한다는 말인가? 물론 그것은 아니다. 직장에서 우리는 일에만 몰두해서는 안 되고 성경적 생활 원리를 자꾸 찾아내려고 애써야 한다는 것이다. 일이 생활 전반을 장악하여 집에 와서도 일을 하고, 가족들과 함께 할 때도 일에 대한 생각이라면 그런 직장은 빨리 그만 두어야 한다는 것이다. 성경적 생활 원리가 일을 지배하고 하나님이 주시는 지혜로 일을 처리해야 하는데 바쁜 업무에 쫓겨서 생각할 시간조차 없다면 언제 성경을 묵상하고 주님의 가르침을 듣고 성령의 능력을 간구할 수 있단 말인가?

성경적 원칙으로 사회생활을 하는 모든 사람들은 일을 정말 잘한다. 하는 일마다 정교하고 세련되며 작품을 만들어내듯이 매사에 임한다. 그리고 모든 일에 신뢰감을 주는 완전성을 추구한다. 일 자체를 잘하기 위해서 일하는 일반 사람들과는 그 차원이 다르고 비교 자체가 불가능하다. 하나님을 등에 업고 주님이 가르쳐 주는 대로 일하는 사람과 인본주의적 사고를 갖고 일하는 사람과는 애초에 경쟁이라는 말이 성립하지 않는다.

이렇게 주님의 가르침대로 일하려고 노력하는 사람들은 본인은 잘 모르지만 다른 사람이 보기에 일처리가 빠르고 완벽하게 보인다. 그것이 하나님이 하시는 일이다. 우리의 사회적 야망과 세속적 욕망을 주님 발 앞에 내려놓고 성경의 모든 원칙에 순종하고, 성령님의 가르침을 들으려고 애써라. 그러면 자신이 속한 사회에서 직장에서 귀한 가치로 인정받을 것이다.

두 번째 생활 원리는 '섬기는 자세'다. 요즘 사회적으로 크게 부각되고 있는 리더십이 섬기는 리더십이다. 거의 모든 직장에서 이 용어를 사용하고 있으며 심지어 정치판에서도 이것을 내거는 것을 볼 수 있다. 예전에는 CS라고 해서 고객 만족을 최고의 가치라고 생각했으나 지금은 자기 주위의 사람을 섬기는 리더십이 각광을 받고 있다. 이것을 보고 우리 기독교인들은 많이 반성해야 한다. 일반인들도 찾아낸 성경의 가르침을 기독교인들이 생활 원리로 적용하지 못하고 산다는 것은 참 부끄러운 일이다.

사회생활을 할 때 매일 만나는 동료나 상사, 아니면 같이 일하는 동역자들을 한번 생각해보라. 얼마나 그들을 의식하며 얼마나 그들을 배려하며 살아가고 있는지 회개의 눈으로 한번 살펴보라. 내가 편하기 위해서 다른 사람에게 피해를 준 일은 없는지, 내 욕심을 채우기 위해서 동료를 아프게 한 적은 없는지, 몇 번이나 예수님처럼 주위 사람들을 섬기는 자세로 살았는지.

우리는 같이 일하는 동료를 경쟁자나 나에게 피해를 줄 수 있는 사람으로 인식해서는 안 된다. 그들의 모든 은사를 인정하고 그들을 섬기며 배려하는 삶을 살아야 한다. 이상하게도 주님을 생각하며 남을 섬기기 시작하면 높아지고 있는 자신을 만나게 될 것이다. 성경의 말씀이 교회 안에서만 능력을 발휘하는 것이 아니라는 것을 실감하게 될 것이다. 섬기는 자세로 인간관계를 맺어가는 사람은 그야말로 사회생활에 두려울 것이 없다. 직장에서 윗사람을, 아랫사람을, 그리고 동료들을 섬기듯이 대우하기 시작하면 그들도 우리를 섬기기 시작할 것이고 살아있는 기독교인으로 볼 것이다.

우리는 흔히 직장 생활에서 어떻게 신앙을 접목할지 어려워한다. 보통 선택하는 것이 신우회를 조직하거나 기도회를 결성하거나 하는 정도로 신앙인임을 나타내는 출구가 협소하고 제한되어 있다는 것을 실감할 것이다. 그러나 이제는 좀 더 넓고 포괄적이고 영향력 있는 기독교인으로 살아가야 할 방법을 강구해야 한다. 그것이 우리가 믿는 주님을 참 하나님이라고 인정하는 방법이기도 하다. 우리 아이들이 사회에 진출하여 자신의 역량을 발휘할 때 이러한 폭넓은 성경적 세계관을 갖고 살아가기를 간절히 바랄 뿐이다.

좁은 문으로 들어가라

마태복음 산상설교 중에 예수님이 하신 말씀으로 이 책을 마무리해야겠다. "좁은 문으로 들어가라. 멸망으로 인도하는 문은 크고 그 길이 넓어 그리로 들어가는 자가 많고, 생명으로 인도하는 문은 좁고 길이 협착하여 찾는 자가 적음이라."(마 7:13-14)

세상의 역사, 아니면 기독교의 역사는 넓은 문과 탄탄한 길로 향한 인간의 몸짓이었다는 것을 우리는 모두 인정한다. 현대인의 생활도 크게 다르지 않다. 세속적인 욕망과 쾌락의 기준에서 근거한 모든 행동들은 넓은 문으로 우리들을 인도하고 있어서 누가 좁은 길 운운하면 마치 아주 고리타분한 교훈이나 시대착오적인 생각이라고 생각하는 사람들이 더 많은 것 같다. 이렇게 크고 넓은 길로 향하는 것은 죄인으로 태어난 우리들의 본성이며, 그 길로 가지 않으려고 마음먹어도 세상의 풍조와 악습이 그것을 가만 놔두지 않는다.

그래서 좁은 길을 통해서 생명과 진리를 찾으려고 애쓰는 사람은 정말 외롭고 어려운 현실을 살아갈 수밖에 없다. 실제로 현실에서 많은 손해를 감수해야 하고, 더 많은 핍박을 감수해야 한다. 그러나 대충 신앙적인 행위를 하면서 자신이 좁은 문으로 들어섰고 다른 사람의 핍박을 받는다고 하는 사람이 있는데 그런 것을 핍박이라고 하지 않는다. 예를 들어 집회에 참석한다고 집안 꼴을 엉망으로 하고 다니는 주부가 남편에게 욕먹는 것은 핍박이 아니요, 정상적이고 성경적인 신앙생활을 안 하고 자의적으로 하나님을 모시는 사람에게 누가 훈계를 하면 그것도 역시 핍박이 아니다. 핍박이란 사도 바울이나 스데반 집사가 그랬던 것처럼 적어도 주님이 주신 진리 위에 선 사람의 바른 노력과 선한 행동이 무지한 다른 사람들에 의해 질책을 받는 것을 핍박이라고 한다.

좁은 문으로 들어가는 사람은 이같이 주님의 진리를 제대로 깨우치고 바른 복음을 전하려고 애쓰는 사람이며, 주님의 자녀로서의 품격에 걸맞은 생각과 행동을 하고자 노력하는 사람이다. 그러나 넓고 크고 편안한 문에 집착하는 현대인들 속에 휩쓸려 살면서 좁은 문을 지향하며 사는 사람들이 겪게 되는 고통과 고단함은 말로 표현하기가 힘들다. 그래서 다른 사람들에게 선뜻 넓은 문을 버리고 좁은 문으로 임하라고 권고하기도 어려워 아주 조심스럽게 다가가야 할 과제이다. 우리 기독교 풍토에서 "열심히 신앙생활 하라."는 것은 좋은 권면이지만 "제대로 신앙생활 하라."는 도전으로 받아들여지기 때문이다.

그러나 이 책을 마지막까지 읽어 준 독자에게 감사해서라도 감히 권고하건대 "좁은 문으로 임하십시오." 좁은 문으로 임하는 길은 어둡고, 포장도 안 되어 있고, 중간 중간에 가시와 웅덩이가 있으며, 누가 그 길로 간다고 칭찬도 해주지 않는 외로운 길이다. 그러나 그 길은 꽉 막힌 동굴이 아니며 언젠가 빛을 볼 수 있는 터널이다. 조금만 더 가면 밝고 평탄한 길이 나오며 저 멀리서 반겨주는 한 분이 계신다. 그 분은 우리가 좁은 문을 들어서서 어렵고 고단한 순간을 헤쳐 나갈 때마다 우리를 옆에서 지켜주시고 애타게 눈물을 흘리며 우리를 격려하고 위로하셨다는 것을 알게 된다.

우리는 혼자가 아니다. 어느 여류시인의 말처럼 "인생은 은총의 돌층계"임이 확실하다. 인생이 돌층계를 올라가는 것처럼 힘들고 숨이 차올라 정말 포기하고 싶지만 주님의 따뜻한 은총은 햇볕처럼 우리를 비추며, 한시도 우리를 무시하거나 소홀하게 대한 적이 없다. 다만 우리가 모든 에너지의 근원인 햇볕의 고마움을 못 느끼고 사는 것처럼 주님의 은혜에 무감각하게 살아가고 있을 뿐이다. 주님의 은혜는 우리가 좁은 길로 가기로 결심하는 것보다 더 고결하고 더 완전하며 더 신실하다. 누군가 좁은 문으로 들어가야 한다고 생각했다면 그것 자체가 주님의 은혜이며, 좁은 문으로 들어가면 현실에서 느끼는 어떤 쾌감에 비할 수 없는 평안과 희락과 감동을 느낄 수 있다. 현실이 주는 아쉬움과 고통과 좌절이 아무리 우리를 괴롭혀도 우리 주님과 함께 할 수 있는 고통이라면 그 또한 즐겁지 아니한가? 더불어, 여러분은 사랑하는 우리 아이들을 멸망과 파괴로 이끄는 넓은 문으로 안내하겠는가, 아니면 고통을 감수하고 찾는 자가 적어도 생명과 영광으로 이끄는 좁은 문으로 인도하겠는가? 주님께서 여러분의 선택을 기다리고 있다.

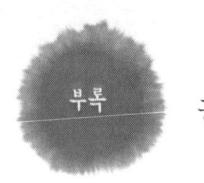

책을 많이 읽어라

여기서 말하는 책은 국문 책과 영문 책 두 가지를 다 포함한다. 흔히 이과생들은 영어보다 국어를 소홀히 하기 쉬운데, 실제로 대학에 들어갈 때는 언어영역 때문에 고배를 마시는 이과생들이 매우 많다. 이것은 문과생들이 수학의 비중을 크게 두지 않아도 된다는 이야기와 대치된 개념이라서 의아하게 느낄 수도 있으나, 언어와 수리의 본질적인 차이점 때문에 기인하는 현상이다.

수리영역은 생득적인 속성이 강해서 아무리 노력해도 개발이 느리고 어려우며, 언어영역은 후천적으로 얻어지는 성질의 것이기 때문에 개발할수록 개선된다. 그래서 이과생들은 언어를 회피하거나 포기해서는 안 된다.

그런데 여기서 정말 부모들이 알아두어야 할 중요한 문제(적어도 다른 목적이 아닌 대학을 보내는 것이 목적인 부모인 경우)가 발생한다. 바로 국어는 모국어이기 때문에 중학교를 입학하기 전에 거의 언어 실력이 결정된다는 것이다. 중학교 이후에는 갖은 노력을 해도 언어가 좀처럼 늘지 않는다. 그래서 대학을 목적으로 공부시키는 현명한 부모라면, 어렸을 때 영어보다도 국어 책 읽히기에 신경 써야 한다. 요즘 너무나 영어 열풍이 불어 영어만 잘하면 뭔가 될 것 같은데, 병행하는 것은 좋지만 영어만 아이들에게 시키는 부모는 국어교육을 할 시기를 놓쳐버리게 된다. 외국어는 언제든지 나중에 배울 수 있지만 모국어는 차후에 실력을 향상시키기가 거의 불가능하다.

이렇게 예를 들면 이해가 빠를 것이다. 대기업의 면접관으로 들어갔던 내 친구의 얘기다. "요즘 아이들은 하도 취직이 어렵다보니 외모는 연예인 못지않게 깔끔하고, 영어 실력은 누구나 할 것 없이 토익, 토플 점수가 고득점이라서 결국 신입 사원의 당락은 언어 표현력으로밖에는 결정할 방법이 없다. 논리적이고 안정감 있는 언어 구사력이 합격자를 골라내는 기준이었다."

위의 예에서 알 수 있듯이 지금은 누구나 영어를 잘하는 시대에 살고 있다. 설령 실력이 부족한 사람은 뒤늦게 쫓아가도 별 무리가 없다. 그런데 언어의 경우는 그렇지 않다. 논리적이고 안정감 있는 언어 구사력은 토익점수 올리듯 쉽게 하루아침에 얻어지는 것이 아니다. 어렸을 때부터 착실한 독서 습관이 굳어지지 않으면 얻어내기 힘든 경지이다.

또 한 가지 국어 교육에 있어서 부모들이 잊으면 안 되는 것은 모국어 실력은 그 대부분이 가정에서 이루어진다는 사실이다. 학교를 보낸 아이들과 안 보낸 아이들의 교차 관찰 실험에서 언어 영역은 다른 과목에 비해 큰 차이를 보이지 않았다. 그래서 집안에서 부모 특히 엄마의 역할은 아이들 국어 공부에 결정적이라 볼 수 있다. 바쁘다는 이유로 아이들을 어렸을 때부터 여기저기 학원으로만 내몰지 말고, 아이들이 공부를 잘하길 원한다면 아이들이 어렸을 때부터 그만큼 부모도 노력하는 모습을 보여야 한다.

그러면 지금 언어(국어)공부의 때를 놓친 중고등학생들은 어떻게 해야 하는가? 일단 유치부, 초등부부터 책을 많이 읽은 아이들에게는 상당히 불리하다는 것을 각오해야 하고, 한 가지 대안으로 신문을 읽는 것이 가장 효과적이다.

어떤 일간지이든 여러 사람의 의견을 써 놓은 오피니언난이 있다. 흔히 사설란이라고 알고 있는데 실제 사설란에는 정치 얘기가 많아서 읽을거리가 별로 없다. 오피니언에서 정치에 관한 내용만 빼고 읽으면 된다. 특히 그 신문의 주필인 논설위원이나 교수님들이 쓴 것은 빠짐없이 읽어야 한다. 읽을 때는 꼭 모르는 단어를 영어 단어 찾듯이 찾아가며 읽어야 하고, 주제를 생각하며 읽어야 한다. 그리고 읽은 신문은 주제별로 오려서 정리해 두어야 한다. 나중에 국어 공부의 가장 좋은 텍스트가 될 수 있다.

요즘은 영어로 심층 면접을 하는 학교가 많은데 아무리 영어 실력이 뛰어나도 언어적 사고력과 논리력이 뒷받침되지 않으면 고급 영어를 구사할 수 없다.

신문에서 오피니언을 많이 읽는 것이 "책을 많이 읽어라."하는 제목과 걸맞지 않아 보일 수도 있는데, 당연히 책을 많이 보는 것이 좋다. 그러나 문학책을 빼놓고는 아이들이 양서를 골라내기는 쉽지 않다. 그래서 아무 책이나 읽고 만족해하는 아이들이 없게 하기 위해 신문을 권하는 것이다. 아이들에게 책을 읽으라고 하면 보통 자신들이 좋아한 판타지 소설이나 신종 연애 소설을 많이 읽기 때문이다. 정리하면 학교에서 추천해주는 문학책은 다 읽어야 하고, 나머지 비문학은 신문을 자료로 공부하면 된다.

영어책을 읽는 경우는 실력이 부족한 아이들은 짧은 스토리 위주로 읽으면 좋고, 실력이 갖추어진 아이들은 여러 분야의 저널을 읽으라고 권하고 싶다. 특히 요즘은 과학 분야에 대한 비중이 많아져서 너무 어렵지 않은 과학 저널을 읽는 것이 많이 도움 된다. 저널을 얻기가 곤란하면 영문판 신문이나 잡지를 읽어도 되고, 미국 뉴스 사이트를 인터넷으로 접속해서 읽고 듣기를 해도 된다. 처음에는 생소한 단어들 때문에 어려움을 겪겠지만 꾸준히 읽어 나가면 사회, 인문, 과학, 시사 모든 부분에 양질의 정보를 얻을 수 있어서 수능공부 자체에 크나큰 도움이 된다.

공부 잘하는 방법 1 – '집중' 그 무서운 힘

언젠가 수능 0.3% 안에 드는 학생들을 대상으로, 공부 잘하는 아이들의 공통점을 찾아보려는 노력이 있었다. 그 결과는 서울 강남 지역에 거주해야 하고, 부모의 직업이 전문직이어야 하는 것 등 일반 학생들에게는 현실적으로 불가능한 것들만 나열해서 오히려 그런 조건을 못 갖춘 아이들에게 상실감만 더해 주었던 일이 기억난다.

물론 그런 유복한 환경을 백그라운드로 갖고 공부하면 많은 도움이 될 수 있겠지만 그렇지 않은 아이들에게도 어떤 환경에서도 공부를 잘 할 수 있는 딱 두 가지 행동 특성이 있다. 이것은 비법은 아니며 누구나 알고 있는 것이지만 잘 지키지 못하는, 공부를 잘하는 유일한 방법이다.(이 방법은 위의 상위 0.3% 학생들의 공통점이기도 하다.) 이 두 가지 외에 다른 것을 강조하는 입시 지도 선생님이 있다면 예수님을 빼고 복음을 설명하려는 이단처럼 거리를 두고 경계해도 괜찮다.

첫째 방법은 집중이다. 공부를 할 때 가장 중요한 요소는 역시 자신의 정신 에너지를 한 곳에 모을 수 있는 집중력이다. 옛날에도 집중력이 부족한 아이들이 없었던 것은 아니지만, 현대 사회가 다원화되고 대중매체의 영향으로 정보가 쏟아지면서 아이들이 집중을 못 하게 하는 환경적 요인도 무시하지 못하는 시대가 되었다. 이러한 다양한 정보와 가치가 넘쳐나는 시대에서 우리 아이들을 집중력을 향상시킬 수 있는 방법은 무엇일까?

집중력이란 크게 생활의 집중과 공부 자체의 집중력으로 나누어 볼수 있다. 공부가 안 되거나 공부를 못하는 아이들은 이 두 가지 중에 하나이거나 둘 다 일수도 있다. 생활 속에 집중이 안 된다는 아이들은 자신에게 주어진 하루의 시간이 관리가 되지 않는 아이들을 말한다. 이것은 아이들이 하루에 해야 할 일이 너무 많을 때도 그렇고, 무엇을 해야 하는지 모를 때도 나타난다. "우리 아이는 게임이나 TV에는 얼마나 집중을 잘하는지 몰라요."라고 하면서 자신의 자녀가 생활 속에서 집중력을 보인다고 오해하는 부모가 많이 있는데 누구나 게임이나 TV에 집중을 잘한다. 그 내용이 재미있고 좋아하기 때문에 집중하는 것이다.

그러나 지금 얘기하고 있는 집중력은 하루 중에 자기가 좋아하는 것말고 자기가 싫어하는 일, 그중에서도 '공부'에 에너지를 얼마나 집중할 수 있느냐의 문제이다. 쉽게 말하면 아이들이 하루 생활 중에 공부 생각을 얼마나 하고, 애착을 갖느냐 하는 문제다. 요즘 아이들은 틀에 짜인 수동적이고 의존적인 공부를 하기 때문에 엄마가 하라는 것이나 학원에서 하라는 것을 다하면 나머지는 그냥 노는 것 외에는 아이들에게 기대할 것이 별로 없다.

아이들 스스로가 생각하고 판단해서 교과 내용 중에 관심이 가거나 알고 싶은 내용을 책을 사서 보거나 인터넷에서 찾아보는 아이들은 거의 없다. 그렇게 마음먹는 아이도 없고, 그렇게 찾아 볼 여유도 없이 아이들이 바쁘다. 그래서 아이들은 갈수록 자생력이 없어지고 고3이 되면 자기 자신이 어떤 상태인지 무엇을 공부해야 하는지도 모른다. 이런 아이가 대입에서 또 인생살이에서 두각을 나타내기 힘든 것은 자명하다.

공부 지향적인 마인드가 되려면, 또 연구하고 사고하면서 공부하는 아이로 키우려면 그냥 되는 것이 아니라. 부모님들의 지속적인 노력이 필요하다. 공부의 중요성을 끊임없이 논리적이고 설득적으로 이야기를 하고, 주님의 자녀로 사는 데 공부가 어떤 의미가 있는지를 아이들과 어렸을 때부터 대화하면서 이해시켜야 한다.

다른 한 가지 병행해야 할 방법은 아이의 생활을 최대한 단순화시켜야 한다. 기계처럼 살아가는 아이들의 뇌는 기계처럼 사고하고 말초적으로 행동한다. 아이들을 주님의 자녀로서 인간처럼 키우려면 자기가 하고 있는 일이 무엇인지, 어떤 것이 필요한지를 스스로 생각하고 판단할 수 있도록 부모들의 바른 가르침이 절실하다고 생각한다.

다음은 우리가 흔히 집중력이라고 생각하는 공부 상황에서의 집중력이다. 이 집중력은 공부의 성패를 좌우하는 가장 중요한 요인이라는 것쯤은 어느 부모나 알고 있으며, 이 집중력을 향상시키기 위한 많은 정보가 쏟아져 나오고 있다.

이 집중력은 아이들의 생활 습관과 특질, 성향 등 여러 가지 요인이 함께 어우러져 있기 때문에, 이것이 부족한 아이들을 한 가지 비책으로 단방에 치료할 수 있는 해결책은 없고, 여러 가지 방법을 강구해야 하는데 몇 가지 해결책을 제시해 보겠다.

한 가지 방법은 독서이다. 이 방법은 아이들이 좋아하는 책을 많이 읽게 하는 것이 절대 아니고, 아이들이 꺼려하는 양질의 책들을 읽게 하는 것이다. 그래서 이 방법은 부모들의 희생을 많이 요구한다. 우리 부모들은 자꾸 자신은 손가락 까딱 안 하고 아이들이 잘되기를 바라는 경향이 있는데 그런 경우는 없다. 옛날 부모들은 아이들을 방목하듯 키웠지만 자녀들이 스스로 깨닫고 자신의 인생을 꾸려 나간 경우이고, 지금은 아이들의 자라온 환경이 벌써 옛날과 많이 다르기 때문에 아이들에게 자생력과 인내력을 요구하기가 상당히 힘들고, 아이들이 어떤 미션을 완수하리라고 기대하기는 더욱 힘들다. 그래서 만약 아이들의 산만함으로 인하여 고민이 많은 부모가 있다면, 어떤 기관의 도움을 받으려고 하지 말고 집에서 아이들을 위해 희생할 각오를 해야 한다.

매주 아이들에게 책을 읽도록 과제를 주고, 다 읽으면, 그 내용으로 아이와 토론을 해야 한다. 그러고 나서 아이의 독서 내용이 만족스러우면 적절한 상을 주어야 한다. 이 때 주는 상은 아이가 다른 어떤 것을 잘 했을 때보다 크고 좋은 것이어야 한다. 그래야 아이들이 그 행동을 지속한다. 물론 제대로 책을 안 읽은 경우에는 적당한 벌칙이 주어지면 더욱 좋겠다.

이렇게 하다 보면 아이들은 자기가 하기 싫은 생각과 정보를 얻어내는 데 조금씩 익숙해지기 시작하며, 발산적이고 방만했던 사고의 방법이 수렴적으로 서서히 변하게 된다. 그러면 자연히 잡념도 없어지고, 자신이 흥미를 느끼지 않는 것도 필요에 따라 집중할 수 있는 능력을 갖추게 되는 것이다.

그러나 이러한 독서를 통한 집중력 향상 방법은 그 재료를 선정하기도 쉽지 않고 부모의 상당한 노력과 희생을 요구하기 때문에 생각보다도 매우 어려운 방법이다. 하지만 부모의 열렬한 희생으로 실현 가능하다면 한 번에 두 마리 토끼를 잡을 수 있는 그야말로 가장 효과가 확실하고 결과가 입증된 방법이다.

다음은 역시 기독교인다운 집중력 향상 방법이다. 이 방법은 집중력이 좋은 아이들도 하면 좋을 듯하다. 방법은 성경을 통한 묵상 훈련이다. 실제로 이 방법은 우리 아이에게만 해 본 것이라 일반화시키기에는 문제가 없지 않을 것이라고 생각하나, 이 방법은 내가 아는 가장 좋은 집중력 향상 방법이다.

여러 가지 방법이 있겠으나, 나는 우리 아이에게 이런 방법으로 훈련한다. 일단 일주일에 적당한 분량만큼 성경을 암송하도록 지시한다. 그리고 그 성경 내용을 시험을 볼 때, 단답식과 서술형으로 나누어서 문제를 낸다. 단답식은 성경 내용을 완벽하게 외우고 있는지 테스트하는 것이고, 서술형은 그 성경 내용을 암송하면서 생각한 여러 가지 느낀 점을 표현하는 시험이다. 그리고 시험 결과에 대해서는 아주 엄격하게 상과 벌을 주었다.

일주일 동안 묵상한 내용이 아주 마음에 들었을 때는(특히 처음에 시작할 때) 우리 아이가 느끼는 가장 큰 상을 주었다. 그리고 성경 공부에 조금 소홀히 한 것 같아 보일 때는 혹독하게 혼을 냈다.

우리 아이는 초등학교 저학년 때부터 성경 공부를 해왔기 때문에 아무 무리 없이 성경 읽기를 자신 생활의 일부로 받아들여서, 학교에 갔다 오면 성경책부터 잡는다. 결과는 학교 선생들이 항상 칭찬하는 집중력이 좋은 아이로 커가고 있으며, 담임선생님이 아이가 너무 집중해서 피곤할 거라고 이야기할 정도이고 언제나 학교 성적이 상위권을 유지한다.

이런 과정을 거쳐 오면서 나나 우리 아이나 어려운 점이 정말 많았지만, 나는 우리 아이들의 미래에 대해 기대가 아닌 분명한 확신을 갖고 있다. 왜냐하면 아이가 다른 사람이 아닌 하나님 말씀에 집중할 수 있게 되었기 때문이다. 주님에게 집중할 수 있는 아이가 다른 어떤 것에 집중을 못 하겠으며, 주님 말씀을 청종하며 의지하는 아이의 마음과 행동과 장래의 길을 하나님께서 외면하지 않으실 거라는 확신이 내게는 있다.

집중력을 키우는 가장 좋은 방법은 주님 가르침에 집중하는 것이다. 하나님 말씀을 이해하고, 사랑하고, 항상 마음속에 간직하고, 그것을 생활 속에서 적용하려고 노력하면 반드시 그 아이에게는 긍정적인 변화가 온다. 의심이 가는 부모들은 당장 자신의 자녀를 이렇게 지도해 보라. 인간이 만들어 낸 어떤 교육 지도서가 흉내도 못 낼 큰 기적들을 체험해 볼 수 있을 것이다.

공부 잘하는 방법 2 - '계획하기'

서울대학교에 들어가는 아이들 중에는 서울 강남의 교육환경에서 공부한 아이도 있지만, 학원도 없는 시골에서 혼자 공부한 아이도 있다. 이 두 아이들의 공통점은 철저히 계획을 세워서 공부를 했다는 것이다. 공부를 잘하는 아이일수록 계획을 자주 세우고 치밀하게 내용을 짠다. 그래서 반대로 공부 못하는 아이들의 공통점은 공부 계획이 전혀 없다는 사실이다. 가끔 단기적인 계획을 세워보기도 하지만 중장기 계획은 전혀 없다. 그냥 빨리 공부를 끝내고 다른 것을 할 계획만 머리에 있을 뿐이다.

공부 계획을 세울 때는 보통 하루, 일주일, 한 달, 일 년치 계획이 다 있어야 한다. 이렇게 중장기 계획까지 세울 수 있다는 것은 자기가 어떤 상태이며, 앞으로 무엇을 해야 할지를 아는 것이다. 어렸을 때부터 계획을 작성하는 훈련이 안되면 불가능하다. 고3이 되어 일 년 동안의 계획을 짤 수 있으려면 초등학교 때부터 계획하는 연습을 해야 한다. 방학 계획표도 짜보고, 친구들과 놀러갈 때조차도 계획을 세우도록 부모가 유도해야 한다.

보통 요즈음 아이들은 거의 학원에 다녀서 학원에서 그 학원의 계획에 맞추면 된다고 생각하는 부모나 아이가 있는데, 학원 진도 계획을 얘기하는 것이 아니다. 여기에서 말하는 계획이란 학생 자신이 자기 혼자 공부하는 계획을 짜는 것을 말하는 것이다. 물론 모든 계획이 전부 실행되는 것은 아니지만, 자기 자신의 계획 없이는 공부를 잘하기 힘들다. 지금 어떤 학생이 계획의 필요성을 느끼지 않고 있다면 그 아이는 공부를 하는 방법을 모르고 있거나, 공부에 관심이 없는 아이 둘 중에 하나다.

계획하고 실행하고 수정하고 재실행하는 과정 속에서 아이들의 사고력은 커가고, 책임감이 성장하며, 공부를 잘 할 수 있는 가장 기본적인 구도가 형성된다. 내가 일선에서 아이들을 가르칠 때 옛날 아이들과 지금 아이들의 가장 큰 차이점을 느끼는 것이 바로 계획 세우기다. 요즘 아이들은 도대체 계획이 없다. 금방 발생할 일에도 대비하는 요령이나 지각이 없다. 그래서 아이들이 점점 즉흥적으로 변하고, 당연히 그런 아이들은 책임감도 상당히 결여되어 있다.

요즘 아이들은 유치원 때부터 남의 계획에 따라 살아왔기 때문에, 자신이 무엇을 계획하고 수행하는 데 항상 서투르다. 그래서 자습시간이 되면 아이들은 멍하니 있거나, "선생님, 지금 뭐 해요?"라고 물어본다. "선생님, 지금 자습시간에 제가 이것을 하려고 하는데 어때요?"라고 질문하는 아이들은 흔치 않다.

나는 이런 아이들을 보면서 공부보다도 아이들의 장래를 더 많이 걱정한다. '저렇게 자생력과 자립심이 없어서 어떻게 험난한 사회에서 살아갈까?' 하는 걱정을 아이들을 볼 때마다 한다. 그래서 아이들이 자신의 계획을 세워 나갈 수 있도록 여러 가지 방법으로 유도해 보지만, 그것은 정말 힘든 작업이다. 아이들은 그저 누가 숟가락으로 떠먹여주면 먹을 준비만 하고 있다. 누가 먹여주지 않으면 굶어 죽지 않을까 두렵다.

실제로 학원에서 아이들에게 자생력을 길러주기 위해서 여러 가지 자기 스스로 공부하는 훈련을 시키면, 바로 다른 학원으로 옮겨 버린다. 숟가락질하는 것이 싫기 때문이다. 자기 스스로 생각하고, 계획하고, 실천하는 아이들로 키우지 않으면 공부를 절대로 잘할 수 없으며, 이 사회가 원하는 자생력 있고 책임감 있는 아이들로 키울 수도 없다.

아이들이 공부 잘하기를 원하는 부모가 있다면, 아이가 자기주도 학습을 할 수 있도록 유도하라. 평생 아이들에게 밥 떠먹일 생각만 하지 말고, 숟가락질하는 방법도 가르쳐야 자기가 생각하면서 밥을 먹을 수 있다. 일상생활에서부터 아이들이 계획성을 기르기 위해 작은 실천부터 시작해야 한다. 앞에서 예로 든 방학계획 세우기뿐만 아니라, 가까운 곳에 여행을 갈 때 아이들에게 가서 할 계획들을 짜보라고 하거나, 크리스마스 때는 무엇을 하면 좋을지 계획을 짜보라고 하면 아이들이 적극적으로 달려든다.

삶에 계획을 세운다는 것은 아이들이 공부를 잘하기 위한 필수조건이기도 하지만, 그보다도 아이들이 인생을 계획성 없이 살아간다고 가정해 보라. 얼마나 인생이 가치 없고 허무하겠는가? 혹자는 잠언에 나오는 "사람이 마음으로 자기의 길을 계획할지라도 그 걸음을 인도하는 자는 여호와시니라"(잠 16:9)와 같은 말씀 때문에 무계획이 계획이라고 말하는 사람도 있을 것이다. 그러나 계획을 세우라는 의미는 자신의 생활 속에서 편하고자 하는 욕구를 제어하고 죄성을 억누를 수 있는 틀을 만들며 살라는 이야기이지, 하나님의 뜻과 인도하심을 앞서 가라는 이야기가 결코 아니다.

우리는 주님이 주시는 비전과 목표 아래서 우리의 삶을 알차게 계획하고 성실하게 실행할 의무가 있다. 자기 자신을 가치 있게 만들기 위해서, 자신의 삶을 더 멋지게 만들기 위해서 우리는 자녀들에게 계획적인 삶을 살도록 끊임없이 독려해야 한다.

신앙의 전승자로서의 역할을 감당할 당신을 위해

　기독교인으로 들어섰다는 것은 우리에게 많은 변화와 역할 수행을 요구합니다. 이것을 위해서 가끔은 넘쳐흐르는 사명감과 투사적인 마인드가 필요할 때도 있지만, 변화의 시작은 자기 자신의 저 깊은 중심으로부터 시작되어야 합니다. 찢어져서 쓰라린 영혼의 깊은 곳이 당신이 참된 신앙을 시작할 수 있는 발원지가 되는 것입니다. 어제의 고통이 오늘의 생활을 보장하지 못하고, 오늘의 노고가 내일의 안락을 확보하지 못하는 것이 신앙인의 생활입니다. 그냥 주어진 현재에 최선을 다할 뿐입니다. 나에게 주어진 오늘의 삶에 충실한 자세로 최선을 다할 때 그렇게 아름다운 변화가 시작되는 것입니다. 우리의 조금씩 변화하는 바람직한 모습은 우리 자녀들에게 아주 좋은 영향을 끼칩니다. 그리고 그것은 우리 가정을 우리 사회를 천천히 변화시켜 나갑니다. 그러한 조그만 기적들을 느끼는 생활이 감칠맛 나는 신앙인의 삶입니다. 우리 기성세대가 해야 할 일들은 바로 이런 것입니다. 내 것을 하나하나 버리고 남의 것을 하나하나 세워나가는, 그러면서도 자신의 주변을 조화롭게 정리해나가는 것입니다. 때로는 절망과 핍박이 물결치며 와도 두려울 것도 없고, 바랄 것도 없습니다. 내가 나됨을 증명할 수 있는 유일한 길은 주님과 연합된 삶뿐이기 때문입니다. 자녀를 키우며 신앙의 전승자로서 역할을 감당하고 계시는 여러분! 함께 주님의 넉넉한 은혜에 감사합시다.